A PROPOS DE L'AUTEUR

Dès sa scolarité dans un pensionnat religieux du Yorkshire, Carol Townend développe une passion pour l'histoire médiévale, qui la mènera au Royal Holloway College de Londres. Primée à la parution de son premier roman, elle poursuit l'écriture en prenant un plaisir tout particulier à voyager dans les lieux romantiques qu'elle choisit pour ses histoires.

Dans les bras d'un fugitif

CAROL TOWNEND

Dans les bras d'un fugitif

Les Historiques

HARLEQUIN

Collection : LES HISTORIQUES

Titre original : HER BANISHED LORD

Traduction française de HELENE ARNAUD

HARLEQUIN®
est une marque déposée par le Groupe Harlequin

LES HISTORIQUES®
est une marque déposée par Harlequin

HARLEQUIN

83-85, boulevard Vincent Auriol, 75646 PARIS CEDEX 13.

Service Lectrices — Tél. : 01 45 82 47 47

www.harlequin.fr

ISBN 978-2-2803-3092-3 — ISSN 1159-5981

Chapitre 1

Port fluvial de Jumièges, Normandie

Dame Aude de Crèvecœur jeta un coup d'œil consterné à son frère Edouard, comte de Corbeil. Ils avaient quitté l'abbaye où ils logeaient pour se promener le long des quais, et il était encore tôt. Edouard avait-il découvert ce qu'elle avait fait ? A en croire son silence obstiné, c'était fort possible… Et s'il ne savait rien, pourquoi la conduirait-il au bout de cette jetée en particulier ?

Raoul, l'écuyer d'Edouard, les suivait à bonne distance. Sans doute avait-il reçu l'ordre de l'arrêter si jamais elle tentait de fuir.

Seigneur ! Qu'allait-il lui arriver ? Elle avait prévu de tout avouer à son frère aujourd'hui même, de toute manière, mais peut-être aurait-elle mieux fait de ne rien lui cacher dès le départ… Un vent frais souleva son voile et fit voleter les cheveux cuivrés qui s'échappaient de sa tresse. Derrière elle, les cloches de l'abbaye se mirent à sonner tierce. Incapable de se concentrer sur la beauté du port, elle réfléchissait à toute allure. Que faire ?

Edouard n'avait jamais aimé qu'on lui cache des choses et, bien sûr, elle n'avait pu s'empêcher de le faire ! Elle avait été trop lâche pour lui dire qu'elle n'était pas d'accord avec les projets d'avenir qu'il faisait pour elle.

Lentement, sous un ciel estival sans nuages, le port s'animait autour d'eux. Pour poursuivre leur promenade, ils durent contourner des ballots de laine en provenance d'Angleterre que l'on déchargeait d'une barge. Le moment qu'elle avait tant redouté était là. Elle craignait de s'opposer à Edouard, mais il devait comprendre qu'elle ne plaisantait pas quand elle parlait de quitter la Normandie. Elle avait déjà réservé son passage jusqu'à Honfleur d'où elle partirait pour l'Angleterre.

Que savait-il de son plan ? A quel moment devait-elle se confesser ? Peut-être valait-il mieux attendre qu'il soit de meilleure humeur... Ils parvinrent finalement à la hauteur de la barge dans laquelle elle embarquerait bientôt. Seigneur ! Edouard était au courant de tout, aucun doute ! De toute évidence, quelque chose le tourmentait.

Autour d'eux, le port demeurait relativement paisible, et le niveau de la Seine était faible. A Honfleur, ce devait être marée basse, à cette heure-ci. Sur la rive opposée, un petit bateau était prêt à partir pour traverser le fleuve. Derrière lui, les falaises crayeuses s'élevaient majestueusement vers les cieux, aveuglantes sous les rayons du soleil. Aude avait toujours été étonnée de voir la rive si basse au niveau du port alors que ces gigantesques falaises se dressaient aussi près, de l'autre côté...

Edouard s'immobilisa tout à coup, le visage fermé et les yeux obstinément fixés devant lui, près de la barge sur laquelle elle avait réservé une place. C'était le moment. Aude prit une profonde inspiration, puis se lança :

— Edouard, j'ai une confession à te faire...

Son attention occupée par une agitation soudaine sur l'embarcation, il ne l'entendit pas. Aude sentit une vague de culpabilité l'étreindre. Il allait être furieux... Il avait de nombreux projets pour elle, qui n'incluaient pas un voyage en solitaire jusqu'au domaine qu'elle possédait depuis peu en Angleterre.

Elle retroussa ses jupes vert sombre pour enjamber un tas de cordages et s'approcha d'Edouard. Ils avaient passé une confortable nuit à l'hôtellerie de l'abbaye et elle avait pris soin de l'emmener prendre un petit déjeuner consistant dans l'une des tavernes voisines dans l'espoir de le mettre de bonne humeur. Quoi qu'il en coûte, elle devait lui faire comprendre et accepter son choix ! Pour elle, ce domaine en Angleterre symbolisait une liberté chèrement acquise : liberté vis-à-vis de ses devoirs, des conventions, et surtout liberté d'être elle-même. La possession de ce domaine lui offrait l'indépendance dont elle avait toujours rêvé, et elle n'avait pas l'intention d'y renoncer. Pour personne.

— Edouard ?

— Mmm ?

Fasciné par ce qui se déroulait sur la barge, il ne tourna même pas la tête vers elle. Intriguée, elle leva les yeux vers le pont. Un marin torse nu lançait sèchement des ordres, indiquant avec des gestes brusques quels éléments de la cargaison devaient être déplacés d'un bord à l'autre pour équilibrer le chargement. Choquée, Aude l'examina pendant un moment. Comment le capitaine pouvait-il l'autoriser à travailler à demi nu ? Cela ne se faisait pas !

D'après son apparence, le marin devait avoir du sang viking. Il avait de longs cheveux bruns blondis par le soleil et son corps hâlé était sculpté à la perfection. Epaules fortes, dos musclé… le champion du duc aurait tué pour avoir un tel physique !

Un frisson étrange et glacé parcourut Aude ; elle avait la vague impression de connaître ce marin à moitié nu. Mais comment serait-ce possible ? Elle n'avait pas pour habitude de côtoyer des marins. Elle tenta de l'identifier, mais il lui tournait presque le dos et elle ne pouvait voir son visage.

Finalement, elle haussa les épaules et s'arracha à la contemplation de cet homme si bien bâti pour se tourner de nouveau vers son frère.

— Edouard ?

— Mmm…, se borna-t-il à faire.

— J'ai quelque chose d'important à te dire ! Et cela m'aiderait si tu acceptais de m'écouter avec attention…

Il la regarda enfin et attrapa une mèche cuivrée sortie de sa tresse pour la glisser sous son voile.

— Tu as parlé d'une confession ?

Son expression était toujours tendue, mais elle n'y vit aucune trace de colère, en tout cas pas tournée contre elle. Elle se sentit un peu moins angoissée.

— Si tu dois te confesser, ne devrais-tu pas attendre notre rendez-vous avec l'abbé, cet après-midi ? Il sera ravi de te recevoir, j'en suis certain…

Aude prit une profonde inspiration dans l'espoir de calmer sa nervosité. Elle n'avait pas à s'inquiéter, après tout. Edouard était peut-être le comte de Corbeil, il était son frère avant tout ! Il ne l'obligerait jamais à lui obéir sans souci de sa propre volonté… Mais ils vivaient en Normandie, au milieu du XIe siècle, et les femmes de noble lignée étaient censées obéir au chef de famille…

— Edouard, au sujet de ce rendez-vous avec l'abbé… Tu n'as quand même pas l'intention de me forcer à prendre le voile ?

— Prendre le voile ? répéta-t-il d'un air stupéfait. Seigneur, non ! Cependant, Aude, nous avons déjà parlé de cela. Tu as eu plus d'un an pour porter le deuil de Martin et je considère à présent qu'il est grand temps que tu reprennes le fil de ta vie.

Abasourdie, elle s'écarta de lui. Au-dessus de leurs têtes, des goélands criaient, et elle eut presque envie de joindre ses cris aux leurs.

— Mais j'ai repris le fil de ma vie ! répliqua-t-elle avec force. Qu'ai-je fait, sinon t'aider, *toi* ? Dieu sait si tu avais besoin de quelqu'un pour tenir la maison ! Quand je suis rentrée à Crèvecœur, le château ressemblait à une vraie porcherie !

Soudain, elle se tut. Une dispute ne lui servirait à rien... Elle s'efforça alors au calme et prit le bras de son frère.

— Edouard, je croyais que tu appréciais mon aide, à la maison, dit-elle avec plus de douceur.

— Bien sûr que oui ! répondit-il, les yeux perdus sur les falaises blanches.

Il soupira.

— Evidemment que j'apprécie tout le travail que tu as fait depuis ton retour. Mais, comme je te l'ai dit, il s'est passé plus d'un an depuis la mort de Martin, et...

— Parfois, je me demande si je pourrai jamais oublier le choc que cela m'a causé. Je le revois encore quitter la grande salle en riant, puis je ne me souviens de rien jusqu'à ce que ses hommes le ramènent sur une civière. Une *civière*, Edouard !

Elle ne parvenait plus à quitter son frère des yeux. Il avait déjà entendu ce récit de nombreuses fois, mais elle était incapable de cesser de parler.

— Son cheval s'est cabré et il est tombé. Comment a-t-il pu mourir d'une simple chute ? Des hommes tombent de cheval tous les jours, et aucun n'en meurt !

— Martin avait des blessures internes, Aude, répondit patiemment Edouard. Tu ne pouvais rien faire pour le sauver...

— Je suis restée à son chevet jour et nuit, j'ai fait tout mon possible. Pourtant, je ne peux m'empêcher de me sentir coupable… Et si j'avais raté quelque chose ? Si j'avais fait une erreur ?

— Tu n'as pas fait d'erreur, Aude. Tu sais, ce n'est pas bon pour toi de vivre dans le passé. Martin aurait voulu que tu te construises un avenir.

— Vraiment ?

Edouard sourit, mais cela ne suffit pas à l'apaiser.

— Bien entendu. Et je pense qu'il est temps que tu y réfléchisses. Je ne peux pas te garder cachée à Crèvecœur éternellement. Tu n'es plus si jeune, ma sœur…

— Je n'ai que dix-huit ans, murmura-t-elle entre ses dents. A mes yeux, ce n'est pas si vieux que cela !

— Tu sais très bien ce que je veux dire. Tu n'es plus une enfant, Aude, et tu deviens vieille pour rester… célibataire.

Une bouffée de colère envahit Aude.

— Et donc, tu as décidé de m'enfermer dans un couvent ? s'exclama-t-elle.

— Je pense que tu devrais te marier, répliqua-t-il fermement. Nous devons former des alliances. Notre famille est menacée, et tu le sais très bien.

— Est-ce que c'est à cause de la disgrâce de grand-père ? demanda-t-elle, troublée. Mais je croyais que… après que Beaumont ait… Voyons, le duc William ne peut nous reprocher les actions de grand-père ! Il sait bien que tu as combattu à ses côtés en Angleterre il y a cinq ans ; et l'année dernière, tu… *nous* avons offert tout notre soutien à son favori, Richard de Beaumont. J'avais même accepté de l'épouser, Edouard !

Des larmes lui brûlèrent les yeux et elle ne vit plus son frère qu'à travers un brouillard d'eau. Non ! Elle devait se contrôler. La conversation ne prenait pas du tout le sens qu'elle désirait, et elle n'avait pas encore eu l'occasion de commencer sa confession !

Edouard lui tapota la main d'un air absent.

— Je le sais bien, et j'apprécie les sacrifices que tu étais prête à faire…

Décidée à reprendre les rênes de la discussion, elle ravala ses larmes et s'éclaircit la voix.

— Je l'espère bien, dit-elle. Le pauvre Martin venait à peine d'être mis en terre quand j'ai accepté d'épouser Richard de Beaumont, car je connaissais mes devoirs. J'aurais tenu parole, s'il ne m'avait pas finalement repoussée.

— Et je t'en suis reconnaissant.

— A présent, et malgré ma réticence, tu comptes te servir de moi pour former une nouvelle alliance ?

— Cela serait d'une grande aide à notre famille.

L'espace d'un instant, les yeux d'Edouard s'égarèrent de nouveau vers la barge, derrière elle. La barge sur laquelle elle allait bientôt embarquer avec sa suivante et une petite escorte… Elle vit l'expression de son frère s'assombrir. Le marin viking devait sans doute exposer de plus belle ses muscles parfaits aux yeux de tous. Elle l'entendait tandis qu'il continuait à aboyer des ordres, mais il était hors de question qu'elle se tourne de nouveau pour le voir !

— Il s'est passé quelque chose, je le sens, dit-elle, soudain inquiète. Ne me dis pas que la loyauté de notre famille est de nouveau mise en question ?

Edouard la dévisagea un instant, l'air plus absent encore qu'avant, et fit non de la tête.

— Ce n'est pas cela… Aude, je ne vais pas te mentir. L'un de mes amis proches a été accusé de trahison.

Stupéfaite, elle s'écria :

— Un ami ? Qui donc ?

— Je t'en prie, parle moins fort !

— Qu'est-ce que cet ami a fait ? demanda-t-elle alors à voix basse.

— D'après ce que je sais, rien du tout. Les accusations qui pèsent sur lui sont fausses, mais je n'ai pas de preuve…

Si je te parle de cela, c'est parce qu'il est très important que tu comprennes que nous allons devoir nous montrer très prudents durant les prochains mois. Il ne faut pas que l'on nous voie en compagnie de certaines personnes…

Sous le choc, Aude sentit une chape glacée s'abattre sur ses épaules, comme si le soleil avait disparu. Mais il était toujours là… La Seine scintillait sous ses rayons, bien qu'elle fût particulièrement basse, non seulement à cause de la marée, mais aussi parce que le printemps et l'été avaient été particulièrement secs cette année.

Une voix sèche la fit sursauter :

— Attention à ton dos, idiot !

C'était le marin qui distrayait tant son frère, elle en était certaine. Incapable de se retenir, cette fois, elle se retourna à temps pour le voir repousser un autre marin et charger une petite caisse sur son épaule avant de descendre lestement la passerelle jusqu'au quai.

Elle en resta bouche bée ; elle le connaissait !

Cet homme n'avait rien d'un marin, contrairement à ce qu'elle avait pensé, mais elle ne s'était pas trompée au sujet de ses origines vikings. Il s'agissait de Hugh Duclair, comte de Freyncourt ! Voilà pourquoi son torse nu l'avait tant fascinée ; Hugh avait toujours su être particulièrement… ensorcelant.

Par le passé, elle avait toujours été incapable de détacher son attention de lui et, à présent, elle découvrait avec un certain trouble qu'il ne perdait rien de son charme hypnotique, même lorsqu'on le prenait pour un marin mal dégrossi. Rien d'étonnant à ce que le capitaine l'ait laissé se promener sur le pont torse nu. Comment aurait-il pu oser défier le comte de Freyncourt ?

Excitée, elle agrippa le bras de son frère.

— Mais c'est Hugh !

Sa surprise était justifiée. Après tout, elle ne l'avait pas vu depuis plus d'un an. Il avait toujours été l'ami d'Edouard, et elle l'avait souvent croisé. Malgré les soupçons qui avaient pesé sur leur famille quelques années plus tôt, Hugh était resté à leurs côtés, toujours gentil avec elle. Bien sûr, il se moquait souvent, sans méchanceté, et elle aurait préféré le voir plus attentionné, mais elle ne pouvait s'empêcher de l'apprécier… A une époque, elle avait même ressenti un peu plus que de la simple amitié pour lui et avait nourri de nombreux rêves à son sujet.

Seigneur, comme il avait changé, depuis ce temps-là ! Il était si grand, si large d'épaules, à présent, et sa chevelure lançait de tels éclats dorés sous le soleil matinal…

Elle fit un mouvement pour le saluer, mais Edouard la retint, la mine sombre.

— Aude, ne va pas le voir.

Abasourdie, croyant avoir mal entendu, elle le dévisagea un instant.

— Je te demande pardon ? Nous devons le saluer ! Hugh est un ami si précieux…

— Non, il ne l'est plus, répliqua Edouard d'un ton sans appel.

Choquée à l'idée que Hugh, occupé à lancer des ordres à seulement quelques mètres d'eux, ait pu l'entendre, elle fronça les sourcils.

— Comment cela, il n'est plus un ami ? demanda-t-elle à voix basse.

— Est-ce que tu n'écoutes jamais ce qu'il se dit autour de toi ? Hugh a été banni du duché !

— C'est Hugh, l'ami que l'on a accusé de trahison ?

Elle n'en croyait pas ses oreilles.

— On l'accuse d'avoir conspiré contre William.

Aussi sidérée que si l'on venait de lui jeter un baquet d'eau glacée à la figure, elle recula alors d'un pas.

— Mais cela ne peut pas être vrai, protesta-t-elle. Hugh ne ferait jamais une chose pareille ! Jamais !

— L'évêque Osmund de Saint-Aubin a témoigné en personne contre lui. Il a prêté serment devant Dieu…

— Je me fiche de savoir qui a témoigné contre lui. Je vais le saluer, que cela te plaise ou non !

Décidée à ne pas se laisser arrêter cette fois, elle empoigna ses jupes à pleines mains, mais Edouard l'attrapa par le poignet.

— Je te l'interdis !

— Edouard, lâche-moi ! s'écria-t-elle.

— Non !

Le regard brillant de colère, il baissa la voix.

— Seigneur, Aude, réfléchis ! Nous sommes toujours menacés par les accusations que notre famille a essuyées, du temps de grand-père…

Aude crispa les poings, exaspérée.

— Mais grand-père a toujours clamé son innocence ! Les charges qui pesaient sur lui…

— Etaient très graves, coupa Edouard. On l'accusait de comploter pour prendre le contrôle du duché.

— Rien n'a été prouvé ! Il a été accusé à tort, tout comme Hugh aujourd'hui.

Edouard soupira.

— Peu importe si nous croyons Hugh innocent ou non. Nous ne pouvons en aucun cas nous permettre d'être vus avec lui. Je t'interdis de lui adresser de nouveau la parole.

— Mais… Hugh est notre ami !

— Plus maintenant, murmura-t-il avant d'élever de nouveau la voix pour être entendu de toute la jetée. Mais si Hugh Duclair était innocenté, les choses seraient différentes. Nous pourrions de nouveau lui accorder toute notre amitié.

— Tu… tu…

Les mots lui manquant, elle se tourna de nouveau vers

Hugh, qui faisait visiblement semblant de ne pas les avoir vus. Depuis quand le simple fait d'observer les muscles d'un homme se gonfler sous l'effort la mettait-il dans un tel état ? Elle sentit le froid de l'angoisse la quitter pour faire place à une flamme nouvelle et étrange. Elle ne pouvait pas supporter d'ignorer ainsi celui qui les avait soutenus dans les moments les plus difficiles !

Seigneur, je vous en prie, épargnez Hugh...

En sentant une nouvelle fois la main de son frère lui saisir le poignet pour la retenir, elle prit conscience que, sans s'en apercevoir, elle s'était avancée vers Hugh. Instinctivement, aveuglément... Qu'espérait-elle ? Le réconforter ? Se blottir contre ce torse musclé pour oublier ses soucis ? Ce qu'elle venait d'apprendre l'avait tellement stupéfiée qu'elle n'était plus certaine de savoir quoi faire.

— Aude, laisse-le charger ses affaires. Il n'a pas le choix. On ne lui a donné qu'une journée pour quitter le duché.

La voix d'Edouard semblait venir de très loin, comme à travers un brouillard blanc.

— Que lui arrivera-t-il, s'il ne respecte pas le délai ?

— Il sera exécuté.

Aude sentit son cœur se mettre à battre follement. La gorge nouée, elle regarda Hugh descendre une autre caisse à quai. Quelle tristesse, de devoir quitter la Normandie dans de telles circonstances, de voir ses amis d'enfance l'ignorer...

Son regard se posa tout à coup sur la caisse qu'il portait. C'était l'une des siennes ! Il n'y avait aucun doute possible. Surprise, elle se mordilla la lèvre. Edouard lui avait interdit de parler à Hugh... Celui-ci déposa la caisse à côté de deux malles. Bon sang, ces malles aussi étaient à elle ! Que se passait-il ? Tout cela était censé se trouver sur la barge...

Ignorant l'interdiction d'Edouard, elle s'avança vers Hugh d'un pas vif, en proie à une soudaine colère.

Seigneur, qu'il était beau ! Ses cheveux voletaient autour

de son visage sous la légère brise, et sa peau s'était recouverte d'une fine couche de sueur qui reflétait la lumière du soleil. Elle repensa soudain aux contes qu'elle se racontait enfant, où il était son héros, puis aux rêves de baisers et d'étreintes qu'elle avait encore faits un an auparavant… Elle serait bien incapable, à présent, d'imaginer de telles choses sans rougir. Tout cela n'avait été qu'une faiblesse passagère, rien de plus.

Le souffle court, elle se campa devant lui et fixa ses yeux bleu orage si profonds bordés de cils noirs étonnamment longs. Le regard de Hugh avait toujours eu un effet troublant sur elle ; elle ne pouvait le croiser sans avoir envie de se blottir dans ses bras.

— Excusez-moi, madame, dit-il froidement.

Il paraissait courtois, mais cette politesse exagérée fit à Aude l'effet d'une gifle. Cette voix lui était étrangère, totalement différente de celle de l'homme qui l'avait vue grandir, qui l'avait taquinée jusqu'à l'exaspération… Elle se raidit. Il l'avait forcément reconnue, puisqu'elle l'avait reconnu, lui, bien qu'elle ne l'ait vu qu'une ou deux fois ces dernières années.

Un frisson glacé la parcourut. Hugh et Edouard avaient été aussi proches que des frères, mais les temps avaient bien changé… Aujourd'hui, Edouard refusait de saluer son ami. A moins que…

C'était cela ! Tandis qu'elle dévisageait Hugh, elle surprit un échange de regards furtifs entre les deux hommes et Hugh fit un signe de tête presque imperceptible à son ami. S'ignoraient-ils seulement en public ? Continuaient-ils à bien s'entendre en privé ?

Elle poussa un profond soupir. Quoi qu'il soit en train de se passer entre eux, elle n'avait d'autre choix que d'imiter son frère. Le comte Hugh de Freyncourt, ou du moins l'ancien comte, avait suffisamment d'ennuis sans qu'elle attire l'attention sur lui. Il lui suffisait de s'adresser à lui comme s'il s'agissait d'un simple marin, et personne ne se rendrait compte qu'ils se connaissaient.

— Dites-moi, lança-t-elle d'un ton hautain. Pourquoi avez-vous descendu à quai cette caisse et ces malles ?

— Elles gênaient le passage, répondit-il sans trahir la moindre émotion.

— Mais vous ne pouvez pas les débarquer comme cela !

Hugh haussa les épaules avec un flegme exaspérant.

— Il semblerait que si. Veuillez m'excuser, madame.

Comme il faisait mine de remonter à bord, elle lui barra le passage une fois de plus. Elle n'avait pas vraiment prévu d'annoncer son départ à son frère de cette manière, mais il semblait qu'elle n'avait plus le choix.

— Ces malles sont à moi, répliqua-t-elle indignée. Et puisque j'ai payé mon passage pour Honfleur, j'aimerais savoir pourquoi vous vous êtes permis de débarquer mes bagages.

A son côté, Edouard étouffa un juron ; elle préféra l'ignorer. Hugh prit une profonde inspiration et se passa la main dans les cheveux sans la quitter des yeux. Il semblait lire en elle comme dans un livre ouvert. Une petite flamme s'alluma dans son ventre, au plus profond d'elle… Seigneur ! Que se passait-il donc ? La sensation n'était pas désagréable et elle aurait aimé en profiter plus longtemps, mais elle devait régler son problème de bagages d'abord.

Tâchant d'ignorer à quel point Hugh pouvait être bel homme, même lorsqu'il se montrait insupportable, elle releva la tête avec un mépris apparent.

— J'ai débarqué ces malles parce qu'elles gênaient le passage, comme je viens de vous le dire, madame, répondit-il froidement avant de monter de nouveau à bord et de se saisir de l'une de ses malles restantes.

Troublée, surprise de ne pas perdre toute contenance face au corps à demi nu de Hugh, elle se tourna vers son frère.

— Edouard, j'apprécierais un peu de soutien de ta part.

Edouard croisa les bras et la dévisagea en silence. A la vérité, il paraissait plus amusé qu'agacé par la découverte de son secret — et il semblait également extrêmement soulagé qu'elle n'ait pas donné le moindre signe de familiarité avec Hugh…

— Tu veux que je te soutienne ? Certainement pas ! Dis-moi, quand avais-tu prévu de partir ?

— Cet après-midi. Je t'en prie, Edouard !

Avec un regard désespéré, elle désigna de la main Hugh qui alignait la nouvelle malle sur la jetée avec les autres, mais son frère ne bougea pas d'un pouce.

— Tu avais prévu de fuir à Honfleur en secret, sans me prévenir, et maintenant tu me demandes de l'aide ? Non, Aude. Je ne ferai rien avant de connaître l'entière vérité.

— Mais je comptais te prévenir !

— Vraiment ? Et quand cela ? Avant ou après notre rendez-vous avec l'abbé ?

— Avant, bien sûr ! répliqua-t-elle avec impatience. J'étais sur le point de te le dire quand Hu… cet homme a commencé à éparpiller mes affaires sur le quai !

Pendant leur discussion, Hugh était revenu déposer avec grand soin la dernière malle d'Aude sur le quai, à côté des autres. Il s'apprêtait à remonter à bord lorsqu'elle l'arrêta en lui posant fermement la main sur le torse. Sa peau était moite et chaude. Il marmonna quelque chose à mi-voix.

— Parfois, le plus simple quand vous voulez qu'une chose soit faite, c'est de le faire vous-même…

Elle perçut alors un léger effluve, une odeur masculine de peau chauffée au soleil et de sueur fraîche. Etrangement, ce n'était pas désagréable. Hugh avait peut-être choisi de se conduire comme un barbare impatient, il n'en demeurait pas moins attirant… Même lorsqu'elle séjournait à Beaumont, des rumeurs au sujet de sa manière sauvage et séduisante de se comporter avec les femmes lui étaient parvenues. Elle avait entendu dire que même les plus chastes ne pouvaient résister à son charme et, aujourd'hui, elle le croyait bien volontiers.

Il faisait pourtant semblant de ne pas savoir qui elle était, et cette indifférence la blessait. Il la regardait froidement, et elle ne pouvait s'empêcher de lire au fond de ses yeux un agacement qu'il ne cherchait même pas à dissimuler. Par le passé, elle avait toujours senti une certaine chaleur en lui, en dépit de ses moqueries fraternelles. Il lui avait toujours manifesté une certaine forme d'affection. Hélas ! il ne restait plus rien de tout cela. Les événements de l'année qui venait de s'écouler l'avaient-ils transformé à ce point ?

— J'aimerais parler au capitaine du vaisseau, dit-elle d'une voix forte et maîtrisée.

La main puissante de Hugh prit la sienne doucement et l'écarta de son torse. Il souriait d'un air moqueur, presque insultant, et un profond regret envahit Aude. Leur en voulait-il parce qu'ils avaient refusé de le saluer en amis ?

Une nouvelle fois, elle crut percevoir un bref échange de regards entre Edouard et lui, puis il répondit posément :

— Le capitaine est à l'abbaye pour négocier le prix de transport d'un stock de vin. Si vous le souhaitez, je peux lui transmettre un message à son retour.

Derrière Aude, Edouard lâcha un petit rire. Hors d'elle, elle fit volte-face et s'attaqua à son frère.

— Edouard, je te demande une dernière fois de m'aider, plutôt que de rester là à te moquer de moi !

Il la dévisagea, l'air profondément amusé.

— Certainement pas. C'est bien trop distrayant… Voir ma sœur, Aude de Crèvecœur, batailler farouchement avec le com… un simple marin ! Et je pense que tu n'as absolument pas besoin de mon aide.

Aude se tourna alors de nouveau vers Hugh et riva son

regard au sien. Si seulement il pouvait lire en elle, à présent, et voir qu'elle n'avait aucune envie de l'ignorer, de faire semblant de ne pas le connaître !

— J'ai réservé et payé mon voyage jusqu'à Honfleur, finit-elle par dire dans un dernier effort pour lui faire entendre raison. Et je vous demande de remporter mes affaires à bord.

— C'est impossible, répondit-il tranquillement. Le navire est plein.

— Il ne l'était pas tout à l'heure !

— Maintenant il l'est, répliqua Hugh sans chercher à cacher son impatience. Vous allez devoir en trouver un autre, madame. Ne vous en faites pas. Ce n'est pas la seule barge en partance pour Honfleur. Vous devriez essayer celle-là, là-bas.

Il accompagna sa proposition d'un mouvement de tête en direction de la jetée la plus éloignée. De l'endroit où elle se trouvait, Aude ne vit qu'un canot à rames à demi échoué dans la boue à cause de la marée basse.

— Vous plaisantez ? s'écria-t-elle. J'ai besoin d'un vrai bateau !

— Mais il y en a un derrière cette jetée, vous pouvez me croire. Et il part demain à marée haute.

Pensait-il réellement qu'elle allait le croire sur parole ? Décidée à ne pas abandonner la lutte, elle reprit :

— Peu importe cette autre barge. C'est sur celle-ci que j'ai payé mon passage, et je compte bien partir aujourd'hui.

Le torse sculpté de Hugh se souleva dans un profond soupir et il plongea la main dans la bourse attachée à sa ceinture.

— Combien ? fit-il.

Comment osait-il se montrer si arrogant ? Le souffle court, elle se rendit soudain compte qu'elle ne se tenait qu'à quelques centimètres de sa peau dorée et un frisson la parcourut. Qu'est-ce qui lui arrivait ? Ce n'était pas le moment de se laisser distraire. Se contrôlant avec de plus en plus de difficulté, elle jeta un regard en coin à son frère.

— Il ne peut quand même pas s'en tirer comme cela ! dit-elle à mi-voix.

— De toute évidence, répondit sèchement Edouard. Il a une certaine influence sur le capitaine.

Manifestement impatient, Hugh se racla la gorge.

— Allons, femme, je n'ai pas tout mon temps ! reprit-il d'un ton glacial. Combien avez-vous donné au capitaine pour voyager à son bord ?

Sans même attendre sa réponse, il lui saisit la main et déposa quelques pièces d'argent dans sa paume. Puis il remonta à bord et se remit à lancer des ordres comme s'il était le duc en personne.

Suffoquée, Aude regarda un instant la monnaie au creux de sa main. Que venait-il de se passer ?

— Quelle espèce de...

— Attention, ma chérie, la coupa Edouard à voix basse. Dame Aude de Crèvecœur n'est pas supposée jurer en public comme une poissonnière.

— Je m'en moque bien !

Exaspérée, elle baissa les yeux sur les coffres et caisses alignés le long du quai. Quelque part, au fond d'elle, quelque chose se brisa. Elle venait de perdre Hugh, de perdre toute l'amitié qui pouvait subsister entre eux... Mais ce regret n'apaisait en rien sa rage à l'idée de ce qu'il venait de faire.

— Il n'avait aucun droit de débarquer mes affaires ! reprit-elle, furieuse.

— Pour ma part, je lui en suis reconnaissant. Cela me donne une opportunité de te faire changer d'avis.

— Certainement pas ! Le comte Richard m'a donné le domaine Alfold, et je compte bien m'y rendre. D'après ce que l'on m'a dit, il a été mal entretenu et j'aimerais remettre les choses en ordre là-bas.

— Cela risque de ne pas être aussi facile que tu le crois. Réfléchis bien, Aude. L'Angleterre est très instable en ce moment. Depuis que le duc William s'est emparé de la couronne, le pays entier reste agité. Rappelle-toi ce que nous a dit le comte Richard à propos de tout ce qui s'est passé dans le Nord…

— Alfold est au sud, l'interrompit-elle.

— Peut-être. Mais c'est tout le royaume qui ne va pas bien !

Edouard la prit dans ses bras, sans doute dans l'espoir de l'apaiser.

— Tu as beau être très agaçante, parfois, je ne veux pas te perdre, lui glissa-t-il à l'oreille.

— Edouard, tu perds ton temps. Je ne changerai pas d'avis.

Elle jeta un regard furibond à Hugh, toujours en train de s'activer sur le pont, et, malgré sa colère, ne put s'empêcher d'admirer encore une fois son buste hâlé. Par tous les saints, pourquoi ne pouvait-elle ignorer sa beauté à couper le souffle ?

— Il n'avait pas le droit de faire cela, répéta-t-elle avec obstination.

— Il ne sert à rien de lutter contre un homme désespéré, murmura Edouard en lui prenant le bras pour la reconduire au bout du quai, en direction de la place du marché. De plus, je pense que ce n'est pas une bonne idée de te brouiller avec Hugh Duclair. Et maintenant, je te demande encore une fois de ne plus lui adresser la parole.

Soudain, il eut un petit rire.

— Il a bien joué son rôle, d'ailleurs, tu ne trouves pas ? Un vrai pirate des rivières !

— Un pirate ? Vraiment ?

Elle jeta un petit regard en arrière. Avec une telle virilité et un regard si perçant, si rageur, elle l'aurait plutôt comparé au diable.

Tout à coup, elle s'immobilisa.

— Edouard, mes malles ! On ne peut pas les laisser sur la jetée sans surveillance !

Il acquiesça et fit signe à son écuyer.

— Raoul, assure-toi que les bagages de dame Aude soient ramenés à l'abbaye.

— Bien, mon seigneur.

Tandis que Raoul appelait des porteurs, Aude reprit docilement le bras de son frère.

— A présent, reprit-il, j'aimerais entendre la fin de ta confession. Je crois que tu étais sur le point de m'annoncer que tu avais réservé une place sur un bateau pour Honfleur quand nous avons été interrompus…

Sa voix était un peu sévère, mais une étincelle d'amusement scintillait dans ses yeux et un petit sourire retroussait le coin de ses lèvres.

Aude baissa la tête. Elle ne se sentait pas coupable d'avoir essayé de fuir tandis que son frère prenait des décisions la concernant sans la consulter, mais peut-être quelques signes de contrition l'aideraient-ils…

— Je suis navrée de gâcher tes projets pour moi, Edouard, commença-t-elle, mais je n'ai aucun désir de prendre le voile. J'ai essayé de te le dire plusieurs fois avant que nous quittions Crèvecœur…

Ils s'approchaient des grilles de l'abbaye, et elle sentit son cœur se serrer.

— Crois-moi, insista-t-elle, la vie de nonne n'est pas pour moi !

— Je le sais bien, grommela son frère, même si je crois me rappeler que tu avais émis le souhait de te retirer du monde après la mort de Martin.

Surprise par cette remarque, elle ne répondit pas immédiatement et passa silencieusement sous le porche de l'abbaye en saluant les sentinelles d'un signe de tête. De l'autre côté de l'arche, la cour s'étendait jusqu'à l'église Notre-Dame, flanquée de ses deux imposants clochers. La façade venait d'être repeinte, exhibant ses couleurs vives sous le soleil comme un bijou dans son écrin.

Finalement, elle murmura :

— Je me souviens très bien de ce que j'ai dit après la mort de Martin. Mais on peut dire beaucoup de choses sans réfléchir lorsque l'on perd un être cher. Il ne faut pas prendre ces élucubrations dues à la douleur pour des décisions raisonnées.

— Je peux le comprendre. Tu aimais beaucoup Martin et tu l'as pleuré. Pour ma part, je ne te vois pas non plus dans un couvent, ne t'inquiète pas. Si je veux te faire rencontrer l'abbé, c'est parce que j'espérais te voir accepter l'idée de te marier.

— Me marier ? C'est hors de question !

Réprimant un frisson d'angoisse, elle parvint à retrouver un peu de calme et ajouta plus posément :

— En tout cas, pas tout de suite…

Soudain, l'image de Hugh, à demi nu, lui revint à la mémoire. Le feu aux joues, elle la repoussa du mieux qu'elle put.

— J'ai eu beaucoup de difficultés à organiser ce rendez-vous avec l'abbé, reprit Edouard. Il m'a fallu rendre un certain nombre de services pour cela, alors j'aimerais que tu ailles le rencontrer, comme prévu.

Aude poussa un profond soupir. Puisqu'elle n'avait pas le choix, elle allait devoir se résigner.

— Très bien. J'irai au rendez-vous, puisque tu insistes. Mais j'aimerais qu'une chose soit très claire entre nous : personne ne m'obligera à prononcer des vœux, quels qu'ils soient.

Chapitre 2

Aude prit une profonde inspiration. Puisqu'elle ne pouvait échapper à son rendez-vous avec l'abbé Bertram, elle allait tout faire pour l'écourter le plus possible.

Elle accompagna donc son frère jusqu'à l'ancienne église Saint-Pierre. Là, dans l'ombre fraîche des travées, elle vit passer le long des arcades des moines traînant derrière eux un parfum d'encens. Des rayons de soleil perçaient à travers les étroites fenêtres, illuminant statues et bas-reliefs.

Le long d'un mur, l'abbé était installé sur un banc de pierre. Il n'avait presque plus de cheveux — à cause de sa tonsure ou d'une calvitie naissante — mais des sourcils étonnamment sombres et fournis barraient son long visage aux traits sévères. Une grosse croix d'or ornée de pierreries scintillantes pendait à son cou.

— Seigneur Edouard, lança-t-il lorsqu'il les aperçut. Quel plaisir de vous voir !

— Le plaisir est partagé, monseigneur. Comment vous portez-vous ?

— Très bien, je vous remercie. Je vous en prie, asseyez-vous, répondit l'abbé avec un signe de la main en direction des coussins déposés sur le banc.

Ils obtempérèrent docilement. Les fenêtres, au-dessus d'eux, ne portaient pas de vitraux et, après la chaleur qui régnait à l'extérieur, la brise qui soufflait dans l'église était particulièrement agréable.

— Ainsi, commença l'abbé, voici votre sœur, seigneur Edouard. J'ai beaucoup entendu parler d'elle.

— Oui, monseigneur. Permettez-moi de vous présenter dame Aude de Crèvecœur.

L'abbé la salua courtoisement et elle répondit à mi-voix.

— Seigneur Edouard, reprit le vieil homme, lorsque j'ai reçu votre lettre, j'ai cru comprendre que votre sœur avait pour vocation de prendre le voile. Je pourrai, bien sûr, trouver une maison convenable dans laquelle elle serait à même de faire son noviciat et de vivre en paix.

— Monseigneur, répondit Edouard, je vous prie de m'excuser si ma requête vous a causé trop de travail.

— Mon fils, j'apprécie toujours de pouvoir trouver des places pour celles de nos sœurs qui sont touchées par la grâce. Et il n'est jamais mauvais de mettre leur vocation à l'épreuve avant qu'elles ne prononcent leurs vœux. Ces vœux sont sacrés et irrévocables, comme vous le savez, et ce serait un péché de les prononcer puis de changer d'avis. Offrir sa vie à Dieu n'est pas une décision que l'on peut prendre à la légère.

Incapable de demeurer muette plus longtemps, Aude intervint avec douceur :

— Monseigneur, me permettez-vous de parler librement ?

— Je vous en prie, madame. Avez-vous décidé du chemin que vous souhaitez suivre ?

— En effet. Vous avez dû apprendre que mon fiancé, Martin de Beaumont, nous a quittés il y a à peine plus d'un an.

— Je l'ai appris par votre frère, et je vous présente mes plus sincères condoléances.

— Je vous remercie, monseigneur. J'avoue qu'après la mort de Martin, j'ai pensé prendre le voile. Cependant, une plus longue réflexion m'a fait comprendre que la vie contemplative n'était pas réellement faite pour moi…

Soudain, elle songea à Hugh. C'était lui, lui et son sourire qui le lui avaient fait comprendre. Ce sourire avait réussi à alléger la douleur de son deuil et l'avait séduite. Depuis, elle ne pensait qu'à une chose : la sensation qu'éveillerait en elle un baiser de Hugh.

— Etes-vous sûre de vous, madame ? demanda l'abbé. Je vous assure que l'Eglise vous accueillerait avec plaisir en son sein. Peut-être que l'un de nos ordres les moins… austères pourrait vous convenir ?

Aude sentit tout son corps se crisper sous l'effet d'une vague de panique. Elle s'apprêtait à protester lorsque Edouard reprit la parole :

— Monseigneur, je suis navré si nous nous sommes mal compris, mais je me dois de clarifier les choses. Ma sœur ne prendra pas le voile. Je lui ai donné ma parole ; ses désirs en la matière seront respectés.

Aude le remercia d'un sourire reconnaissant.

— Bien sûr, je comprends, répliqua l'abbé d'un ton légèrement irrité. La contrainte ne ferait qu'entacher sa dévotion au Seigneur. Quiconque offre sa vie à l'Eglise doit le faire librement… Quoi qu'il en soit, je serais vraiment attristé de voir votre sœur gâcher sa vie inutilement. Elle possède de toute évidence beaucoup de force morale et sans doute de nombreux talents. Les laisser s'endormir sans qu'ils profitent à qui que ce soit serait un péché envers le Seigneur qui lui en a fait don. Peut-être dame Aude a-t-elle besoin d'être guidée de manière plus éclairée. Une retraite serait sans doute une bonne idée…

— Non, le coupa Aude sans souci des convenances. Veuillez m'excuser, monseigneur, mais une retraite me serait inutile. Je n'ai aucune vocation et cela ne changera pas, quel que soit le nombre de retraites auquel vous pourriez me contraindre !

— Vous avez donc fait votre choix ?

— Sur ce point, oui, je peux vous l'assurer.

— J'imagine que vous envisagez le mariage, alors, dit l'abbé.

— Oui, un jour, peut-être.

Le vieil homme acquiesça sèchement et se leva.

— Dans ce cas, je vous laisse à vos méditations. Songez à tous les avantages qu'un bon mariage pourrait offrir à votre famille. Si vous vous unissiez à un homme de bien fidèle au duc William, votre maison serait à l'abri de tout déshonneur. Si vous vous décidez, je me permettrai de vous présenter un prétendant. Au vu du nuage de suspicions qui pèse encore sur votre frère, dame Aude, je ne peux que vous conseiller de réfléchir à ma proposition. Sur ce, je prie pour que Dieu vous apporte ses lumières.

— Adieu, monseigneur, répondit Edouard tandis que l'abbé tournait les talons après un bref signe de croix.

Dès qu'il se fut éloigné, Aude, inquiète, se tourna vers son frère.

— Il cherche à mettre la main sur ma dot, indirectement, murmura-t-elle.

— Sans doute te présentera-t-il l'un de ses propres chevaliers.

— Tu n'es pas sérieux !

— Hélas ! si. Aude, écoute-moi…

Il baissa plus encore la voix.

— Je peux comprendre que tu ne veuilles pas entrer au couvent, mais je pense que tu devrais sérieusement songer au mariage, et le plus tôt possible. L'idéal serait de le célébrer dans l'année.

— Dans l'année ? répéta-t-elle, abasourdie et soudain

soupçonneuse. Tu me caches quelque chose. Que s'est-il passé ?

Il soutint un instant son regard en silence, les poings serrés. Elle les lui fit desserrer avec douceur, dans l'espoir de l'apaiser. Décidément, la journée ne se déroulait pas du tout comme prévu. D'abord, elle avait appris le bannissement de Hugh, et maintenant, son frère cherchait à tout prix à lui faire épouser un inconnu pour sauver l'honneur de leur famille…

— Edouard, demanda-t-elle à mi-voix, est-ce que mon mariage pourrait réellement aider notre maison ?

Edouard poussa un soupir douloureux.

— Une alliance avec l'un des proches de l'abbé assoirait notre pouvoir en Normandie. Personne n'oserait plus remettre en question notre loyauté envers le duc.

— Je ne pense vraiment pas que…

— Aude, je t'en prie ! Accepte de rencontrer le protégé de Bertram. On ne sait jamais, peut-être te plaira-t-il…

— L'homme de Bertram ? Est-ce que tu as pris des décisions dans mon dos ?

Elle se sentait de plus en plus mal à l'aise face à son frère. Qu'avait-il organisé ?

— Contente-toi de le rencontrer, répondit-il fermement. Nous verrons bien ce que nous ferons ensuite.

Cette fois, elle ne put contenir sa colère plus longtemps.

— Non ! Tu… tu… Je te déteste !

— Ce n'est pas vrai. Aude, tu *dois* te marier. Comme l'a dit monseigneur Bertram, il est temps que tu fasses un choix.

— Un choix ? Mais quel choix puis-je faire ? Tu veux me faire épouser un homme que je ne connais pas ! Tu avais prévu cela depuis le début, traître ! Comment as-tu pu…

Au fond de la nef, une porte grinça, et Edouard frémit.

— Tais-toi ! Ils reviennent !

En effet, des pas approchaient. Aude n'osa pas lever les

yeux. Si seulement cet homme pouvait être Hugh… Hélas ! plus que jamais, le désir d'épouser Hugh, un désir qu'elle osait à peine s'avouer, était vain.

— Seigneur Edouard, bonjour, lança le nouvel arrivant.

Sa voix était agréable, mais inconnue… Aude se risqua enfin à le regarder. Il portait une tunique bleue qui soulignait sa haute stature. Ses longs cheveux bruns encadraient un visage percé de deux yeux sombres et brillants. Il la gratifia d'un sourire amical. Un peu rassurée, elle se leva pour le saluer.

Tout le monde tirerait un avantage de ce mariage, songea-t-elle. Son prétendant lui-même serait récompensé par elle et sa dot. Oui, l'arrangement paraissait intéressant et tout le monde en serait heureux. Tout le monde, sauf elle…

Le visage d'Edouard s'était illuminé à la vue du chevalier.

— Seigneur Olivier ! Quel plaisir de vous revoir, mon ami ! Aude, permets-moi de te présenter le seigneur Olivier de Fougères. Et voici ma sœur, Aude de Crèvecœur.

L'homme se pencha pour lui faire un baisemain et, tout à coup, Aude fut envahie par une vision des plus agréables. A sa place se tenait Hugh ; il n'était plus banni et portait une tunique de soie brodée. Le pommeau doré de son épée reflétait le soleil et ses yeux scintillaient de joie, comme l'été précédent, à Crèvecœur…

Mais ce fut la voix d'Olivier et non celle de Hugh qui la ramena à la réalité.

— Monseigneur Bertram m'a suggéré de vous rencontrer et m'a confié que votre frère approuvait son choix.

— Vraiment ? fit-elle en retirant lentement sa main.

Que lui arrivait-il ? Elle devait à tout prix cesser de penser à Hugh !

— Ma dame, reprit Olivier, monseigneur Bertram et votre frère m'ont déjà vanté vos nombreuses qualités…

— Je suis heureuse d'apprendre que mon frère me tient en haute estime, répondit-elle, intimidée.

— Pourquoi en serait-il autrement ? Tous deux parlent de vous en termes élogieux. La rumeur a colporté les compétences indéniables dont vous avez fait preuve à Beaumont, ainsi que les améliorations que vous avez su apporter à Crèvecœur depuis votre retour.

A ces mots, Aude sentit le sang lui monter aux joues, mais Olivier ne parut pas s'en apercevoir et poursuivit :

— Dame Aude, me ferez-vous l'honneur de vous promener avec moi dans le verger ? Nous pourrions apprendre à nous connaître un peu... Seigneur Edouard, y voyez-vous une objection ?

— Aucune, répondit Edouard en souriant.

— Dame Aude ?

Aude n'eut d'autre choix que de prendre le bras qui lui était offert et de suivre son prétendant à l'extérieur.

Dans le verger de l'abbaye, les abeilles bourdonnaient autour des buissons de lavande et les papillons voletaient de fleur en fleur, ivres de nectar. Aude marchait d'un pas lent entre les arbres, à peine consciente de ce qui l'entourait. Elle jeta un coup d'œil discret au chevalier qui l'accompagnait en silence.

Edouard avait dû compter sur la beauté du seigneur Olivier pour la séduire. Evidemment, il avait de quoi plaire : de belles dents, une puissante carrure et un sourire qui charmeraient n'importe quelle femme. La main délicatement posée sur son bras, elle sentait le jeu de ses muscles sous l'étoffe de sa tunique. Jusqu'à présent, elle n'avait rien trouvé de déplaisant en lui, mais elle ne parvenait pas à s'abandonner à son charme. Hugh... Que ressentirait-elle, si elle se promenait sous ces mêmes arbres au bras de Hugh Duclair ?

Au bout d'un moment, Olivier cueillit une pomme qu'il lui tendit galamment.

— Merci, murmura-t-elle.

Le fruit était mûr à point, rouge et lisse, chaud de soleil. Pourtant, il ne la tentait pas plus que l'homme qui venait de le lui offrir... Le sourire moqueur de Hugh ne quittait pas ses pensées.

Fermement, elle chassa son image. Il n'aurait plus jamais de sourires à lui adresser.

Olivier baissa ses yeux si brillants sur elle et, d'un geste sûr, l'attira contre le tronc moussu d'un arbre. Son regard s'enflamma et Aude comprit soudain ce qu'il comptait faire. Il allait l'embrasser.

Curieuse, elle releva la tête. Bien qu'elle ait été fiancée deux fois, et en dépit de son amour secret pour Hugh, elle n'avait pas une grande expérience dans l'art des baisers. Le seul homme à l'avoir embrassée avait été Martin. Elle l'avait aimé, mais n'était âgée que de treize ans lors de leurs fiançailles et tous deux avaient juré de rester chastes jusqu'au mariage. Pour cette raison, tous ses baisers avaient été affectueux mais retenus, afin de ne pas éveiller la tentation de rompre leur serment. Après la mort de Martin, elle avait été fiancée au comte Richard mais, par égard pour son récent deuil, il ne l'avait jamais touchée... De toute façon, il était bien trop occupé par sa maîtresse saxonne pour s'intéresser de près à elle.

A présent, Olivier se penchait lentement vers elle.

Elle ne connaissait pas cet homme, mais — bien que sa beauté la laissât de glace — elle devait essayer de lui plaire pour le bien d'Edouard. Son frère pensait qu'elle avait porté le deuil trop longtemps, que sa tristesse était devenue une habitude à briser, et peut-être avait-il raison. Ce chevalier inconnu parviendrait peut-être à lui faire apprécier ses caresses. Elle devait se montrer ouverte d'esprit. Si jamais elle en venait à ressentir la moindre tendresse pour lui, une alliance serait peut-être possible.

Peu à peu, la silhouette de l'homme lui cacha le soleil et, instinctivement, elle se crispa. Olivier n'était pas Hugh, et elle n'avait aucune envie de le toucher !

Tout à coup, elle se rendit compte qu'il sentait un peu la sueur et dut faire un effort pour ne pas se détourner. Tous les hommes n'avaient pas cette odeur âcre quand ils transpiraient. Hugh, torse nu sur la jetée, sentait bon, lui.

— Ma dame, murmura Olivier à son oreille, si vous me faites l'honneur de devenir mon épouse, je jure de vous chérir jusqu'à la fin de mes jours…

Elle plongea le regard dans son regard sombre et aperçut son reflet, minuscule, dans ses yeux. Et lui, que voyait-il en elle ? S'intéressait-il à elle, ou simplement à sa dot, aux terres qu'il obtiendrait en l'épousant ?

Le corps puissant, mâle, du chevalier la pressait contre l'arbre, comme s'il cherchait à se fondre en elle, et elle s'appliqua à ne pas bouger tandis que ses lèvres se pressaient sur les siennes.

Rien.

Elle ne ressentait absolument rien, mis à part un profond malaise. Non, ce n'était pas un malaise, mais un violent dégoût qui ne fit que s'amplifier tandis que les secondes s'écoulaient. Il l'étouffait… Finalement, elle ne put s'empêcher de le repousser. Il lui prit la main sans s'écarter pour autant et elle dut réprimer une subite envie de crier, d'appeler à l'aide.

Olivier la serra plus encore entre l'arbre et lui ; elle n'avait aucun moyen de fuir.

Pense à ta famille. Nous avons besoin de nouer une bonne alliance…

Tandis qu'elle essayait de se cramponner à cette pensée, son voile s'accrocha à une branche, ce qui fit que son exaspération grimpa d'un cran.

— Aïe ! Seigneur Olivier !

Sans doute ne l'entendit-il pas, car il continua à l'embrasser en lui laissant à peine le temps de respirer. Il essaya alors de glisser sa langue entre ses dents serrées, et elle fut saisie d'une violente nausée. Martin n'avait jamais essayé de faire une chose aussi répugnante avec elle ! Elle parvint à détourner la tête, mais son voile se déchira dans le mouvement, lui tirant douloureusement les cheveux.

— S'il vous plaît, mon seigneur, arrêtez !

Le corps d'Olivier dégageait une odeur de plus en plus âcre. Bien que très jolie, sa tunique était plus adaptée à l'hiver qu'à l'été et aurait eu grand besoin d'être aérée !

Il finit par s'écarter légèrement et elle put enfin de nouveau respirer. Sa colère retomba peu à peu devant son sourire étonnamment charmant. Ce sourire était décidément son meilleur atout. A la fois enfantin et chaleureux, il trahissait sa nature vulnérable sous l'apparence du chevalier imposant. Jamais cet homme ne serait capable de la contraindre à lui obéir contre sa volonté…

Elle comprit alors le seul avantage qu'elle pourrait tirer de ce mariage : il se plierait à ses souhaits. Songeuse, elle l'examina longuement. Ses baisers la laissaient peut-être froide, elle ne désirerait probablement jamais ses caresses, mais son caractère faisait de toute évidence de lui une perle rare parmi les chevaliers. Au moins, il n'oublierait sans doute pas que les terres acquises par le mariage appartenaient à son épouse et ne la dépouillerait-il pas de ses biens.

— Oh ! Votre voile, ma dame ! s'exclama-t-il en apercevant les dégâts. Je suis navré. Jamais je n'ai voulu faire cela ! Seulement…

— Oui ? fit Aude, soudain angoissée.

Elle l'observa, méfiante. Qu'allait-il faire ? Ce chevalier sans terres la désirait pour sa dot ; il voulait tourner la situation à son avantage ! Elle aurait dû s'en douter : il n'était pas différent des autres, en fin de compte…

Ses cheveux s'étaient détachés et quelques mèches tombaient autour de son visage. Il en caressa une avec un profond soupir.

— Vos cheveux sont si beaux, murmura-t-il. Je ne les imaginais pas aussi magnifiques. Vous ressemblez à une déesse dorée de la beauté.

Aude sentit monter un fou rire mais se mordit la lèvre pour le réprimer. Olivier semblait avoir une assez haute opinion de lui-même, mais elle était incapable de le prendre au sérieux. Et ses caresses, ses baisers n'étaient pas…

A quoi pourraient ressembler les baisers de Hugh ?

Elle rassembla les quelques mèches folles qui s'étaient échappées du voile et se détourna pour le remettre du mieux qu'elle put. Elle devait à tout prix cesser de penser à Hugh. Il n'était pas là, devant elle, et il ne désirait pas l'épouser. Olivier, oui. S'il s'avérait aussi malléable qu'elle le soupçonnait, il pourrait d'ailleurs se révéler très utile…

Lorsqu'elle fut présentable de nouveau, elle se tourna et découvrit Olivier adossé à un arbre, en train de manger une pomme à belles dents.

— Ma dame, dit-il avec gentillesse, vous devez savoir comme moi que votre frère désire notre union.

— Oui, je le sais, mais…

Il jeta le trognon de sa pomme et s'approcha d'Aude pour lui prendre doucement les mains.

— Eh bien, sachez que c'est également mon désir le plus cher.

— Mon seigneur, ma dot n'est pas extraordinaire, je le sais. Quoi qu'il en soit, j'imagine que mes terres vous intéressent plus que ma personne…

— Pas du tout ! protesta-t-il en lui embrassant les mains

l'une après l'autre. J'admets que c'était le cas avant de vous rencontrer. Mais depuis que je vous ai vue…

— Je vous trouve bien désinvolte, seigneur Olivier, répliqua-t-elle en lui retirant ses mains. Vous savez certainement que je possède un manoir près de Crèvecœur.

— En effet.

— Et que mon grand-père a confié à l'abbé un coffret rempli d'or pour constituer ma dot.

— Bien sûr, cependant…

— On m'a également offert un petit domaine dans le Wessex, poursuivit-elle. Saviez-vous cela aussi ?

Olivier la dévisagea d'un air perplexe.

— Où diable se trouve le Wessex ? demanda-t-il.

— En Angleterre, mon seigneur.

— Votre frère vous a donné ce domaine ?

— Non, c'est un présent de mon fiancé.

— Le comte Martin ? J'ignorais qu'il possédait des terres en Angleterre…

— Il n'en possédait pas. Je parle du comte Richard de Beaumont.

Surpris, Olivier parut réfléchir un instant.

— L'homme qui a hérité du titre de Martin ? Je ne savais pas que vous lui aviez également été promise.

— Nos fiançailles n'ont pas duré longtemps, précisa Aude. Nous avons rapidement décidé de ne pas nous marier, et ce domaine en Angleterre a été son cadeau de séparation.

Le chevalier paraissait de plus en plus dubitatif.

— Eh bien, dans ce cas, tout est pour le mieux. Mais, comme je viens de vous le dire, ma dame, je ne souhaite pas vous épouser pour vos terres.

— Si je vous parle de tout cela, poursuivit-elle avec plus de douceur, c'est parce que je tiens à vous informer de mes projets. J'ai récemment décidé de partir pour le Wessex.

— Je vois…, fit-il sans cacher sa stupéfaction.

— J'espérais que vous comprendriez, reprit-elle. Je souhaite explorer mon nouveau domaine et m'assurer que tout y est en ordre. Et, quoi que mon frère en dise, je ne compte pas prendre de décision concernant mon avenir avant mon retour.

— Et quand prévoyez-vous de rentrer ?

Aude haussa les épaules d'un air détaché.

— Cela dépendra de ce que je découvrirai sur place.

Jusqu'à présent, il avait marché dans son sens. Il était temps de se montrer plus audacieuse.

— Mon frère pense pouvoir me faire changer d'avis. Cependant...

— Cependant, il n'y parviendra pas, acheva Olivier.

Non, et vous non plus.

Etrangement, l'incapacité de cet homme à l'influencer était justement la seule raison qui lui permettait d'envisager un mariage avec lui. Du moins, si elle ne trouvait aucune autre solution entre-temps...

— Non, car je suis bien décidée à me rendre en Angleterre. Certaines choses, là-bas, nécessitent ma présence, d'après ce que l'on m'a dit. Avec un peu de chance, je pense rentrer à Crèvecœur pour l'Avent.

— Risqueriez-vous de traverser la Manche en plein hiver ? demanda-t-il, l'air sincèrement inquiet pour elle. Croyez-vous que cela soit sage ?

Soudain impatiente, Aude prit une profonde inspiration. Il était essentiel qu'elle demeure calme si elle voulait mettre son plan à exécution.

— Ne vous en faites pas. Je ne voyagerai que si le temps le permet. Ce que je tente de vous dire, seigneur Olivier, c'est que...

— Que vous ne désirez pas m'épouser.

Aude le dévisagea. Il paraissait profondément déçu. Regrettait-il de ne pouvoir mettre la main sur sa dot, ou était-il réellement charmé par elle ? Décidément, cet homme était bien malléable…

— En effet, seigneur Olivier, répondit-elle gentiment mais fermement. Je suis navrée.

Il poussa un soupir déchirant puis dut se reprendre car il lui adressa l'un de ses sourires si charmeurs.

— Quand comptez-vous partir ? demanda-t-il en lui offrant son bras.

Tous deux repartirent lentement en direction de l'église et Aude sentit un certain apaisement la gagner. Elle s'était peut-être montrée trop vive, finalement ; le comportement d'Olivier éveillait bel et bien une certaine tendresse en elle. Peu de chevaliers auraient accepté sa décision aussi facilement. Oui, il était peut-être charmeur et vain, mais cela ne l'empêchait pas de se montrer aimable. Tant mieux. Edouard serait sans doute plus disposé à la laisser partir si elle était accompagnée de l'homme qu'il comptait lui faire épouser ; et le voyage serait plus plaisant si Olivier s'avérait de bonne compagnie.

— J'avais prévu d'embarquer cet après-midi sur une barge pour Honfleur, dit-elle au bout de quelques instants. Mais un autre passager a pris ma place et jeté mes bagages à quai.

A ces mots, Olivier trébucha — de surprise, sans doute.

— Est-ce vrai ?

— Hélas ! fit-elle tandis qu'ils reprenaient leur route pour rejoindre Edouard.

— Qu'allez-vous faire, à présent, ma dame ?

— Je n'ai plus qu'à trouver un autre bateau.

— Est-ce que votre frère est au courant de vos projets ?

— Oui, mais je crains qu'il tente de les retarder, avoua Aude avant de s'immobiliser et de se tourner vers lui. Puis-je me confier entièrement à vous, mon seigneur ?

Olivier soutint son regard sans hésiter.

— Vous aider serait pour moi un grand honneur, ma dame.

— Ce n'est pas une obligation. Si vous ne le souhaitez pas…

— Dame Aude, je ne considère absolument pas cela comme une obligation, assura-t-il avec un sourire plus large encore que le précédent. Je désire sincèrement vous aider et tenter de me rendre digne de vous.

— Je ne changerai pas d'avis au sujet de notre mariage, répliqua fermement Aude. Je ne vous épouserai pas.

Sauf si j'y suis contrainte…

— Fort bien. Mais, de grâce, ne m'interdisez pas d'espérer.

Son regard s'était animé d'une flamme si passionnée qu'Aude finit par acquiescer.

— Je ne puis vous en empêcher, dit-elle. Et j'accepte votre aide avec gratitude. On m'a appris qu'une autre barge lèvera l'ancre demain. Comme je souhaite éviter toute dispute avec mon frère qui tentera sans nul doute de retarder mon départ, j'aurais besoin de nouvelles malles pour empaqueter mes affaires…

Un nouveau sourire charmeur accueillit cette dernière phrase.

— Ma dame, je sais exactement où vous pourrez vous en procurer.

En aval de Jumièges, au sommet des remparts du château de Tancarville, une sentinelle suivait en somnolant le vol d'un aigle au-dessus des flots.

L'homme bâilla. En dépit du vent qui balayait le chemin de ronde été comme hiver, son casque était lourd et lui tenait chaud. Vivement qu'il puisse le retirer ! Malgré tout, il demeurait fier de ce poste de garde et comptait bien faire honneur à sa position. Le précepteur du duc William avait donné ses lettres de noblesse à ce château en le transformant en fort défensif depuis lequel on pouvait observer le paysage à des lieues à la ronde.

D'un côté, on voyait la Seine onduler comme un serpent d'argent du port de Quillebeuf à la mer. Autrefois, les Vikings avaient profité de ses méandres pour dissimuler leurs drakkars tandis qu'ils entraient dans les terres, pillant et brûlant les villes par lesquelles ils passaient — Jumièges, Rouen, puis enfin Paris…

Hélas ! rien d'aussi excitant n'était arrivé depuis le lever du jour, et la sentinelle s'ennuyait ferme. Heureusement, son tour de garde touchait à son terme.

Quelque part dans le château, une cloche commença à sonner sexte.

Le regard de la sentinelle se posa sur une barque qui approchait. L'homme qui l'occupait releva tout à coup ses rames et se tourna pour observer une vague qui s'était formée au loin. Le garde sentit son cœur bondir dans sa poitrine. Jamais il n'avait vu une vague pareille sur le fleuve ! Aussi large que le cours d'eau, elle remontait le courant, en direction de Quillebeuf, de plus en plus grosse et rapide, menaçant d'engloutir la barque.

Que se passait-il ?

— Hé ! Gérard ! lança-t-il à l'un de ses compagnons. Viens voir ça ! C'est un raz-de-marée ?

— Impossible, Pascal, répondit l'autre. Il n'y en a jamais par ici !

— J'ai peut-être abusé du vin hier, mais je jurerais que c'est un raz-de-marée… Viens voir !

Gérard s'approcha du parapet et pâlit à la vue de la vague. Il lâcha un juron et se signa en hâte avant de se pencher vers la cour en contrebas.

— La barre ! hurla-t-il en sonnant la cloche d'alarme. La barre !

Horrifié, Pascal était pour sa part incapable de quitter des yeux la barque. L'homme à son bord s'était remis à ramer frénétiquement, luttant contre le courant.

— Tu crois qu'il va réussir à s'abriter avant qu'il soit trop tard ?

Tout en parlant, il comprit que les efforts du rameur étaient vains. Enserrée entre les deux rives, la vague prenait de la hauteur… Arrivant à une vitesse inimaginable, elle enveloppa la barque dans un flot d'écume.

Quelques instants plus tard, la cloche de midi se tut, suivie par celle de Gérard. Depuis les berges du fleuve, des hurlements s'élevèrent.

Chapitre 3

L'énorme vague poursuivait impitoyablement sa route. Elle n'était plus qu'à quelques lieues de Jumièges et frappait les berges de la Seine si violemment que des crêtes d'écume jaillissaient de tous côtés, brisant buissons et arbres bas. Rien ne semblait pouvoir l'arrêter. Les bateaux amarrés le long du fleuve dansaient follement sur l'eau et certains coulaient, alourdis de boue. Les barges qui longeaient le cours de la Seine se brisaient sous la violence des flots. On appelait ces vagues saisonnières la *barre*, ou le *mascaret*, et tous le long du fleuve la craignaient.

Lorsque la barre atteignit Etelan, on put voir une femme hurler d'horreur en éloignant précipitamment sa fille de la berge.

Près du port de Villequier, un petit garçon observa, fasciné, les flots déchaînés en murmurant : « C'est la vague des Vikings » avant de sucer son pouce.

A Caudebec-en-Caux, un moine se signa à la vue des chevaux d'écume qui galopaient vers lui. Il hurla un avertissement à une femme qui relevait des paniers au bout de la jetée, mais elle n'eut pas le temps de réagir. L'eau la frappa de plein fouet et l'emporta. Partout, ce n'étaient que cris de terreur et tentatives de fuite. Implacable, la rivière avalait les corps sur son chemin.

Après un dernier méandre, la barre fila vers le port de Jumièges.

En attendant de quitter la Normandie, Hugh Duclair avait dû se montrer discret. Il s'était donc installé, avec sa sœur et son écuyer Gil, dans une auberge à l'extérieur de Jumièges. L'endroit était petit et mal entretenu, et le soleil perçait à travers le toit de l'écurie... Jamais il n'aurait mis ses chevaux dans un tel lieu s'il avait fait froid, mais la chaleur estivale protégeait les bêtes.

Après avoir passé la matinée à charger ses coffres sur une barge, il était revenu à l'auberge avec Gil pour récupérer ses dernières affaires et payer leur séjour. Ils repartaient à présent en direction du port, chevauchant le long du fleuve. La Seine était haute et des martinets sillonnaient le ciel au-dessus de leurs têtes. La journée était décidément très belle.

Perdu dans ses pensées, il ne parvenait pas à chasser le visage d'Aude de son esprit. Quand il l'avait aperçue, ce matin sur le quai, il avait cru que son cœur s'arrêtait. Bien sûr, il s'était attendu à apercevoir Edouard, mais pas sa sœur... Il pensait devoir partir sans la revoir.

A chacune de leurs rencontres, elle lui paraissait plus belle que la fois précédente. Pourtant, des années auparavant, il s'amusait à l'appeler « Gamine », ce qui avait le don d'exaspérer Aude. Cette fois, la gamine d'autrefois avait définitivement disparu pour laisser place à une magnifique jeune femme.

Il avait d'abord cru qu'elle se contenterait de l'ignorer, comme elle aurait dû le faire au vu des circonstances. Ce qui l'avait le plus surpris n'était pas le désir qui s'était éveillé en lui — il avait toujours eu un faible pour elle —, mais la douleur qu'il avait ressentie au moment où elle s'était enfin détournée de lui bien qu'il y ait été préparé.

Bien sûr, son bannissement l'avait endurci ; il avait appris à ne pas souffrir face au rejet de ses amis. Tout cela n'était qu'une question de politique. Seulement, Aude était une sorte d'exception pour lui, et le fait qu'elle ne l'ait pas reconnu immédiatement l'avait profondément blessé.

Avait-elle cru les accusations de trahison qui pesaient sur lui ? Pensait-elle, comme tant d'autres, qu'il n'y avait pas de fumée sans feu ? A cette idée, il sentit son cœur se serrer. Il ne lui restait qu'à espérer et prier pour qu'elle n'ait pas oublié leur ancienne amitié.

Il était normal qu'elle ne l'ait pas reconnu tout de suite. Lors de leur dernière rencontre, il était arrivé à Crèvecœur sur Ombre, son cheval de guerre, et accompagné d'une bonne escorte… Amer, il jeta un rapide coup d'œil au cheval qu'il montait, une bonne bête mais sans rien d'exceptionnel.

A l'heure qu'il était, Ombre devait s'ennuyer dans les écuries de Freyncourt. Il avait dû se résigner à le laisser là-bas, car il passait difficilement inaperçu.

Il fallait qu'il ait quitté le duché aujourd'hui même, avant minuit, et il ne voulait pas attirer l'attention sur lui. Pour cela, il ne portait qu'une vieille tunique grise, des chausses sombres, et chevauchait une bête qu'il n'avait même pas pris la peine de nommer — un cheval qui n'aurait jamais fait honneur à un noble. A ses côtés, Gil montait un petit cheval noir et guidait à la longe une jument baie appartenant à la petite sœur de Hugh, Louise, âgée de treize ans.

Si Gil avait obéi à ses ordres — ce dont il ne doutait pas — Louise devait les attendre à bord de la barge. Hugh avait toujours adoré sa sœur, mais l'avenir s'annonçait sombre et sans espoir, et il se faisait du souci pour elle. Il n'avait aucun droit de la traîner avec lui à travers le monde tandis qu'il chercherait à rétablir son honneur.

— J'espère que Louise n'a pas décidé d'explorer le marché en notre absence, dit-il à son écuyer. Nous partirons à marée haute, et le bateau ne l'attendra pas… De plus, il est temps qu'elle comprenne que nous devrons regarder à la dépense tant que nous n'aurons pas récupéré ce que l'évêque nous a volé.

— Ne vous inquiétez pas, mon seigneur, répondit Gil. Je suis certain que dame Louise comprend très bien la situation.

— Vraiment ? fit Hugh, sceptique.

Depuis son départ de Freyncourt, sa colère n'était pas retombée. Comment la calomnie avait-elle pu se répandre aussi rapidement ? Comment les mensonges de l'évêque avaient-ils pu être si facilement pris pour argent comptant ? En quelques jours, sa sœur et lui avaient été réduits à la misère, tout cela parce que l'évêque de Saint-Aubin avait voulu conserver par-devers lui l'argent que son père lui avait confié. Pourtant, il s'agissait de la fortune familiale des seigneurs de Freyncourt, et en aucun cas de la fortune de l'Eglise !

Hugh avait beau être comte, prouver son innocence allait être une tâche difficile… D'après les rumeurs, il aurait soutenu les ennemis de William lors de la récente insurrection en Flandres, et tous les documents qui auraient pu prouver que son argent avait été confié par son père à l'évêque avaient mystérieusement disparu. Au départ, il avait naïvement pensé qu'il lui suffirait de publier les documents en question, mais il avait eu tort.

Monseigneur l'évêque de Saint-Aubin avait nié l'existence même de la fortune de Freyncourt…

Quant aux papiers, ils avaient disparu du coffre de son père. Hugh s'était trouvé impuissant face aux accusations qui pesaient sur lui.

— J'aimerais être aussi confiant que toi, Gil, reprit-il. J'aimerais être certain que Louise a obéi à mes ordres. Après tout, nous n'avons plus que quelques heures pour quitter le duché. Nous ne pouvons nous permettre aucun retard.

— Je suis certain qu'elle nous attend à bord de la barge, mon seigneur, répondit l'écuyer.

Hugh soupira. Leur fuite était déjà assez compliquée ; ils n'avaient pas besoin d'ennuis supplémentaires.

— Gil ?

— Oui, mon seigneur ?

— A partir de maintenant, tu dois à tout prix cesser de m'appeler par mon titre. Contente-toi de m'appeler par mon prénom.

— Très bien… Hugh.

Malgré ses inquiétudes, Hugh ne put s'empêcher de sourire.

— Et, pour l'amour de Dieu, essaie de le faire sans me donner l'impression que tu es sur le point de t'étrangler en prononçant mon nom !

— Je suis désolé… Hugh. Seulement, j'ai bien peur d'avoir du mal à rester naturel. Quoi qu'il en soit, je vous promets de faire de mon mieux.

— Parfait. N'oublie pas que nous avons passé la matinée à travailler sur la jetée en tant que porteurs pour gagner quelques sous et que nous ignorons encore ce que nous devrons faire demain pour manger. Si tu ne parviens pas à me parler comme à un égal, et à faire de même avec ma sœur, je vais être obligé de me séparer de toi en attendant d'avoir retrouvé ma position.

Gil le dévisagea avec une expression tellement horrifiée que Hugh sut que le message était passé. De peur de le perdre, son écuyer saurait se maîtriser, c'était certain.

Ils continuèrent à chevaucher en silence et furent tirés peu après de leurs pensées par la cloche d'alarme du port.

Gil regarda en direction de la rivière.

— Seigneur ! Qu'est-ce que c'est que cela ?

Hugh vit une déferlante remonter le courant à toute vitesse. C'était impossible, et pourtant ses yeux ne le trompaient pas.

Une vague arrivait sur eux !

Son cœur fit un bond dans sa poitrine et il lança son cheval au galop.

— C'est la barre ! s'écria-t-il.

La vague se précipitait vers le port. Le long des berges, des crêtes blanches explosaient dans un grand fracas tandis qu'un véritable mur d'eau s'était formé au centre.

Derrière Hugh, Gil, terrifié, se mit à crier :

— Mon seig… Hugh ! Les bateaux… Les quais…

— Qu'importe les bateaux. Il faut trouver Louise !

Sans un mot de plus, il poursuivit sa course folle vers les maisons. Sur les jetées, c'était la panique ; partout, on criait, on montrait du doigt, on éloignait bêtes et marchandises. Depuis l'église, le tocsin ne cessait de sonner, plus fort que jamais.

Louise !

Elle devait être sur la barge, comme il le lui avait ordonné… Le sang battant à ses oreilles, Hugh talonna de nouveau sa monture. Le rempart d'eau n'était plus qu'à quelques encablures du port. Bien sûr, Hugh avait entendu parler de ces phénomènes et des dégâts qu'ils pouvaient causer mais, jusqu'à présent, il avait cru ces rumeurs exagérées… A présent qu'il observait l'avancée de la vague, la gorge sèche, il commençait à comprendre.

Louise…

Il était presque arrivé au port, enfin ! Pourvu que Louise lui ait désobéi comme elle le faisait si souvent ! Hélas ! le nœud qui lui serrait l'estomac lui disait que, cette fois, ce ne serait sans doute pas le cas.

« Reste à bord, lui avait-il ordonné. Sois une bonne fille. »

Mon Dieu…

— Nous sommes encore trop loin ! s'écria soudain Gil, désespéré. Nous n'arriverons pas à temps !

La vague n'était plus qu'à quelques mètres de la barge sur laquelle attendait Louise et, comme elle se trouvait amarrée au bout de la jetée, elle allait être la première touchée. Hugh se concentra sur le pont encore trop éloigné du bateau et aperçut soudain une silhouette frêle en robe brune. Son sang ne fit qu'un tour : Louise ! Elle avait dû entendre les cris dans le port et était sortie pour voir ce qui se passait.

— Fuis, Louise ! hurla Hugh. Sors de là !

Tous ses efforts furent vains ; elle était trop loin pour l'entendre. Il regarda l'avancée de la vague avec horreur. Jamais il ne pourrait sauver sa sœur.

Hugh n'avait pas menti à Aude. Une autre barge avait bien prévu d'appareiller le lendemain et était amarrée en aval, dans une petite crique, à l'abri des regards. Le seigneur Olivier, qui décidément se montrait particulièrement utile, l'avait aidée à la trouver.

Elle avait pu payer son passage pour le lendemain matin puis, avec l'aide d'Olivier, avait acquis discrètement de nouvelles malles. Edwige, la suivante d'Aude, avait ensuite rapidement — et tout aussi discrètement — transféré ses affaires dans les bagages neufs pour laisser les anciens à l'hôtellerie de l'abbaye.

Si les vieilles malles d'Aude n'étaient faites que de bois brut cloué et cerclé de fer, les nouvelles étaient peintes, ornées de motifs de marguerites. Dès qu'Edwige eut fini de tout emballer, des portefaix emportèrent les bagages.

Aude et Olivier, qui venaient de surveiller leur chargement à bord, repartirent côte à côte en direction du port.

— Ma dame, dit soudain Olivier d'un air presque inquiet, je ne pense pas que votre frère ait deviné que vous comptez partir tout de même. Allez-vous le lui dire ?

— Non. Je n'aime pas avoir à lui mentir, mais je le dois. Pour être honnête, je suis heureuse que vous ayez accepté de m'accompagner.

Olivier lui répondit par un sourire.

— Vous connaissez mes raisons, ma dame. Mon engagement auprès de l'abbé va bientôt prendre fin, et je…

— Mon seigneur, vous savez que je ne vous épouserai pas. Il est inutile d'essayer de me faire changer d'avis.

— Peut-être… Peut-être pas…

— Croyez-moi, répliqua Aude fermement. Cependant, j'ai l'intention d'employer une partie de ma rente en Angleterre pour payer vos services. Je crains d'avoir besoin de soutien, une fois à Alfold.

A ces mots, le visage du chevalier s'illumina.

— Vous désirez m'engager ?

— Oui, je…

Un cri perçant l'interrompit et, en même temps, le tocsin se mit à sonner.

— Que se passe-t-il ?

Lâchant le bras d'Olivier, elle retroussa ses jupes et se précipita vers les quais. De nouveaux hurlements résonnèrent et elle sentit ses cheveux se dresser sur sa nuque. Quelque chose de grave était en train de se passer !

En débouchant entre les jetées, elle aperçut la chose : une vague monstrueuse qui remontait le courant… Autour d'elle, tout le monde semblait saisi de panique ; les gens couraient en tous sens. Partout, ce n'étaient que regards horrifiés et visages blêmes. La vague n'avait pas encore heurté le quai mais, déjà, des flots d'écume jaillissaient çà et là, éclaboussant la foule d'une pluie de gouttelettes. La ville entière hurlait sa terreur…

C'est alors qu'Aude aperçut une silhouette immobile sur la barge la plus éloignée. C'était une petite fille — encore une enfant — vêtue d'une robe marron. Tétanisée et oubliée de tous, elle fixait la vague en approche.

En quelques secondes, les flots l'atteignirent avec la souplesse d'un prédateur en chasse et la barge se mit à tanguer violemment. Il ne fallut pas longtemps pour que la plupart des amarres cèdent. La fillette hurla lorsque le bateau, retenu par sa seule amarre de proue, fut emporté et fit un brutal demi-tour.

Un instant pétrifiée, Aude observa la scène puis se précipita sur la jetée en arrachant son voile qui gênait ses mouvements.

Derrière elle, le cri d'Olivier lui parvint par-dessus le fracas du fleuve :

— Ma dame, non !

Mais elle ne ralentit pas. Les flots grondaient comme en plein orage. Ce n'était plus que bruit, un bruit assourdissant. Cris, cloches, fracas des eaux… Tant de sons mêlés donnaient même l'impression de ne plus rien entendre ! L'eau jaillit soudain devant elle, glacée, s'enroula autour de ses mollets avant de se retirer aussitôt. Le fleuve grondait comme un fauve en colère.

De nouveau, une vague la frappa et faillit la renverser — les anciennes divinités des eaux s'étaient réveillées et demandaient leur tribut… Mais ils ne la prendraient pas, pas plus que la fillette qui n'était plus qu'à quelques mètres d'elle !

Arrivée au bout de la jetée, Aude s'agrippa d'une main à un poteau et tendit l'autre à l'enfant, accrochée au plat-bord de la barge à demi submergée qui tanguait dangereusement le long du quai.

— Prends ma main ! hurla-t-elle.

Soudain, elle entendit un autre cri dans l'eau, plus loin — une femme.

— Didier ! appelait-elle. Didier !

Le cœur déchiré, elle se concentra sur l'enfant. Elle ne pouvait sauver deux personnes à la fois…

Une nouvelle gerbe d'eau envahit la barge et la fillette

disparut un instant de la surface avant de réapparaître, les cheveux plaqués sur le crâne par l'eau poisseuse. L'une de ses petites mains lâcha enfin le plat-bord, se tendit vers celle d'Aude et s'y accrocha au moment où la dernière amarre se rompait.

— Tiens bon ! cria Aude tandis que la barge était emportée par les eaux.

Rassemblant toutes ses forces, Aude tira la fillette vers elle, mais le fleuve semblait avoir décidé de conserver sa proie, de l'entraîner avec lui. Malgré la douleur qui lui vrillait l'épaule — c'était comme si on lui arrachait le bras —, Aude ne lâcha pas la main de l'enfant. Une vie dépendait d'elle !

Quelques instants plus tard, elle s'aperçut qu'elle n'était plus seule. Olivier était arrivé à sa hauteur et venait d'attraper l'autre main de l'enfant ainsi qu'un pan de sa robe brune alourdie par l'eau. A eux deux, ils parvinrent à l'arracher aux flots déchaînés.

La vague avait enfin passé Jumièges et poursuivait sa route en amont, mais tout danger n'était pas encore écarté.

— Soyez prudente, ma dame, prévint Olivier tout en soulevant la fillette dans ses bras. La vague a laissé une violente traîne, faites attention.

Ils tournaient les talons pour s'éloigner, lorsqu'un tonneau poussé par l'eau roula derrière eux et vint heurter les jambes d'Aude. Elle perdit l'équilibre et, sans avoir le temps de s'agripper à quoi que ce soit, bascula dans le courant.

Hugh longeait la berge au triple galop. Le chaos laissé par la vague était effroyable. Quelques épaves saillaient çà et là du courant, plusieurs barges dérivaient et, partout, des débris étaient emportés en direction de Rouen. Mais tout cela n'avait aucune importance : Louise était sauvée.

Et c'était Aude qui venait de la tirer des flots ! Hugh n'avait aucun doute. Malgré la distance, il avait reconnu la robe verte qu'elle portait ce matin, son voile blanc au milieu de la foule. Elle ne passait jamais inaperçue… Il l'avait vue arracher son voile et se précipiter sans hésiter au secours de Louise au péril de sa vie. Elle avait ensuite confié Louise à un homme qui l'avait rejointe puis, tout à coup, sous ses yeux horrifiés, elle avait paru glisser et était tombée à l'eau !

Le cœur battant, il lança son cheval vers l'extrémité de la jetée. Aude ! Il devait la sauver à tout prix…

Le souffle court, il scruta le lit du fleuve, mais ne la vit pas. Fou d'inquiétude, il regarda plus loin, redoutant qu'elle n'ait été emportée par le courant. Toujours rien. Une branche d'arbre fit surface, un sac de jute, puis quelque chose de blanc attira son attention. Son voile ! Non, ce n'était pas cela ; elle l'avait arraché en se précipitant vers Louise…

La voilà ! A plusieurs mètres de lui, sa tête venait d'émerger dans le creux d'une vague, au milieu des flots boueux.

Tandis qu'il jaugeait l'espace qui les séparait dans l'espoir de trouver un chemin à suivre, une vague le frappa de côté. Son cheval secoua la tête, les jambes tremblantes. Il aurait sans doute fait demi-tour, effrayé, si Hugh n'avait pas su le tenir. La Seine se montrait toujours dangereuse, bien que le plus gros de la vague soit passé, et le quai n'était pas encore sûr, à en croire ses propres vêtements trempés et les jurons de Gil, derrière lui.

Aude disparut de nouveau. Où était-elle ? Le désespoir l'envahit et, le souffle court, il se remit à examiner la surface de l'eau.

Le fleuve, agité comme en pleine tempête, se brisait en milliers de vaguelettes qui scintillaient sous le soleil. Une seconde fois, le cheval tenta de se détourner ; il avait peur de l'eau, et Hugh ne l'en blâmait pas.

Où était passée Aude ?

Là ! Elle venait de réapparaître à quelques mètres de

la berge, après la jetée, agrippée à un ballot de paille qui dérivait, mais sa bouée de fortune menaçait de sombrer à tout instant.

Hugh s'engagea alors dans les flots, guidant sa monture afin qu'elle ne perde pas pied. Le fleuve ne lui arracherait pas Aude ! Ses sentiments pour elle, si anciens, si bien ancrés, le portaient. Il avait toujours eu beaucoup d'affection et un profond respect pour elle. En dépit des apparences, elle n'avait pas eu une vie facile mais avait su garder la tête haute.

Le matin même, alors qu'il travaillait sur la barge, il avait senti que c'était à *lui* qu'elle s'était adressée et non, comme elle l'avait feint, à un marin quelconque qui aurait commis une erreur. Elle avait à tout prix voulu lui parler, malgré les ordres d'Edouard et le risque que l'on comprenne leur relation…

Entraîné plus vite qu'il ne l'aurait dû dans l'eau, le cheval perdit tout à coup l'équilibre sous l'effet du courant. Il lutta un instant et finit par se stabiliser. Quelle bêtise ! Guidé par son angoisse pour Aude, Hugh n'avait pas été assez prudent, et cela avait failli lui coûter très cher.

Devant lui, Aude s'accrochait maintenant à un aviron fiché dans la boue. Ses tresses défaites flottaient au fil du courant, mèches rouge sombre sur le fond noir de l'eau.

— Lâche tout ! hurla Hugh en s'enfonçant aussi loin qu'il l'osait dans le lit de la rivière.

Il ne fallait surtout pas qu'il soit emporté à son tour.

— Lâche tout et laisse-toi porter vers moi !

Comme la plupart des jeunes filles nobles, elle ne savait probablement pas nager. Elle parut néanmoins comprendre que l'aviron ne tiendrait plus longtemps et lâcha prise pour s'abandonner au courant.

Hugh l'observait, inquiet. Il n'avait plus qu'à l'attraper au passage… Il plaça donc son cheval en travers. L'eau n'était pas très profonde à cet endroit, et la bête n'avait pas vraiment de mal à garder son équilibre — bien que le flot soit encore trop puissant pour un homme seul. Tout autour de lui, les cris s'étaient tus depuis plusieurs minutes et seul le grondement des eaux bourdonnait à ses oreilles.

Aude était aveuglée par l'eau qui entrait dans son nez, sa bouche, menaçant de l'étouffer. C'était si froid ! Tout était si froid… Comment l'eau de la Seine pouvait-elle être glacée à ce point alors que le soleil tapait si fort ? Elle tenta de voir plus clairement le cavalier qui lui faisait signe, mais l'eau l'empêchait de discerner autre chose qu'une silhouette floue. Cet homme devait être fou pour prendre un tel risque ! Soudain, une vaguelette amena une longue mèche de cheveux trempés devant ses yeux. Elle la repoussa, toussa, lutta pour reprendre son souffle.

Le cavalier criait toujours, mais elle ne comprenait pas ce qu'il lui disait. Sa voix était couverte par le rugissement incessant qui lui emplissait les oreilles. Etait-ce celui de l'eau, ou seulement celui de son sang qui battait contre ses tempes ? Elle avait mal partout, mais ses poumons la faisaient souffrir plus que tout. Chaque respiration était plus douloureuse que la précédente. Une vague la frappa brutalement au visage et elle lâcha le morceau de bois auquel elle se cramponnait. Le courant l'emporta en direction de la berge, vers le cavalier qui, Dieu merci, n'était pas loin. Elle était à bout de forces, les jambes emprisonnées par ses jupes, les bras lourds comme du plomb. Tout semblait vouloir l'entraîner vers le fond, même son propre corps… Heureusement, à l'instant où elle pensait couler irrémédiablement, elle vit le fou au cheval bai à portée de main, ou presque.

Dans un ultime effort, elle tendit le bras.

— Courage, Aude !

Il connaissait son nom ?

Faiblement, dans l'espoir de retrouver son équilibre, elle donna un coup de son pied nu — elle avait perdu ses chaussures dès sa chute — contre le fond qu'elle sentait tout proche. Hélas ! elle était incapable de tenir debout ; le fleuve filait trop vite. Un instant plus tard, elle heurta le flanc du cheval qui était dans l'eau jusqu'au ventre et put attraper la jambe du cavalier dont les chausses étaient maintenues par un laçage rouge le long du mollet… Une nouvelle vague la submergea. Aveuglée, elle passa les doigts dans le laçage et s'accrocha de toutes ses forces à la jambe de l'inconnu.

— Tiens-toi bien ! lança-t-il d'une voix forte.

Oui, il ne pouvait être que fou pour croire qu'elle allait lâcher ! Avalant des litres d'eau, toussant, crachant, elle s'accrocha désespérément tandis que le cheval faisait volte-face et la tirait vers la berge comme un ballot de linge.

Une fois sur la terre ferme, elle lâcha l'homme et tomba à genoux. Quelqu'un lui parlait, mais elle l'entendait à peine. La voix de l'homme bourdonnait, indistincte, autour d'elle, et tout ce qu'elle voyait se couvrait d'une sorte de résille sombre. Des vagues de nausée la secouèrent et elle parvint enfin à recracher une partie de l'eau qu'elle avait avalée. Deux mains chaudes et réconfortantes se posèrent alors sur ses épaules. L'homme écarta les mèches de cheveux de son visage avec douceur. Seigneur ! Qu'elle avait mal sous les côtes !

— Tout va bien, Aude, dit son sauveur. Recrache toute l'eau…

Aude ? Avant qu'elle n'ait le temps de réfléchir, une nouvelle nausée la secoua. Son estomac se crispait douloureusement, mais l'homme la tenait toujours. Lorsque ses haut-le-cœur se calmèrent, il lui tapota le dos.

— Est-ce que tu vas mieux ?

Elle acquiesça, le souffle court, et s'assit. Enfin, elle put voir le visage de son sauveur.

— Hugh !

Ses yeux bleus la scrutaient avec inquiétude et ses mains lui massaient doucement les épaules. Tandis qu'elle reprenait un peu de contrôle sur sa respiration, l'angoisse s'effaça du regard de Hugh. Il la relâcha et se détourna.

— Je ne pense pas que nous nous connaissions, madame, murmura-t-il. Vous devez me prendre pour quelqu'un d'autre...

— Hugh, ne plaisante pas ! Bien sûr que nous...

— Madame, la coupa-t-il, votre frère vous a interdit de m'adresser la parole en amie.

Les larmes aux yeux, elle s'agrippa à sa manche, résistant difficilement au désir de lui prendre la main. Il valait peut-être mieux qu'elle évite de le toucher directement...

— Ne sois pas ridicule, Hugh, tu viens de me sauver la vie ! De plus, c'est toi qui as trahi nos liens en m'appelant par mon prénom.

Hugh poussa un profond soupir et s'assit à côté d'elle ; il était presque aussi essoufflé qu'elle. Derrière lui, elle vit un homme arriver à cheval, guidant une bête à la longe. C'était Gil, l'écuyer de Hugh ; elle l'avait rencontré à Crèvecœur l'année précédente. Elle lui adressa un sourire, peut-être encore un peu faible. Dieu merci, tous les amis de Hugh ne l'avaient pas abandonné dans sa disgrâce !

Une nouvelle quinte de toux la saisit, irritant sa gorge.

— Quoi qu'il en soit, murmura-t-elle lorsqu'elle eut un peu repris son souffle, merci. Je n'ai jamais été aussi heureuse de voir quelqu'un venir à ma rencontre...

Hugh répondit par un sourire et, l'espace d'un instant, elle eut l'impression que le temps ne s'était pas écoulé, qu'ils étaient encore chez elle, en train de discuter dans le parc. Elle eut l'impression qu'il n'avait aucun souci, qu'il n'était que le beau Viking, meilleur ami d'Edouard, qui se moquait gentiment d'elle sans se douter un instant qu'il était au cœur de tous ses rêves de romance...

— C'est plutôt moi qui dois te remercier, dit-il au bout d'un instant.

Toujours un peu essoufflée, elle s'immobilisa, surprise, alors qu'elle s'appliquait à rattacher ses cheveux.

— Moi ? Mais pourquoi ?

— La jeune fille qui était sur la barge, là-bas, c'est ma sœur, répondit-il avec un mouvement de la tête en direction du port.

— Ta sœur ?

Aude avait souvent entendu parler de Louise, bien sûr, mais elle ne l'avait encore jamais rencontrée.

— Oui, mon unique sœur.

Il porta la main à son cœur et soutint un instant son regard en silence. Ses yeux trahissaient une telle chaleur, une telle gratitude, qu'elle sentit le feu lui monter aux joues.

— Aude, je te dois tant ! Ma sœur est tout ce que…

— Hugh ! Hugh ! appela soudain Gil.

— Qu'y a-t-il ?

— Un groupe de moines et deux chevaliers de l'abbé approchent !

— Bon sang ! fit Hugh. On ne peut pas les laisser nous retarder…

Ce fut comme si Aude voyait les soucis s'abattre de nouveau sur les épaules de Hugh. Il était banni, ne disposait plus de beaucoup de temps pour partir, sa sœur avait failli se noyer et, pour couronner le tout, il venait de perdre le peu qu'il lui restait avec le naufrage de la barge…

Il se releva, ne montrant plus à Aude que ses jambes musclées et ses bottes trempées.

— Hugh, je suis désolée… Tu es si mouillé à cause de moi, murmura-t-elle, le cœur serré.

— Cela n'a aucune importance.

Elle avait tant de choses à lui dire… Mais par où commencer ?

Apercevant plus loin Olivier qui s'avançait péniblement vers eux, ralenti par le poids de Louise, il se précipita vers lui sans laisser à Aude le temps de lui ouvrir son cœur.

— On va s'occuper de toi, à présent, lança-t-il par-dessus son épaule. Pour ma part, je dois ramener Louise en lieu sûr. Aude, si jamais on te pose des questions, rappelle-toi qu'il vaut mieux prétendre ne pas me connaître…

Il la salua de la tête et, accompagné de Gil, accouru vers sa petite sœur, tandis que des moines locaux s'avançaient déjà vers Aude pour lui porter secours.

Plus tard, Aude et Edwige longèrent la berge encombrée de débris en direction de la petite crique isolée. Enjambant les divers obstacles qu'elles rencontraient, elles avançaient en silence. Edwige poussa un profond soupir :

— N'avez-vous pas eu suffisamment de désagréments pour aujourd'hui, au bord de ce fleuve, ma dame ?

— Oh si ! Mais je te promets que nous n'en aurons pas pour longtemps.

Avant de repartir de l'abbaye, elle avait pris le temps de se laver et de mettre une robe sèche ainsi qu'un nouveau voile.

— Dès que nous nous serons assurées que nos bagages sont toujours sur la barge et n'ont subi aucun dégât, nous pourrons rentrer.

Non loin devant elles, un groupe de jeunes garçons traînait une barque échouée sur la berge. Ils s'arc-boutèrent pour la faire basculer sur le côté afin qu'elle se vide de son eau. Aude les observa, à demi perdue dans ses pensées. Où était Hugh, en ce moment ? Avait-il retrouvé sa sœur ? Comment allait-il faire, en exil, pour prouver sa loyauté au duc ?

Edwige lui toucha le bras, la tirant de ses réflexions.

— Où avez-vous dit qu'était amarrée cette barge ? demanda-t-elle.

— Un peu plus loin, sur la gauche. Nous allons arriver à une petite crique et… La voilà !

Elle lui indiqua la barge, amarrée le long de la berge, à l'ombre d'un grand aulne.

— Tu vois, dit-elle, elle est exactement telle que je l'ai laissée ! J'avais bon espoir de la trouver intacte. Elle est bien protégée du courant principal, ici… Viens, Edwige, dépêche-toi ! N'as-tu pas hâte de t'assurer que ta malle est toujours en bon état ?

Bien sûr, si elles avaient perdu leurs affaires, cela n'aurait pas été la fin du monde. Tout ce qu'elles emportaient en Angleterre aurait facilement pu être remplacé. Hugh, lui, avait tant perdu en perdant la confiance du duc ! Ses terres et ses rentes avaient été confisquées et, aujourd'hui, la rivière lui avait arraché le peu qu'il lui restait. Lorsqu'il aurait dépensé le peu d'argent qu'il pouvait encore avoir, il n'aurait plus rien. Que ressentait-on, lorsque l'on se trouvait dans un tel dénuement ?

En entendant Edwige réprimer un petit cri de surprise, Aude leva les yeux. Que se passait-il ?

— Que fait-il là, lui ? Est-ce qu'il nous a suivies ? s'exclama Edwige.

Aude jeta un coup d'œil en arrière et vit un homme vêtu d'une tunique grise venir vers elles d'un pas décidé. Stupéfaite, elle s'immobilisa : c'était Hugh !

Bien que son exil ne lui laissât plus que quelques heures de répit avant que la traque ne commence, il était là, en train de dérouler ses manches retroussées en marchant. Il s'immobilisa à quelques pas d'elles et les salua de la tête.

— Ma dame.

Au ton de sa voix, Aude eut la très nette impression qu'il était heureux de la voir une nouvelle fois. Pour sa part, elle en était ravie, bien sûr !

— Hugh, répondit-elle. Est-ce que Louise va bien ?

— Très bien merci. Gil veille sur elle.

Il est si grand! songea-t-elle. Elle ne put s'empêcher de l'observer, des pointes dorées de ses cheveux qui reflétaient le soleil, à sa tunique un peu abîmée. Il ressemblait vraiment à un diable, en pleine lumière ; un diable tentateur, beau malgré son apparence peu soignée…

— Je ne devrais pas te parler, reprit-elle avec un sourire pour adoucir ses paroles. Edouard m'en voudrait.

Comment se faisait-il qu'elle soit incapable de s'empêcher de sourire lorsque Hugh était près d'elle, lorsqu'il la regardait avec tant de tendresse ? L'espace d'un instant, elle put presque croire que son bannissement n'avait jamais été prononcé : il la regardait, souriant à demi, comme autrefois. Comme lorsqu'ils s'apprêtaient à éclater de rire, naguère. Il ne devait y avoir personne capable de résister à ce profond désir de sourire que Hugh savait éveiller lorsque son visage s'illuminait. Elle revit tout à coup son regard froid et distant, sur la jetée, le matin même. Quelle douleur elle avait ressentie en croyant qu'il la rejetait !

Décidément, depuis quelques heures, Hugh Duclair avait un étrange effet sur elle. A chacune de leurs rencontres, elle sentait ses jambes se dérober sous elle, son cœur battre plus vite. Cela ne lui ressemblait pas ; d'habitude, elle était plutôt calme. D'ailleurs, lorsque, enfant, elle fréquentait Hugh, jamais elle n'avait ressenti de telles choses en sa présence. Elle l'avait toujours aimé, et cette affection demeurait… Pourtant, depuis leur rencontre inattendue, sur la jetée, quelque chose avait changé. Lorsqu'elle l'avait vu décharger ses malles, sans la moindre gêne, elle l'avait vraiment détesté.

Hugh la dévisageait toujours, et elle se rendit compte qu'il lui parlait :

— Ton frère fait preuve de sagesse en t'interdisant de me parler.

Sa voix était assez sèche, mais d'une profondeur nouvelle.

Avait-il toujours eu une voix aussi grave ? Et sa bouche, lorsqu'il parlait, avait-elle toujours attiré son regard de la même manière ? Il avait des lèvres pulpeuses, sensuelles, dessinées avec délicatesse, et entourées de l'ombre d'une barbe de trois jours. Seigneur ! Comment osait-elle le dévisager aussi effrontément ? Elle repensa alors au baiser d'Olivier, dans le verger. A quoi ressemblerait un baiser de Hugh ? Incapable de chasser cette question de son esprit, elle se laissa emporter par son rêve éveillé. Oui, elle apprécierait le baiser de Hugh, c'était certain…

Brusquement, elle s'obligea à détourner le regard et se concentra sur un arbre, juste derrière lui. Elle avait tellement envie de le regarder encore, d'apprendre par cœur la forme de son nez, long et droit, la courbe presque imperceptible de ses pommettes hautes ! Elle voulait redécouvrir ce visage qu'elle connaissait pourtant depuis des années. Troublée, elle prit une profonde inspiration. Comment pouvait-on se sentir aussi perdue et sereine à la fois ?

Bien qu'elle ait aimé Martin avec tendresse, jamais elle n'avait eu envie d'apprendre ses traits par cœur ; ses regards ne s'étaient jamais attardés sur lui. Pourquoi réagissait-elle si intensément à la vue de Hugh ? Etait-ce à cause de son inquiétude pour lui ? Sans doute. Il n'avait plus que quelques heures pour quitter le duché, avec certainement très peu d'argent en poche. Evidemment qu'elle s'inquiétait pour lui ! Heureusement, il ne parut pas s'apercevoir de son trouble, ni de son intérêt soudain pour son apparence.

Quelques hirondelles traversèrent la rivière en volant très bas sur l'eau, puis tourbillonnèrent devant les falaises crayeuses, sur la rive opposée, et Aude s'obligea à se concentrer sur leurs allées et venues.

— Je ne voudrais pas susciter le déplaisir de ton frère, reprit Hugh à voix basse, d'autant plus qu'il a raison de te protéger.

A ces mots, lentement, comme s'il luttait contre sa propre volonté, il lui saisit la main, faisant courir un frisson sur sa peau.

— Prends bien soin de toi, Aude. Et fais attention ; la rivière a arraché un morceau du sentier, là-bas.

En effet. Une portion du chemin s'était écroulée devant eux. Hugh lui sourit, dévoilant ses dents si blanches.

— J'aimerais que tu ne tombes pas à l'eau deux fois dans la même journée, poursuivit-il. Mon bannissement n'étant effectif qu'à partir de minuit, je pense que tu peux encore m'autoriser à t'escorter une dernière fois, sans t'attirer d'ennuis… De toute manière, il n'y a que nous, ici.

Il lui tendit le bras et elle l'accepta, le cœur battant.

— Edouard n'a pas besoin de l'apprendre, ajouta-t-il. Et si tu parviens à rester silencieuse jusqu'à la barge, tu pourras lui dire sans mentir que tu ne m'auras parlé que lorsque c'était absolument nécessaire.

Chapitre 4

Hugh lui jeta un regard de défi, comme s'il voulait savoir pendant combien de temps elle le suivrait.

« Si tu parviens à rester silencieuse »… Cherchait-il à la provoquer ?

Sans hésitation, elle murmura :

— Je dois être plus mauvaise que je le pensais car, aujourd'hui, je trouve l'idée de désobéir à mon frère particulièrement attirante…

Le regard de Hugh s'illumina instantanément.

— Je suis heureux de l'entendre.

Tandis qu'ils pénétraient dans la petite crique, le sentier se resserra et quelques branches vinrent s'accrocher aux jupes d'Aude. Les feuillages masquèrent les rayons du soleil, et une petite brise fraîche fit voleter ses cheveux sur sa nuque. Elle entendait le pas étouffé d'Edwige, derrière eux — sans doute attentive à faire le moins de bruit possible pour ne pas rater une miette de leur conversation.

— Je suis aussi heureux de voir que tu t'es complètement remise de ton… plongeon, ajouta-t-il doucement.

— Oui.

Comme lui, elle parlait à voir basse. Leurs murmures donnaient à cette promenade un côté clandestin, sous le couvert des arbres et dans le silence environnant.

— J'espère que tu as retrouvé ta sœur sans problème et qu'elle s'est remise, elle aussi.

— Oui, et elle va bien, je te remercie.

Il regarda autour de lui.

— Dis-moi, Aude, pourquoi as-tu choisi de te promener ici ? Après les événements de ce matin, j'aurais pensé que tu préférerais explorer des sentiers plus éloignés du fleuve…

— C'est vrai. Mais après que tu as débarqué mes bagages de ce bateau ce matin — elle perçut du coin de l'œil un sourire impertinent —, j'ai suivi ton conseil et j'en ai trouvé un autre en partance.

Elle lui indiqua la barge amarrée sous l'aulne. La brise fit bruisser les feuillages au-dessus d'eux tandis qu'ils observaient le bateau en silence. Soudain, Hugh se tourna vers elle.

— Je suis navré de toutes ces complications, Aude, dit-il d'une voix étrange et presque un peu triste.

— Ne t'en fais pas, le rassura-t-elle. Finalement, tu m'as rendu un fier service car le raz-de-marée ne semble pas avoir pénétré dans cette crique : la barge et mes bagages ont l'air d'avoir été épargnés.

Le regard bleu-gris de Hugh examina le bateau de la proue, ornée d'une tête de loup, à la poupe. Il paraissait troublé.

— Cette barge est bien petite.

— En effet, c'est l'une des plus petites de la Seine. Mais, au moins, mes malles sont en sécurité dessus.

La main hâlée de Hugh vint se poser sur la sienne, provoquant un léger frisson en elle.

— Je suis heureux que mon conseil t'ait évité de perdre tes affaires, répondit-il en la regardant droit dans les yeux. Avais-tu l'intention de te rendre à Honfleur ?

— Oui, et mes projets n'ont pas changé.

— Je vois…

L'air embarrassé, il détourna les yeux et se racla la gorge. Que se passait-il ? Aude ne l'avait peut-être pas beaucoup vu, ces dernières années ; cependant, elle le connaissait assez bien pour savoir qu'elle avait dit quelque chose qui le dérangeait. Mais quoi ? Il avait retrouvé le sourire. Pourtant, elle aurait juré qu'il cachait quelque chose.

Au bout de quelques secondes, leurs regards se croisèrent de nouveau et Aude fut incapable de réfléchir plus longtemps. Hugh avait une telle manière de la regarder, de la détailler de la tête aux pieds... C'était presque comme des caresses sur sa peau. Hélas ! il reporta bientôt son attention sur la barge, et son visage s'assombrit. Il paraissait sincèrement inquiet, et elle aurait juré en être la cause.

Non, bien sûr. Elle se trompait. Il était normal qu'il paraisse troublé ; il était même surprenant qu'il conserve autant de contrôle sur lui-même avec tous les problèmes qu'il avait. S'il paraissait songeur, c'était sans doute à cause de son bannissement. Malgré tout, elle ne put s'empêcher de douter ; il semblait contrarié par son désir de partir pour Honfleur, mais pourquoi ?

— Aude, est-ce qu'Edouard n'avait pas fait ramener tes malles à l'abbaye ? demanda-t-il tout à coup.

— Oui. Mais je me suis souvenue de ton conseil peu de temps après, et j'ai tout fait porter ici.

— Et est-ce que ton frère sait que tu as toujours l'intention de partir ?

Aude lui lança un regard agacé. Ses projets ne le regardaient en rien ! Puis elle comprit : il n'aimait pas la voir désobéir à son frère. Voilà ce qui lui déplaisait. Après tout, on attendait des femmes qu'elles se montrent dociles. Elles valaient à peine plus que des meubles, et les hommes n'imaginaient pas voir leurs meubles témoigner d'une volonté propre. C'était justement pour cela qu'elle avait hâte d'être à Alfold !

Là-bas, au moins, elle serait seule propriétaire de son domaine et pourrait vivre sans recevoir d'ordres de personne... Etre sa propre maîtresse, pour la première fois de sa vie !

— Je ne suis pas l'un des hommes de mon frère, ni sa domestique, répliqua-t-elle avec une pointe d'irritation. Je n'ai donc pas à obéir à ses moindres caprices.

A ces mots, Hugh retira sa main, laissant Aude en proie à un brusque sentiment d'abandon. Elle aimait qu'il la touche, comme un ami spécial soucieux de son bien-être et prêt à la défendre s'il la voyait menacée.

— Dans ce cas, dit-il, tu devrais monter à bord et t'assurer que rien n'a disparu.

Courtois comme à son habitude malgré son déshonneur, il lui soutint le bras le temps qu'elle monte sur le ponton, puis la suivit à bord. Tout était silencieux, à l'exception d'un merle qui chantait sur une branche au-dessus d'eux.

Le capitaine avait laissé un garçon à bord avec pour mission, sans doute, de surveiller le chargement. Ils le trouvèrent assoupi entre deux sacs de grain. Au bruit de leurs pas, il se réveilla en sursaut et se leva d'un bond.

— Dame Aude ! s'exclama-t-il. Je… Je ne vous ai pas entendue arriver. Ne vous inquiétez pas pour vos bagages, la vague n'est pas arrivée jusqu'ici.

Hugh fit un signe de tête rassurant au garçon qui paraissait profondément troublé par leur présence. De nombreuses caisses étaient arrimées sur le pont, mais il ne vit nulle part les malles d'Aude.

— Est-ce que tout est en ordre ? demanda-t-il.

— Oui, répondit-elle.

Il examina alors la barge un peu plus longuement, et soupira. Lorsque le chargement serait achevé, il n'y aurait presque plus de place pour les passagers.

— Aude, est-ce que tu comptes prendre des chevaux ? Je crains qu'il n'y ait pas assez de place pour cela. Et as-tu pensé à prendre une escorte ? Je l'espère…

Allait-il vraiment devoir décharger de nouveau ses bagages, comme ce matin ? S'il le faisait, elle serait dans tous ses états en le découvrant. Il ne l'avait encore jamais vue en colère — pas vraiment, en tout cas. Rien que l'idée de la voir hors d'elle éveilla un désir sourd en lui, un bouillonnement qu'il n'aurait jamais soupçonné. Que lui arrivait-il ? Ce n'était pas le moment d'écouter ses sentiments alors qu'il était secrètement en train de prévoir de prendre de nouveau la place d'Aude sur cette barge.

Durant plusieurs minutes, troublé, il eut du mal à mettre de l'ordre dans ses idées. Il aurait tellement voulu pouvoir attirer Aude dans ses bras, soulever son voile, et l'embrasser dans le cou ! Debout devant lui, sur le pont étroit de cette barge, elle devint soudain la tentation incarnée... Il ne pouvait détacher les yeux de ses lèvres roses, hypnotiques. Comment seraient son sourire, sa colère ?

Lorsqu'elle apprendra ce que je compte faire, ses yeux jetteront-ils des éclairs aussi flamboyants que ses cheveux ?

Oh oui ! Cela vaudrait la peine d'être vu !

— Une escorte ? répéta-t-elle d'un air hautain.

Pour qui se prenait Hugh, en lui posant de telles questions ? Ce qu'elle prévoyait de faire ne le concernait absolument pas !

— Oui, reprit-elle, j'ai pensé à prendre une escorte. Merci bien.

Elle s'approcha de la plus grande de ses nouvelles malles peintes et en tapota le bas du bout du pied. Elle paraissait bien arrimée.

Depuis quelques minutes, elle était en proie à des désirs contraires et préférait faire mine de se soucier de ses bagages plutôt que faire face à Hugh. Elle aurait voulu pouvoir lui faire confiance, lui ouvrir son cœur, mais ce serait de la folie pure ! Les hommes avaient pour habitude de s'entraider et de se soutenir, surtout Hugh et Edouard. Ainsi, moins elle en dirait, mieux cela vaudrait pour elle. Son frère avait beau faire semblant de ne pas reconnaître son ami en public, les regards qu'elle avait surpris entre eux sur la jetée, le matin, en disaient plus long que des mots… De toute évidence, le bannissement de Hugh n'avait pas détruit leur amitié.

Malgré cela, elle ressentait un profond désir de se confier. Depuis toujours, elle avait aimé Hugh. S'il y avait bien un homme à qui elle pouvait faire confiance, c'était lui. Hélas ! les hommes étaient loyaux les uns envers les autres et, bien qu'elle aimât celui-ci, il n'était pas influençable. Il ne l'avait jamais été.

Elle lui jeta un coup d'œil à la dérobée. Décidément, il était devenu particulièrement beau, en dépit de ses malheurs. Ses épaules semblaient plus larges, ses cheveux dorés par le soleil trahissaient plus que jamais ses origines vikings, et il se mouvait avec souplesse, avec une sorte de confiance insouciante en lui-même. Il attirait Aude, tout comme il l'avait fait au printemps précédent. Elle voulait tendre la main vers lui, le toucher, le caresser…

Soudain, des pensées pécheresses la traversèrent.

Toutefois, se trouver auprès de Hugh n'éveillait pas que des pensées coupables en elle. Elle voyait se dessiner devant ses yeux un monde dans lequel les hommes et les femmes pourraient nouer de véritables et loyales amitiés. Quelle magie cela apporterait au quotidien ! Elle était d'ailleurs bien placée pour savoir qu'une certaine forme d'amitié entre hommes et femmes était possible, même si cela restait rare. Les hommes considéraient leurs promises et leurs filles comme des biens à acheter, vendre ou échanger, mais cela n'empêchait pas le développement d'une relation plus intime. Bien que ses fiançailles avec Martin aient été décidées à des fins politiques, Martin avait tout de même su la chérir ; même si, parfois, elle lui avait trouvé un air… distant.

Mais Hugh, l'aimait-il, lui ? Plusieurs années auparavant, il lui avait laissé quelques espoirs… Sans prévenir, le passé la rattrapait et les terribles événements de 1066 revinrent la hanter. Troublée, elle se mordilla la lèvre pour ne pas trahir son agitation. Pourquoi le bannissement si soudain de Hugh réveillait-il ainsi les souvenirs douloureux de 1066 ?

Cela avait été une année marquée par le destin. Non seulement William s'était emparé de la couronne anglaise, mais le seigneur Hamon, le père d'Aude, était mort.

Comme son grand-père était en exil et que les terres familiales étaient toujours confisquées, Hamon avait erré comme le seigneur Olivier, servant le plus offrant. Il avait longuement attendu d'hériter de Crèvecœur et de Corbeil, mais comme les terres étaient dirigées par un intendant au nom du roi, il n'était jamais rentré chez lui pour y mourir.

Pauvre père !

Aude sentit des larmes amères lui monter aux yeux.

En 1066, le duché était agité comme un essaim d'abeilles et tout le monde parlait de guerre. Empli d'espoir et d'optimisme pour l'avenir, le père d'Aude avait décidé de se rendre à Dives pour s'engager dans l'armée d'invasion de William.

Il était allé avec sa fille dans une auberge proche du chantier naval où la flotte du duc était construite.

« Ecoute-moi bien, Aude, avait-il dit. Je te promets que l'avènement de William marquera le retour en grâce de notre famille. »

Hélas ! cette nuit passée près de Dives avait été la dernière de son père. Il avait été tué, non en se battant héroïquement aux côtés du duc, mais au cours d'une querelle d'ivrognes, à la taverne.

Aude avait treize ans…

L'envol d'un merle sur la berge la tira de ses pensées. Elle refoula ses larmes et chassa ces souvenirs : ce n'était pas le moment de s'attrister ! Elle jeta un coup d'œil furtif à Hugh qui se tenait sur le pont à quelques pas d'elle.

Pourvu qu'il ait oublié ce à quoi elle ressemblait à l'époque. Quelle honte !

Jusqu'à ces événements tragiques, son père, appauvri, l'avait prise à ses côtés pour lui servir d'écuyer. Lorsque Hugh et Edouard étaient arrivés à Dives à leur tour, pour servir auprès de William, ils l'avaient trouvée affublée de vêtements de garçon — tunique et chausses aux laçages croisés sur le mollet.

Aujourd'hui encore, elle ne pouvait y penser sans rougir. Bien sûr elle n'était alors qu'une fillette, mais tout de même…

— Aude ? fit soudain Hugh.

— Oui ?

— Quelque chose ne va pas ?

— Non, non. Ne t'en fais pas.

A vrai dire, Hugh ne s'était pas montré choqué par son apparence lorsqu'il l'avait découverte à l'auberge de Dives ; au contraire, il avait été la gentillesse incarnée. Il avait même pris sur lui d'appuyer ses désirs enfantins de se voir nommée comtesse de Beaumont et avait convaincu Edouard de négocier ses fiançailles avec Martin. Il n'avait rien dit au sujet de sa tenue, même si elle avait perçu sa désapprobation.

Est-ce que ces événements avaient altéré l'opinion qu'il avait d'elle ?

Son cœur se mit à battre plus fort. Peut-être se faisait-elle des idées, mais elle avait l'impression que les sentiments qui la liaient à Hugh commençaient à changer. Elle lui jeta un nouveau coup d'œil et le surprit en train de l'examiner discrètement de la tête aux pieds.

Le souffle court, elle sentit un tremblement fiévreux monter en elle. Hugh aimait-il son apparence, maintenant qu'elle était devenue femme ? De toute évidence, oui… Il paraissait apaisé par sa présence ; son visage ne trahissait plus autant d'inquiétude qu'avant et son regard avait retrouvé sa chaleur naturelle. Pour sa part, Aude ne pouvait s'empêcher de songer qu'elle l'aimait bien plus que le seigneur Olivier. Quant au corps de Hugh… Elle ne parvenait pas à oublier son torse nu, sculpté comme une œuvre d'art, tandis qu'il déchargeait ses bagages sur la jetée.

Pourquoi devait-il quitter le duché dans un tel contexte ? Elle aurait aimé compter un ami qui l'aimait pour ce qu'elle était et, bien qu'Edouard lui ait interdit de lui parler, elle désirait ardemment son amitié. Tout, en cet homme, l'attirait…

Il était noble dans tous les sens du mot, pas seulement de naissance ; son comportement le prouvait à chaque instant, et jamais aucune accusation, ni aucun bannissement, ne lui ôterait cela. Avec un peu de chance, il parviendrait rapidement à prouver son innocence et son cauchemar serait vite fini.

Elle soupira. Il fallait rester réaliste ! Hugh n'avait jamais été un homme pour elle et, compte tenu de son bannissement, leur amitié enfantine n'avait plus de raison d'être… A partir de minuit, il aurait disparu du duché et elle ne le reverrait sans doute plus. De toute manière, quiconque surpris en train de l'aider serait en grand danger ; elle ne pouvait se permettre de prendre de tels risques.

Elle devait se faire une raison. Passé minuit, si on la trouvait en train de lui parler, elle pourrait être conduite devant un tribunal et être accusée de soutenir un traître. Au mieux elle serait disgraciée et, au pire, elle pourrait être mise à mort. Son amitié pour Hugh avait peut-être été un éclat de lumière dans sa vie, mais elle devait se résigner à le voir s'éloigner aujourd'hui. En dépit de tous ses désirs, leur amitié prenait fin cette nuit.

Et jamais elle ne pourrait l'embrasser.

Le cœur serré, elle s'appuya sur la rambarde, près de Hugh qui observait le fleuve.

— Tu comptes rester en Normandie ? demanda-t-elle, un peu inquiète pour lui.

Depuis le temps qu'elle le connaissait, elle savait qu'il se battrait bec et ongles pour regagner son honneur.

— Je ne veux pas que tu sois tué, ajouta-t-elle. Si tu restes au sein du duché, ton sort demeurera incertain.

— Je ferai ce que j'aurai à faire. En plus de mon honneur, je dois aussi récupérer l'or familial qui a disparu. De toute manière, pour que l'on me rende mes terres, je devrai aller faire la paix avec le roi William en personne. Et puisque notre duc oublie peu à peu ses territoires normands au profit de son royaume d'outre-Manche, je vais sans doute devoir aller en Angleterre pour le rencontrer.

— Oui, il paraît qu'il est très occupé à renforcer son autorité de roi, là-bas…

Le cœur lourd, elle se dirigea vers le ponton.

— Hugh, où que tu ailles, je te souhaite de trouver le bonheur. J'imagine que nous ne nous reverrons pas, et je le regrette infiniment.

— En effet, nous ne devons pas nous revoir, répondit-il. Sache que je le regrette aussi. Je regrette de nombreuses choses, ne l'oublie jamais.

Surprise Aude le dévisagea un instant. Quelle drôle de remarque…

— Aude, je voulais te dire autre chose, poursuivit-il en posant une main sur son bras pour l'immobiliser. Ne laisse pas de fossé se former entre ton frère et toi. Tout ce qu'il fait, il le fait pour ton bien. Il veut t'offrir la meilleure vie possible et je pense qu'un jour, tu t'en apercevras.

— Edouard me connaît à peine ! protesta-t-elle. Après qu'il a été envoyé à Freyncourt pour être élevé à tes côtés, nous ne nous sommes presque jamais revus. En fait, je ne l'ai pas rencontré plus souvent que je ne t'ai vu, toi.

Les yeux bleu-gris de Hugh l'examinaient attentivement,

plus mystérieux que jamais. Le souffle court et le cœur battant, elle le vit baisser le regard un instant sur ses lèvres. Ces yeux si graves, si profonds, semblaient s'illuminer chaque fois qu'elle souriait.

— Je t'assure qu'il veut ce qu'il y a de mieux pour toi, reprit-il en portant la main d'Aude à ses lèvres.

Son baiser fit naître des picotements sur sa peau. La gorge sèche, elle déglutit péniblement.

Hugh jeta un rapide coup d'œil à Edwige, qui attendait à quelques pas de là, et reprit à voix basse tout en caressant les doigts d'Aude :

— Que comptes-tu faire, à Honfleur ?

— A part chercher à fuir les projets d'Edouard à mon sujet ?

— Voyons, Aude, tu sais très bien qu'il ne t'obligera jamais à faire quoi que ce soit !

Comment donc pouvait-il en être si sûr ? Peu importait.

— Je ne compte pas rester à Honfleur, dit-elle. Je pars pour l'Angleterre.

— L'Angleterre ? répéta-t-il, l'air abasourdi.

Il caressait toujours le dos de sa main. Se rendait-il seulement compte de ce qu'il faisait ? Distraite par le va-et-vient de son pouce sur sa peau, le cœur battant la chamade, elle essaya de se concentrer sur leur discussion. Elle avait de plus en plus de mal à respirer. Décidément, il n'y avait pas un souffle de vent dans cette crique, et le soleil tapait de plus en plus fort.

— Oui, répondit-elle au bout de quelques instants, consciente des petits cercles du pouce de Hugh sur sa main. J'ai un domaine dans le Wessex.

La caresse l'apaisait. Le contact de la peau de Hugh contre la sienne était très agréable, une fois que l'on s'était habituée au trouble qu'il provoquait. Pourquoi, alors, avait-elle tant de mal à suivre la conversation ? Il la dévisageait à présent d'un air plus inquisiteur, comme il le faisait chaque fois que quelque chose l'intriguait.

— Tu as un domaine en Angleterre ? demanda-t-il, surpris. Je ne le savais pas. Depuis quand ta famille est-elle installée de l'autre côté de la Manche ?

— C'est très récent. Richard m'a offert ces terres lorsque nous avons décidé de ne pas nous marier…

Troublée, elle s'interrompit. Hugh n'arrêtait pas de jeter des regards intenses à sa bouche. Malgré tous les efforts qu'elle faisait pour dissimuler son émotion, le feu lui monta aux joues,

— Aude, quelque chose ne va pas ?

— Non… Pas du tout, bafouilla-t-elle.

Hugh haussa les épaules et reprit le fil de la conversation comme si de rien n'était.

— J'ai entendu dire que Richard a fini par épouser une Saxonne. Est-ce vrai ?

— Oui, dit-elle le plus calmement qu'elle put, dame Emma de Fulford. C'est pour m'offrir une compensation qu'il m'a fait don de ce domaine, bien que je lui aie plusieurs fois assuré que je ne me trouvais pas dans le besoin malgré notre séparation… Mes nouvelles terres sont nommées Alfold, et j'ai appris qu'elles étaient en très mauvais état ; c'est pourquoi je tiens à aller les inspecter moi-même.

— Alfold ? répéta Hugh.

— Oui.

— Et ces terres sont dans le Wessex ? Est-ce que, par hasard, elles seraient situées près de Winchester ?

— Oui, je crois, fit Aude, intriguée par cette curiosité soudaine. Pourquoi ?

De nouveau, Hugh haussa les épaules.

— Pour rien. J'ai seulement entendu dire que le roi avait aussi une résidence dans cette région. Dis-moi… Es-tu réellement triste ? poursuivit-il d'un air un peu inquiet.

— Triste ?

— Oui. Triste que Richard t'ait abandonnée pour une autre. Je sais bien que tu ne l'aimais pas autant que Martin, mais je ne peux m'empêcher de me poser la question…

— Non, répondit-elle vivement. Je n'ai pas été triste que nous mettions fin à nos fiançailles. J'aime beaucoup Richard mais, comme tu viens de le dire, Martin était l'homme que j'avais réellement choisi.

Tout en parlant, elle eut l'impression que ses mots sonnaient creux. Etait-ce la vérité ? Avait-elle vraiment aimé Martin ? Avait-elle éprouvé face à lui l'attirance profonde qui la liait à Hugh ?

Perdue dans ses pensées, elle mit quelques secondes à s'apercevoir qu'il la dévisageait avec gravité. Il ne la caressait plus, et ses sourcils froncés jetaient une ombre sur son regard.

— Tu aimes toujours Martin, murmura-t-il.

Elle acquiesça faiblement, sans oser le contredire. Etait-elle encore attachée à Martin ? L'avait-elle jamais vraiment été ? Bien sûr, elle avait pris plaisir à converser avec lui, mais il y avait toujours eu une certaine distance entre eux… Se pouvait-il qu'elle se soit trompée, toutes ces années ?

Finalement, Hugh lâcha sa main et se détourna légèrement.

— Est-ce qu'Edouard sait que tu as décidé de te rendre à Alfold dès demain ? Je suppose qu'il a dû s'apercevoir de l'absence de tes bagages à l'abbaye, maintenant ?

Aude se sentit rougir et jeta un regard à ses malles, entassées sur le pont.

— Comme tu le vois, j'ai acquis de nouveaux bagages, répondit-elle.

Hugh examina les coffres avec un léger soupir.

— Si je comprends bien, tu as vidé tes anciennes malles et tu prévois de les abandonner derrière toi pour tromper ton frère…

— Oui.

— Et ces coffres peints sont tes nouveaux bagages ?

— En effet.

— Quand pars-tu ?

— Demain matin.

Hugh la dévisagea avec un petit sourire amusé.

— Quelle détermination ! Edouard n'a donc aucune chance de te faire changer d'avis ?

La nuit était tombée et la lune brillait dans le ciel. Veillant à ne pas être vu, Hugh se dirigea vers l'étendue d'herbe qui descendait du rempart en pente douce et sur laquelle le mur de l'abbaye projetait une ombre épaisse. En avance au rendez-vous, il s'installa confortablement dans l'obscurité et attendit ; Edouard n'allait sans doute pas tarder. Malgré la chaleur du soir, il avait conservé sa cape et son capuchon. Vu les circonstances, il valait mieux que personne ne puisse le reconnaître et découvrir qu'ils étaient restés bons amis…

Tout était silencieux, immobile, à l'exception d'un oiseau de nuit qui passa au-dessus de lui dans un rayon de lune.

Il laissa son regard errer vers le port, où les eaux de la Seine scintillaient. Aude devait sans doute être rentrée à l'hôtellerie de l'abbaye. Sans doute se préparait-elle à se coucher, à cette heure… Dormait-elle les cheveux lâchés ? Etaient-ils aussi doux à caresser qu'ils le semblaient ? Qui aurait cru que la gamine de naguère allait devenir une aussi belle femme, à la taille fine et à la poitrine si parfaite ?

A la pensée de la silhouette d'Aude, il sentit son sexe se dresser. Chaque fois qu'il la voyait, il était plus fasciné par son décolleté qu'avant…

Bien sûr, cette vision sensuelle l'avait déjà attiré par le passé, alors qu'il n'avait que dix-sept ans. Il venait d'arriver à Dives en compagnie d'Edouard pour s'engager dans l'armée du duc. Dès qu'Edouard était venu vivre à Freyncourt, Hugh l'avait considéré comme son frère et ils ne se quittaient plus.

Hélas ! avant de pouvoir embarquer pour l'Angleterre, ils avaient retrouvé Aude, seule à l'auberge du port, et avaient dû s'occuper des funérailles du seigneur Hamon.

Vêtue d'une tunique courte et impudique qui dissimulait à peine ses courbes naissantes, elle s'était précipitée, en larmes, dans ses bras dès leur arrivée.

— Que se passe-t-il, Aude ? avait-il demandé en caressant avec tendresse ses épaules tandis qu'une foule de questions l'assaillaient.

A quoi pensait donc Hamon, pour la laisser prétendre être son écuyer, alors qu'elle devenait femme ? Bien sûr, Hugh pouvait comprendre qu'un père aime sa fille et ne désire pas en être séparé. Quoi qu'il en soit, il était devenu impossible de prendre Aude pour un garçon. Pourquoi n'avait-il pas mis fin à cette mascarade ?

Tandis qu'il réfléchissait, elle s'était pressée plus encore contre lui et il avait senti le contact chaud de sa poitrine naissante contre son torse. Ce n'était pas le moment de s'interroger sur les actions de Hamon. Aude avait besoin de réconfort…

— Je n'ai rien vu, avait-elle finalement balbutié entre deux sanglots. Je suis montée me coucher… Je dormais…

Elle avait alors levé vers lui des yeux scintillants de larmes et il avait senti son cœur se fendre.

— Ils se sont battus avec des couteaux… On m'a dit que cela avait été rapide, que père n'avait pas pu souffrir.

Hugh l'avait rassurée, tout en tâchant d'ignorer le désir qui s'était éveillé en lui. Il avait senti une tension dans son bassin et, de peur d'effrayer la petite sœur innocente de son frère de cœur, il s'était lentement écarté d'elle. Hélas ! cela lui avait donné une pleine vue sur la poitrine naissante d'Aude, comprimée par son étroite tunique.

Choqué par la réaction de son propre corps, il avait alors confié la fillette aux bons soins d'Edouard et s'était retiré.

Il soupira et s'appuya contre la pierre rugueuse du mur de l'abbaye et examina les alentours. Près de l'un des quais, une rangée de maisons aux volets clos reflétait la lumière argentée de la lune tandis que, au-dessus des arbres, un vol d'étourneaux s'étirait et se reformait dans un mouvement incessant de vague noire.

Les minutes passèrent, mais la flamme de désir qui s'était allumée en lui ne faiblissait pas. Il songea de nouveau à Dives…

Après les funérailles du seigneur Hamon, il s'était inquiété de l'avenir d'Aude et avait insisté auprès d'Edouard pour qu'il négocie ses fiançailles avec le comte Martin de Beaumont. Aujourd'hui encore, il avait du mal à croire en sa propre impatience, mais il était jeune, alors, et pressé de partir au combat… Quant à Edouard, il n'avait guère de temps pour s'occuper de sa sœur.

— As-tu songé au mariage, Aude ? avait demandé Edouard. Y a-t-il un homme que tu apprécies ?

Face à des questions si directes, Aude s'était figée et l'avait dévisagé d'un air surpris, puis elle avait éclaté de rire.

— J'aime beaucoup le comte de Beaumont, avait-elle répondu.

Edouard avait ouvert de grands yeux.

— Le comte Martin ? Mais il est si…

Pressentant une discussion tendue, Hugh avait vivement fait taire son ami d'un coup de coude.

— Je ne savais pas que tu avais rencontré Martin, avait finalement repris Edouard d'un ton plus calme.

— Si. Père et moi avons assisté à la messe de Pâques à Beaumont, avait expliqué Aude sans se départir de son sourire. Après cela, le comte Martin nous a invités à résider chez lui. Il s'est montré très bon, et je l'aime bien.

Puisque Aude avait besoin d'être placée en sécurité en attendant la fin de la guerre, Edouard et Hugh avaient jugé ce projet de fiançailles tout à fait approprié. Après tout, Martin avait toujours été l'un des favoris du duc William, choisi pour demeurer en Normandie pendant l'absence de son seigneur. C'était un bon parti.

Hugh aperçut un mouvement entre les maisons qui lui faisaient face. L'ombre environnante parut se solidifier, prendre forme et, bientôt, il vit un homme enveloppé d'une cape s'approcher furtivement.

Le sourire aux lèvres, il se leva et salua son ami.

— Hugh, murmura Edouard en guise de réponse dès qu'il fut dissimulé à son tour dans l'ombre du haut mur. Aude m'a raconté l'accident de Louise. Je suis très heureux qu'elle n'ait rien…

— Et moi, je serai toujours reconnaissant à Aude de l'avoir tirée du fleuve.

— Je tenais aussi à te remercier pour avoir sauvé Aude, poursuivit Edouard d'une voix émue.

— C'était tout à fait normal…

Hugh hésita un instant. Comment aborder le sujet délicat de la fuite d'Aude ?

— Dis-moi…, reprit-il au bout d'un instant.

— Oui ?

— Est-ce que tu as conscience qu'Aude est toujours décidée à quitter la Normandie ?

Edouard se figea.

— Je croyais que nous nous étions mis d'accord. Tu ne devais pas lui parler.

Hugh ne put réprimer un sourire.

— Il aurait été difficile de ne pas lui adresser la parole après tout ce qui s'est passé au port aujourd'hui… Quoi qu'il en soit, je pensais que tu serais intéressé de savoir qu'elle est déterminée à partir pour l'Angleterre et à s'occuper du domaine qu'on lui a donné là-bas.

— Je suis au courant, ne t'inquiète pas. Nous en avons longuement parlé tous les deux.

— Sais-tu qu'elle a l'intention de partir dès demain ?

— Si tôt ? Non, je ne le savais pas. Elle est restée très évasive… Merci de me l'avoir dit.

— Au moins, reprit Hugh, elle a eu le bon sens de prévoir une escorte, cette fois.

— C'est une bonne chose. Et qu'en est-il de toi ? Es-tu prêt à partir ?

— Oui, dès l'aube.

— Tu as trouvé une autre barge ? Tant mieux.

— Oui, mais cela risque de poser un petit problème…

— Lequel ?

— Il s'agit de celle sur laquelle Aude a prévu d'embarquer. Elle a payé son passage pour Honfleur et ses bagages sont déjà à bord. Encore une fois, il n'y aura pas assez de place pour nous deux…

Edouard le dévisagea un instant.

— Est-ce que tu prévois de décharger ses malles une nouvelle fois ?

Hugh haussa les épaules. Il n'avait pas le choix.

— Tu as une meilleure idée ?

Edouard laissa échapper un rire étouffé.

— Je te préviens, elle va vouloir te tuer !

— C'est probable, soupira Hugh. Mais ne parlons plus de cela. Je tenais à te remercier pour tout ce que tu fais pour moi.

Compte tenu des circonstances, provoquer une nouvelle fois la colère d'Aude n'aurait pas dû l'attrister autant, mais il ne pouvait s'empêcher de se sentir coupable. Mieux valait ne plus en parler.

— Mon ami, ne me remercie pas, protesta Edouard. Je n'ai rien fait d'important.

— Si. Tu mènes une enquête pour m'innocenter et, dans la situation où je suis, ce n'est pas rien, crois-moi !

— C'est tout naturel, tu sais... J'aimerais tellement pouvoir t'aider plus !

— Dans ce cas, reste aux aguets quand je serai parti. Je cherche un moine, un certain frère Baldwin. Il paraîtrait qu'il a été vu à Saint-Aubin, mais d'autres rumeurs disent qu'il est parti pour Rouen et d'autres encore qu'il s'est réfugié en Angleterre. En réalité, personne ne sait exactement où le trouver...

Edouard réfléchit un instant.

— Il est peut-être mort, suggéra-t-il.

— C'est possible, mais accepterais-tu de te renseigner pour moi ?

— Bien sûr. Où comptes-tu aller, pour ta part ?

Hugh soupira.

— Je ne sais pas... Je devrais peut-être partir pour l'Angleterre...

Edouard fronça les sourcils.

— Pour plaider ta cause auprès du roi ? C'est une stratégie bien dangereuse, à mon avis.

— Si toutes mes tentatives pour m'innocenter échouent, je n'aurai pas le choix. Le roi ne revient presque plus jamais en Normandie, depuis quelque temps. Si je veux le rencontrer, je devrai aller à lui.

— Je te souhaite de réussir, répondit Edouard. Nous devrions trouver un moyen de rester en contact, dans le cas où je découvrirais quelque chose de mon côté. Tout nous ramène à l'Angleterre... Je pense que je vais devoir me rendre moi aussi à Alfold dans les mois à venir, si Aude s'y installe. Cela nous permettrait de nous y retrouver.

Un frisson glacé parcourut Hugh.

— Non ! fit-il. Je ne veux pas impliquer ta sœur dans mes problèmes.

— Je suis bien d'accord. Crois-moi, c'est aussi la dernière chose que je désire. Nous devrions pouvoir trouver un moyen de nous voir sans la mettre au courant. Je n'ai qu'à lui rendre visite à la fin de l'été. A ce moment-là, envoie-moi de tes nouvelles à Alfold, et j'arrangerai un rendez-vous secret.

Hugh hésita un instant.

— Tu me promets qu'elle ne sera pas impliquée ? Je m'en voudrais déjà de te traîner dans la boue avec moi si les choses devaient tourner mal... Il est hors de question qu'elle prenne ce risque elle aussi.

— Je te le promets, Hugh, elle n'en saura rien.

Chapitre 5

Lorsque Hugh se rendit dans la petite crique, le soleil naissant commençait à traverser les feuillages, mouchetant le sol de taches dorées. Derrière lui, en ville, la cloche de prime sonnait et les oiseaux s'éveillaient dans les branchages. Merles, colombes et moineaux chantaient et, du haut de la falaise sur la rive opposée, un cormoran prit son envol.

Dans ce calme matinal, Hugh avait l'impression que le claquement de ses bottes sur le ponton faisait un vacarme infernal. D'un pas décidé, il monta à bord et interpella le capitaine.

— Je souhaite me rendre à Honfleur, lui dit-il en lui tendant quelques pièces. Et je doublerai la somme si vous partez dans l'heure.

Sur la berge, à quelques pas de là, enveloppés dans leurs capes emperlées de rosée, Gil et Louise attendaient avec les chevaux.

— Je ne peux pas, mon seigneur, protesta le capitaine. J'en suis navré, mais mes autres passagers ne s'attendent pas à ce que je lève l'ancre avant midi.

Hugh le dévisagea gravement. Il ne s'avouerait pas vaincu aussi facilement.

— Je suis prêt à vous offrir le double de ce qu'ils ont payé, reprit-il fermement.

Pourvu qu'Aude lui pardonne…

Il avait prévu d'être déjà loin de Jumièges à cette heure-ci, mais le mascaret de la veille avait retardé tous ses projets. Le moindre délai supplémentaire pourrait lui être fatal.

De plus, à la vitesse à laquelle sa bourse se vidait, il risquait de se trouver sans le sou avant la fin de la semaine — si toutefois il parvenait à survivre jusque-là. Il avait déjà épuisé le peu de temps qu'on lui avait accordé pour quitter le duché et n'avait pas fait le moindre progrès dans ses efforts pour s'innocenter. A présent, il n'avait plus d'autre choix que de mettre Louise en sécurité avant de reprendre sa croisade pour son honneur.

Mettre Louise en sécurité... Qu'arriverait-il à sa petite sœur, si on le surprenait sur les terres du duc ? Il serait exécuté sans avoir la moindre chance de retrouver son rang, et elle se trouverait livrée à elle-même.

Gil, qui avait dû comprendre ses projets, lança depuis la berge :

— Attendez, Hugh ! Si Aude apprend que vous avez embarqué sans l'attendre, elle risque de vous en vouloir à tout jamais.

Le capitaine se tourna alors vers les deux silhouettes frileuses et les chevaux, l'air soucieux.

— Ces deux-là viennent avec vous ? demanda-t-il à Hugh.

— En effet.

— Dans ce cas, nous manquerons de place.

— Alors, déchargeons ces malles, répliqua Hugh. Aidez-moi.

Il donna une petite tape sur l'épaule du capitaine et lui adressa son plus beau sourire. Il était hors de question que cet homme comprenne à quel point il était désespéré.

— Après tout, poursuivit-il, ce n'est pas un bien grand crime. La journée promet d'être belle et je suis sûr que vos autres passagers trouveront de nombreuses barges prêtes à lever l'ancre avant le soir.

— Mais la dame en question a payé son passage, protesta encore le capitaine, bien qu'il parût sur le point de céder.

Déjà, calculant sans doute le bénéfice qu'il pourrait faire, son regard s'attardait sur la bourse encore rebondie à la ceinture de Hugh.

Hugh en tira quelques pièces supplémentaires.

— Si vous vous inquiétez de dame Aude, confiez-moi l'argent qu'elle vous a donné et j'enverrai Gil à l'abbaye pour le lui rendre.

Le capitaine le dévisagea d'un air soupçonneux.

— Certainement pas ! Comment puis-je avoir confiance en vous ou en votre homme ? Je ne vous connais pas. Votre valet pourrait très bien garder l'argent pour lui et prétendre l'avoir rendu.

A ces mots, Hugh se redressa de toute sa hauteur et le fusilla du regard. Décidément, il devait être plus tendu qu'il ne l'avait cru, car il sentait qu'il pourrait perdre son calme en peu de temps.

— Savez-vous qui je suis ? demanda-t-il les dents serrées.

— Oui, vous êtes un noble qui, d'après la loi et à l'heure qu'il est, devrait avoir passé la frontière. Il me semble, mon seigneur, que vous ne vous trouvez pas vraiment en position de négocier avec moi.

Bouillant intérieurement, Hugh s'efforça de prendre une profonde inspiration avant de répondre.

— Je vous jure sur mon honneur que Gil obéira à mes ordres. Mais si vous avez des doutes, rien ne vous empêche d'envoyer l'un de vos marins avec lui pour s'en assurer.

Le capitaine, qui ne le lâchait pas des yeux, se frotta le menton d'un air dubitatif.

— Et vous dites que vous êtes prêt à doubler la somme habituelle pour embarquer ?

— Oui.

— Et vous m'aiderez à décharger les malles de mon autre passagère ?

— Oui.

— Dans ce cas, marché conclu.

Soulagé, Hugh posa son épée contre le bastingage et, pour la seconde fois depuis la veille, entreprit de porter les bagages d'Aude sur le quai. Pendant ce temps, son valet et l'un des marins partirent pour l'abbaye. Gil avait raison : quand Aude apprendrait la vérité, elle serait hors d'elle.

Ses nouvelles malles étaient plus légères que les anciennes et ornées de motifs de marguerites — elle avait toujours aimé les marguerites.

Soudain, une image d'elle, allongée sur son lit de noces et attendant son époux, se forma dans son esprit. Ses longs cheveux auburn étaient rassemblés en une tresse épaisse qui courait sur son épaule et, dans la pénombre, ses yeux scintillaient d'éclats ambrés. Elle portait une chemise de nuit de soie fine, presque translucide, et…

Bon sang ! Une pulsation sourde s'éveilla dans son bassin. Serrant les dents, il l'ignora et chargea l'un des coffres restants sur son épaule. Il valait mieux cesser de penser à Aude.

La chapelle des femmes était fraîche et silencieuse, baignée d'une lumière tamisée. Les quelques fenêtres étaient hautes et si étroites qu'elles ne laissaient passer que très peu de l'air déjà chaud de l'extérieur. Les cierges allumés çà et là conféraient au lieu une ambiance propice au recueillement. Aude se laissa gagner par l'atmosphère apaisante. C'était un lieu de méditation et de réflexion, et elle avait beaucoup de problèmes à résoudre.

Agenouillée devant l'autel, elle observa la flamme dansante d'un cierge qu'elle venait d'allumer pour le repos de l'âme de Martin. Plus d'un an avait passé depuis sa mort, mais elle priait encore tous les jours pour lui. La pierre sur laquelle elle était installée était dure et froide. Elle soupira et replia sa jupe sous ses genoux.

Au bout de combien de temps Martin cesserait-il de lui manquer ?

Bien sûr, sa relation avec lui avait été particulièrement chaste mais, comme elle commençait à le comprendre, ce n'était sans doute pas plus mal. Après tout, sa haute silhouette n'avait jamais eu sur elle le même impact que celle de Hugh, la veille, sur la jetée. Et jamais elle ne s'était trouvée fascinée par la bouche de Martin en se demandant à quoi ressemblerait l'un de ses baisers.

Pourquoi n'avait-elle aucune femme auprès d'elle, avec qui discuter de ses sentiments pour Hugh ? Que se passait-il donc en elle ? Cet homme l'avait ensorcelée et elle ne pouvait parler de lui qu'avec son frère qui était aussi le meilleur ami de Hugh…

Bien qu'elle pleurât encore sincèrement la perte de Martin, elle prenait peu à peu conscience que les sentiments qu'elle avait eus pour lui n'étaient peut-être pas ceux que l'on attendait d'une épouse. Les caresses de son fiancé n'avaient jamais éveillé en elle de sensations semblables à celles qu'elle avait ressenties la veille lorsque Hugh lui avait tenu la main — Dieu merci, car si Martin l'avait échauffée de la même manière, jamais elle n'aurait pu demeurer chaste comme il l'avait désiré.

« Attendons notre mariage, avait-il dit. Restons chastes en songes, en paroles et en actes jusqu'à notre mariage. »

Et ils avaient tenu parole. Après tout, elle n'avait que treize ans lors de leurs fiançailles, et cette promesse ne lui avait pas coûté : Martin était avant tout son ami.

Mais qu'en était-il de Hugh ?

En dépit de ses angoisses à son sujet, elle ne put réprimer un petit sourire. Oui, Hugh était son ami, lui aussi.

Dans le passé, il s'était fait une réputation de dépravé. Il avait aimé choquer le monde, tourner en dérision ceux qui l'entouraient, et séduire les femmes… Martin ne l'avait jamais empêchée de se tenir au courant des nouvelles du pays, et elle avait entendu parler des éclats de Hugh.

Un petit courant d'air froid la surprit et elle rajusta ses jupes sous ses genoux. Hélas ! Hugh n'était plus aussi insouciant depuis son bannissement. Le pauvre ! Devoir survivre alors qu'on lui avait arraché son titre, ses terres et toutes ses richesses… Elle ne pouvait même pas lui offrir sa pitié ; il la rejetterait. Fier comme un roi, il n'avait jamais accepté la moindre marque de compassion.

La gorge nouée, elle revit son visage rieur de naguère. Comment imaginer qu'il ait pu trahir le duc ? C'était impossible ! Qu'allait-il faire, à présent ? Où irait-il ? Comment pourrait-il prouver son innocence ?

Elle fut tirée de ses pensées par le sifflement de sa chandelle — une impureté dans la cire, sans doute. Chassant l'image de Hugh, elle se concentra sur le vrai but de sa venue à la chapelle : prier pour Martin. Les problèmes de Hugh ne la concernaient pas, après tout. Elle joignit les mains, ferma les yeux et baissa la tête.

Avant qu'elle n'ait eu le temps de prier longtemps, un nouveau courant d'air se coula sous son voile et courut sur sa nuque. Elle ouvrit les yeux et redressa la tête pour voir la flamme de son cierge vaciller et s'éteindre, laissant place à un filet de fumée bleue.

Au même instant, la voix d'Edwige s'éleva derrière elle.

— Ma dame…

— Quelque chose ne va pas ?

Sa suivante s'approcha.

— Je suis navrée de vous déranger, ma dame, mais j'ai pensé qu'il valait mieux vous mettre au courant…

Un peu hésitante, elle lui tendit une poignée de pièces d'argent.

— Seigneur, Edwige ! s'étonna Aude. Je ne savais pas que tu avais autant d'argent !

— Ce n'est pas le mien, ma dame. C'est le vôtre.

— Comment cela ?

— La barge qui était amarrée dans la crique part plus tôt que prévu et le capitaine vous rend votre paiement.

Contrariée, Aude prit les pièces et les glissa dans sa bourse.

— Es-tu bien certaine que c'est mon argent ? Quelqu'un aurait-il pris ma place à bord ?

Bon sang ! N'allait-elle donc jamais pouvoir quitter Jumièges ? Le moment où elle serait libre semblait reculer un peu plus à chaque instant…

— C'est ce que j'ai compris, oui, confirma Edwige.

Aude se leva, ralluma le cierge de Martin, et secoua la tête.

— C'est impossible ! Le capitaine paraissait digne de confiance.

— Il a dû changer d'avis. Le valet de Hugh a dit…

A ces mots, Aude se figea.

— Le valet de Hugh ?

— Oui, répondit Edwige. Gil a dit que son maître s'excusait et qu'il l'avait chargé de vous assurer qu'il n'avait pas d'autre choix.

En proie à une bouffée de colère, Aude fit volte-face et se dirigea d'un pas vif vers le rai de soleil qui passait par la porte restée ouverte.

— Est-ce que tu essaies de me dire que Hugh Duclair a pris ma place sur cette barge ?

— Il semblerait, lança Edwige, sur ses talons.

— Par la Sainte Vierge, cet homme est insupportable !

Retroussant ses jupes d'une manière peu élégante, elle traversa la cour à grandes enjambées, toujours suivie par sa servante, passa devant les gardes, et se dirigea vers le port.

— C'est un démon ! maugréa-t-elle sans ralentir le pas. Edwige, dépêche-toi !

Quelques minutes plus tard, elle se tenait sur le quai, le souffle court. Edwige la rattrapa et désigna la silhouette d'une barge qui s'éloignait.

— C'est celle-là, ma dame.

En effet, c'était *son* bateau, déjà engagé dans le courant de la Seine. Il n'y avait pas de doute possible ; sa proue ornée d'une tête de loup fendait les eaux en direction de la mer.

— Nous arrivons trop tard, murmura sa suivante.

— Je te remercie, Edwige, je m'en étais aperçue !

Elle jeta un dernier regard à la barge. Comment Hugh osait-il lui voler sa place ? Elle avait réservé son passage, avait même payé le capitaine en avance et avait glissé une pièce à l'un des mousses pour qu'il surveille ses bagages !

— Comment a-t-il pu… ? marmonna-t-elle, les poings serrés.

Soudain, elle vit la silhouette de Hugh se diriger vers l'arrière du bateau. Droit comme un I, fière image de ses ancêtres vikings, il regarda dans sa direction.

Maudit soit-il !

Il demeurait si beau, pourtant, ses cheveux clairs lâchés au vent, et un sourire illuminant son visage. Malgré sa terrible situation, il paraissait confiant, fort et sûr de lui…

— Le misérable, maugréa-t-elle.

Puis, plus fort :

— Espèce de traître !

Pour toute réponse, il leva la main et la salua.

— C'est un traître, Edwige.

— Oui, ma dame…

Furieuse, Aude s'exclama :

— Hier… Hier, il avait l'air si inquiet pour moi ! Il me disait de faire attention, que la berge était meuble et dangereuse, tout cela pour m'accompagner à la barge… J'ai cru qu'il faisait cela par courtoisie ! En réalité, il attendait seulement de pouvoir se débarrasser de mes bagages !

Edwige observait la barge qui s'éloignait d'un air pensif.

— Je comprends, maintenant… Il cherchait simplement un bateau, quand il nous a accompagnées. Ma dame, je parierais que, lorsqu'il nous a rejointes après le raz-de-marée, il prévoyait déjà de prendre notre place.

— C'est certain…

La barge s'éloignait inexorablement. Aux côtés de Hugh se tenait à présent sa sœur, qu'Aude avait tirée des flots la veille. Elle ne devait pas être plus âgée qu'elle-même lorsqu'elle avait été fiancée à Martin.

Derrière eux, elle discernait encore Gil et trois chevaux, installés là où ses bagages à *elle* avaient été déposés.

Les poings serrés, elle employa toutes ses forces à réprimer sa rage. Une fois encore, un homme avait fait passer ses désirs avant les siens. Sa volonté de femme n'avait aucune importance à leurs yeux. En un instant, elle prit une décision : elle ne se marierait *jamais* ! Pas même à un homme malléable. Lorsqu'elle atteindrait Alfold qui, grâce à Richard, n'appartenait qu'à elle, elle s'y installerait et vivrait seule.

Au loin, Hugh, ses cheveux brillant sous le soleil, la salua de nouveau. Il n'était pas difficile d'imaginer son sourire satisfait : il devait se féliciter de l'avoir trompée de nouveau !

— Misérable…, gronda-t-elle encore, mais plus doucement cette fois.

Son cœur lui faisait mal, oui, mais pas de rage… Elle souffrait de cette trahison plus qu'elle ne l'aurait cru. Bien sûr, il n'avait pas vraiment eu le choix ; il devait fuir au plus vite et, pour le bien de leur amitié, elle devait lui accorder sa chance. Il avait plus besoin qu'elle de cette barge.

— Si seulement tu m'avais demandé de te céder ma place, Hugh.

Avait-il cru qu'elle la lui refuserait ? Avait-il si peu confiance en elle ? Cette simple pensée lui fit monter les larmes aux yeux.

— Qu'avez-vous dit, ma dame ? fit Edwige.

— Rien.

La barge approchait lentement d'un large coude du fleuve et Aude attendit que la silhouette de Hugh ait disparu de sa vue pour tourner les talons, découragée. Elle ne le reverrait sans doute jamais et, bien que cela lui déchirât le cœur, ce n'était sans doute pas si mal.

Edouard avait eu raison de lui interdire tout contact avec lui. Même en écartant les problèmes liés à son bannissement, Hugh était un homme trop imprévisible — et bien trop troublant. Peu à peu, sa colère se dissipa, mais des émotions plus dérangeantes l'envahirent : douleur, tristesse, regret et, elle devait bien se l'avouer, une pointe de désir amer pour cet homme qui ne serait jamais sien.

— Qu'allons-nous faire, à présent, ma dame ? demanda timidement Edwige.

Aude leva les yeux vers la silhouette imposante de l'abbaye et s'efforça de se reprendre.

— Avant toute chose, répondit-elle, tu vas me montrer l'endroit où ils ont abandonné mes bagages. Ensuite, nous irons voir le seigneur Olivier pour qu'il nous aide à trouver une autre barge en partance pour Honfleur.

— Vous souhaitez toujours vous rendre à Alfold Hall ?

Surprise, Aude dévisagea sa suivante avec chaleur.

— Plus que jamais !

Wessex, Angleterre — Plusieurs semaines plus tard

Hugh lança sa monture au trot. A ses côtés, Gil et Louise chevauchaient de front sur le chemin crayeux qui, selon les renseignements qu'on leur avait donnés, devait les mener à Alfold. Dans la région, on racontait qu'Aude s'y était installée un mois plus tôt.

Il n'allait pas à Alfold pour la voir, loin de là. Revoir Aude était bien la dernière chose qu'il souhaitait… Il n'était là que pour prendre des nouvelles et essayer de savoir si Edouard était venu comme il l'avait promis. Depuis leur rendez-vous secret, sous les murs de l'abbaye, il n'avait eu aucun moyen de communiquer avec son ami mais, avec un peu de chance, celui-ci aurait peut-être de bonnes nouvelles pour lui.

Le chemin s'étendait devant eux, entre un bois de hêtres d'un côté et des pâturages de l'autre. La journée était chaude et Hugh transpirait sous son armure et sa cape. Il aurait aimé ôter son capuchon, mais il ne pouvait prendre le risque d'être reconnu ; il avait été banni de *toutes* les terres du duc William et n'était pas plus le bienvenu en Angleterre qu'il ne l'était en Normandie.

Depuis combien de temps n'avait-il vu de visage amical ? Etait-il réellement possible qu'Edouard soit déjà arrivé à Alfold ?

Soudain, à son côté, Louise rabattit son capuchon et lui montra une colline du doigt.

— Hugh ? Est-ce Alfold, devant nous ? Cela n'a pas l'air très grand…

Au milieu des pâturages, un hameau de petites maisons s'élevait, entouré de quelques champs cultivés. Autour, des bouquets de noisetiers étalaient leurs feuillages vert tendre, et, plus loin, de nouveaux hêtres fermaient l'horizon. L'extrémité des bois de Crabbe, sans doute. Depuis plusieurs jours, Hugh s'y terrait, mais il ne les avait pas encore approchés de ce côté.

— Louise, répondit patiemment Hugh, garde ton capuchon, comme je te l'ai demandé. Je ne veux pas qu'Aude nous reconnaisse. Nous avons seulement besoin de savoir si son frère est là.

— Et si c'est le cas ?

— Alors, je retournerai dans les bois de Crabbe et, quand je serai hors de vue, Gil et toi pourrez lui porter un message. Vous deux avez le droit de circuler sur ces terres, pas moi… N'oublie pas, Louise ! Quiconque est vu en ma compagnie court un grave danger tant que je n'aurai pas fait la paix avec le roi. Je ne veux pas que tu prennes le risque d'être considérée comme ma complice.

Louise le dévisagea un instant d'un air soupçonneux.

— Je te connais, Hugh, répliqua-t-elle. Tu essaies de te débarrasser de moi. Tu comptes me confier ton message et puis m'abandonner ici.

Hugh préféra ne pas répondre. Elle avait raison. S'il était venu près d'Alfold, c'était surtout dans l'espoir qu'Aude accepterait de s'occuper de Louise.

— Je ne veux pas t'abandonner, finit-il par dire avec douceur. Je veux simplement être sûr que tu es en sécurité.

— Peut-être, mais je préférerais rester avec toi.

Que répondre à cela ? La gorge nouée, il changea de conversation :

— Nous arrivons au village, tu ferais mieux de ne pas trop parler.

Ils poursuivirent leur route en silence, sous le soleil de plomb et, à l'approche des maisons, Hugh rabattit son capuchon sur ses yeux. Si jamais Aude l'apercevait… Bien sûr, il avait souvent pensé à elle, au cours des semaines précédentes, mais il était hors de question qu'il compromette sa position ici, en Angleterre. A aucun moment il ne pouvait se permettre d'être reconnu !

Pourtant, il lui était arrivé plus d'une fois, alors qu'il sombrait dans le sommeil et contrôlait moins les vagabondages de ses pensées, de la voir. Pourquoi ? Il n'en avait aucune idée. Ces images la lui présentaient presque toujours sur un lit et étaient si délicieuses qu'il répugnait en général à les repousser. Plus les jours passaient, plus ces songes se faisaient intimes, sensuels.

Une nuit, alors qu'il attendait le bateau qui allait le conduire en Angleterre, il avait imaginé Aude, allongée sur un lit, comme si elle attendait l'arrivée d'un amant. Ses cheveux défaits bouclaient sur sa poitrine comme de longues langues de feu et ses yeux ambrés brillaient. Son corps abandonné était vêtu d'une chemise de nuit au col dénoué qui laissait entrevoir les courbes de ses…

La nuit précédente, l'image était revenue le hanter. Cette fois, elle ne portait rien du tout et lui souriait, ses épaules veloutées dépassant des couvertures. A présent, sur ce chemin poussiéreux, et malgré la sueur qui perlait le long de son dos, il ne pouvait s'empêcher de sourire en y repensant.

Il était conscient, bien sûr, que ces rêves éveillés n'avaient aucune signification particulière. S'il ne les chassait pas aussi vite qu'il l'aurait dû, c'était simplement parce qu'ils l'aidaient à trouver le sommeil lorsqu'il reposait sur le sol dur de la forêt.

La voix de Louise le fit sursauter.

— Hugh ?

— Oui ?

Sa sœur le dévisageait d'un air perplexe.

— Je comprends pourquoi tu te caches, dit-elle. Mais Gil et moi, nous n'avons pas été bannis. Pourquoi devons-nous dissimuler nos visages, nous aussi ? Je meurs de chaud sous cette cape ! Après tout, ce serait sans doute plus simple pour Gil et moi d'aller directement voir dame Aude et de lui demander si son frère est là.

Hugh soupira. L'été avait été chaud et ces derniers jours, caniculaires. Louise commençait à se montrer irritable. Fatiguée de fuir, sans doute, elle avait tendance à oublier toute prudence… Il ne pouvait lui en vouloir ; elle était encore trop jeune pour être entraînée dans de telles aventures. La culpabilité s'empara de lui ; le visage de Louise était sale, poussiéreux, et elle paraissait épuisée. Cela faisait trop longtemps qu'il l'obligeait à chevaucher sur les routes. Elle n'avait pas besoin de lui dire à quel point elle était démoralisée. Son regard cerné et sa silhouette amaigrie parlaient d'eux-mêmes. Cette vie de réprouvés n'était pas pour elle…

— Je te l'ai déjà dit, Louise, répondit-il calmement. Nous nous cachons tous parce que je veux examiner ce domaine moi-même. Tant que tu chevaucheras à mes côtés, tu devras m'obéir et cesser de remettre en question chacune de mes décisions. De toute manière, nous allons bientôt nous séparer. C'est la meilleure chose à faire.

— Non ! Je veux rester avec toi !

Hugh ne se laissa pas fléchir. Elle devait comprendre qu'il n'avait pas le choix.

— Je ne veux pas te faire subir cette vie d'errance. C'était une erreur de t'autoriser à m'accompagner aussi longtemps. J'ai bien réfléchi avant de prendre ma décision, et je pense qu'Alfold sera un très bon refuge pour toi. Au moins, tu y seras en sécurité. Le domaine ne semble pas très grand ; il est assez éloigné des grandes routes, mais suffisamment proche de Winchester pour que tu ne manques de rien. Je te promets de venir te chercher dès que j'aurai obtenu le pardon du roi. En attendant, tu vivras avec des amis ici…

— Ce sont tes amis, pas les miens ! De plus, notre cachette dans les bois me semble bien assez secrète pour que j'y sois en sécurité.

Brusquement, elle ôta son capuchon et dénoua le col de sa cape de laine.

— Seigneur, Hugh ! soupira-t-elle. Il fait vraiment bien trop chaud pour porter une cape. J'ai la peau toute collante et j'ai l'impression d'être couverte de poussière jusque sous ma chemise ! C'est injuste de nous faire subir cela. Gil et moi ne sommes pas des hors-la-loi !

Hugh serra les dents pour réprimer son agacement. Parfois, Louise se montrait aussi têtue qu'une mule…

— La discussion est close, Louise, répliqua-t-il. De toute manière, je t'avais déjà prévenue que tu ne pourrais rester avec moi longtemps. Le roi s'est absenté de Winchester mais, dès qu'il rentrera, je lui demanderai audience. Après cela, nul ne peut savoir ce qui m'arrivera. Si les choses tournent mal, je préfère que ton nom ne soit pas associé au mien.

— Tu es mon frère, Hugh, et je refuse de te quitter !

Devant tant de véhémence, il sentit les larmes lui monter aux yeux, mais n'en montra rien.

— Ta loyauté me touche. Mais je te le répète, je ne veux pas avoir à m'inquiéter pour toi.

Détournant le regard de sa sœur, de peur de céder, il examina le village devant lui.

— Où se trouve le château ? marmonna-t-il pour lui-même.

— C'est *cela*, Alfold Hall ?

Immobilisé au cœur du village, Hugh regardait, incrédule, l'endroit que lui indiquait le paysan qu'il venait d'accoster.

A en croire le vieil homme, la demeure d'Aude était cette longue bâtisse basse de bois, construite au milieu des autres maisons, le tout dans un état de délabrement effarant. Hugh ne pouvait avoir mal compris. Il était déjà venu de nombreuses fois en Angleterre, et son anglais n'était pas mauvais.

— Oui, oui, confirma le vieux paysan. C'est Alfold Hall.

Appuyé sur le pommeau de sa selle, Hugh soupira. Si la demeure était plus grande que les maisons qui l'entouraient, elle ne dépassait même pas la surface de l'église, et semblait aussi mal en point que les granges qui flanquaient la plupart des fermes. Le chaume du toit avait verdi au fil des ans et la porte avait été ôtée de ses gonds pour être abandonnée contre l'un des murs. Disséminés sur le terrain qui s'étendait devant, se trouvaient une échelle, des fagots de roseau, et divers outils agricoles effrayants dont Hugh ignorait l'usage.

— On trouverait les mêmes sur un étal de boucher, ou sur un champ de bataille, marmonna-t-il.

L'éclat du soleil sur les dents d'une fourche lui rappela amèrement la déferlante de paysans saxons, armés d'outils divers et meurtriers, qui, en 1066, s'abattit sur l'armée du roi.

A côté de lui, Louise avait visiblement oublié sa mauvaise humeur et examinait d'un air stupéfait la vieille bâtisse.

— C'est cela ? demanda-t-elle.

— Oui, Alfold Hall, répéta une troisième fois le paysan.

— Merci de votre aide, dit Hugh en avançant de quelques pas avant de jeter un rapide coup d'œil à Gil. Mon Dieu ! Je ne pensais pas voir un jour une maison plus délabrée que Crèvecœur lorsque Edouard en a hérité… C'est à croire qu'Aude n'a fait qu'échanger un fardeau pour un autre.

— Dame Aude va sans doute faire de ce domaine un petit paradis en peu de temps, répondit Gil. Si elle a réussi à améliorer Crèvecœur, alors elle pourra facilement s'occuper d'Alfold.

Peu convaincu, Hugh examina encore une fois la maison basse sans porte. Etabli dans une petite clairière à flanc de colline au milieu du bois de hêtres, Alfold avait un certain charme, il ne pouvait le nier… Les champs alentour étaient chargés d'épis de blé dorés et les arbres fruitiers lourds de pommes et de poires. Un nuage de poussière s'élevait de l'une des granges les moins délabrées et, depuis la porte, le bruit distinctif des fléaux brisait le silence. Cependant…

— Ce lieu n'a aucune défense, nota-t-il.

— Défense ? répéta Gil.

— Oui. Il aurait été bien plus prudent de bâtir la demeure des seigneurs au sommet de la colline. De là, il y aurait eu une meilleure visibilité — par temps clair, je suis même certain que l'on doit voir la route jusqu'aux remparts de Winchester. Mais avec la demeure entourée de fermes... Pauvre Aude ! A-t-elle seulement saisi l'ampleur de la tâche qui l'attend ?

— Sans doute Alfold a-t-il été bâti par temps de paix, suggéra Louise, pensive.

Surpris, Hugh se tourna vers elle. Elle avait beau n'être qu'une enfant, elle le surprenait parfois par sa perspicacité... Oui, Alfold Hall n'avait pas dû être construit par les conquérants, mais probablement par un seigneur saxon qui avait espéré pouvoir vivre en paix avec ses voisins.

Qu'avait-il bien pu arriver au premier seigneur d'Alfold ? Avait-il été tué en 1066 ? Sans doute, puisque ses terres avaient été cédées à l'un des chevaliers les plus proches du roi, le seigneur Richard d'Asculf. Est-ce que tous les paysans qui vivaient encore là en voulaient aux Normands ?

Sans doute intriguée par le bruit des sabots, une femme apparut à la porte de l'une des fermes, tenant un bébé dans ses bras. Elle les dévisagea, les sourcils froncés. Hugh devait-il voir là un signe d'hostilité ou était-elle seulement aveuglée par le soleil ? Elle ne sourit pas ni ne montra de signe de méfiance.

William avait conquis le trône de Harold cinq ans auparavant. Les gens d'Alfold espéraient-ils secrètement l'avènement d'un roi saxon ? Pleuraient-ils encore leur ancien seigneur ?

Un cri perçant le fit sursauter. Il provenait de la demeure d'Aude !

Seigneur ! Les villageois n'oseraient tout de même pas se venger en tuant leur nouvelle dame ? Qui pourrait bien la remplacer, dans un lieu aussi reculé ?

L'air inquiet, Gil lui jeta un coup d'œil.

— Que se passe-t-il ? Vous ne pensez tout de même pas que quelqu'un s'en prendrait à dame Aude ?

Comme en réponse à sa question, un second cri retentit, plus terrible encore que le premier.

Non, non, non ! Je ne dois pas intervenir, songea Hugh. *Je dois rester discret ! Mais s'ils blessent Aude… Je ne me le pardonnerai jamais !*

Louise avait pâli.

— Hugh ? Que se passe-t-il ?

— Je ne sais pas, répliqua Hugh en mettant pied à terre. Mais je vais vite le découvrir.

— Je t'en prie, sois prudent, le supplia Louise d'une voix angoissée.

Il acquiesça vivement et lança ses rênes à Gil. Il n'aurait pas dû se faire remarquer au village, mais il ne pouvait pas fermer les yeux alors qu'Aude était peut-être en danger.

— Gil, emmène les chevaux chez ce forgeron et veille sur Louise. N'approchez pas de la maison tant que je ne vous en donnerai pas l'ordre !

Chapitre 6

La main sur la garde de son épée, Hugh franchit en hâte le seuil tandis qu'un nouveau cri d'agonie résonnait. Dès son entrée, il aperçut un garçon allongé sur une couverture, devant l'âtre pavé. Il ne devait pas avoir plus de sept ans et hurlait à la mort. Un profond soulagement envahit Hugh ; Aude n'était pas en danger.

Au contraire, elle était agenouillée près de l'enfant, l'air anxieux, accompagnée par le seigneur Olivier de Fougères. Que faisait-il là ?

Le garçon gémit de plus belle et Hugh vit son bras tordu. Pas étonnant qu'il ait crié : le pauvre devait souffrir le martyre… Regardant autour de lui, Hugh découvrit de nombreuses silhouettes dans l'ombre, de l'autre côté de la cheminée, qui observaient en silence et sentit ses cheveux se dresser sur sa nuque. Plusieurs femmes en entouraient une autre, en pleurs — sans doute la mère de l'enfant. Quelques hommes se tenaient en retrait.

Et Edouard ? Examinant chaque recoin de la pièce, il ne le vit nulle part.

Plusieurs visages s'étaient tournés vers lui, mais il les ignora, inquiet de la réaction d'Aude qui le dévisagea un instant d'un air surpris. Puis son visage s'illumina et Hugh sentit un poids disparaître de son cœur.

— Hugh ! s'exclama-t-elle.

Peut-être était-elle encore fâchée parce qu'il lui avait volé sa place sur le bateau en partance de Jumièges, mais elle paraissait heureuse de le voir — soulagée, même.

— Attention, ma dame, murmura Olivier en jetant un rapide coup d'œil à deux hommes — des chevaliers ? — assis sur un banc près du mur. Il serait dangereux pour votre ami d'être reconnu ici.

Aude parut d'abord sceptique, puis elle adressa à Hugh un signe de tête presque imperceptible. Elle avait compris l'avertissement d'Olivier ; Hugh avait non seulement été banni de Normandie, mais aussi de toutes les terres de William, y compris l'Angleterre.

Elle se tourna de nouveau vers le garçon blessé et saisit délicatement son bras indemne pour le calmer. En vain.

Elle ne portait pas de voile et ses longs cheveux étaient rassemblés en une épaisse tresse, mais ses efforts pour s'occuper de l'enfant l'avaient décoiffée et des mèches éparses voletaient autour de son visage pour lui créer une auréole cuivrée.

— Dieu merci tu es ici, Hugh ! Ton anglais est bien meilleur que le mien, dit-elle en soupirant.

— Oui, peut-être, répondit-il sans vraiment comprendre où elle voulait en venir.

— Cet enfant, Oswy, s'est démis l'épaule. Olivier a tenté de la remettre en place, mais Oswy ne comprend pas ce que nous faisons et hurle dès qu'on le touche. Pourrais-tu lui expliquer ce qui se passe pour le rassurer ?

— Bien sûr.

Adressant un grand sourire à l'enfant, Hugh s'assit en face d'Aude et fit un signe de tête à Olivier. Pourquoi donc cet homme avait-il suivi Aude jusqu'ici ? Et que s'était-il passé entre eux pour qu'elle l'appelle par son prénom d'une manière aussi familière ?

— Tu t'appelles Oswy ? demanda-t-il, se concentrant de nouveau sur l'enfant.

Le visage luisant de sueur, le garçon gémit. Au même instant, la femme en pleurs frémit. Oui, elle devait certainement être sa mère.

— Oswy, tout va bien se passer, dit Hugh avec douceur.

— Le bras est cassé, sanglota soudain la mère.

A ces mots, l'enfant frémit de peur et Hugh lança à la pauvre femme un regard réprobateur. Elle ne l'aidait pas du tout, ainsi…

— Non, répondit-il fermement. Je ne pense pas que son bras soit cassé, et dame Aude non plus. Puis-je le voir ?

La mère acquiesça et Hugh palpa précautionneusement l'épaule d'Oswy. En face de lui, Aude ne le quittait pas des yeux, l'air inquiet.

— J'avais raison, n'est-ce pas, Hugh ? demanda-t-elle en français. J'avais peur que ce soit une fracture et que nous ne fassions qu'empirer les choses…

— Ne t'en fais pas, elle n'est que disloquée, murmura-t-il. Tiens-le bien. Je vais compter jusqu'à trois…

Elle acquiesça. L'air de rien Hugh releva alors les yeux et examina la pièce sans lâcher le bras d'Oswy.

— Voici donc Alfold Hall, lança-t-il en anglais. Un, deux… Oh ! Regardez !

Il s'était tourné vers la porte restée ouverte et l'enfant, curieux, suivit son regard. Au même moment, Hugh replaça le bras d'un geste vif. Un petit craquement se fit entendre et Oswy gémit une dernière fois sous le coup de la surprise. C'était fini.

— Ce n'était qu'une dislocation, dit Aude avec soulagement. Dieu merci !

Elle se redressa et fit signe à la mère d'approcher. La femme se précipita auprès de son fils, riant et pleurant à la fois.

— Merci, ma dame, merci !

Malgré sa reconnaissance évidente, Hugh remarqua que son regard demeurait plutôt froid, trahissant une méfiance innée envers les Normands. Aude se tourna alors vers lui et lui tendit la main.

— Ces mots-là, au moins, je les comprends, dit-elle. Hugh, sais-tu que je devrais être furieuse contre toi ?

Voilà. Elle n'avait bien sûr pas oublié sa trahison de Jumièges.

— A cause du bateau ? demanda-t-il bien qu'il connût déjà la réponse.

— Oui, répondit-elle les sourcils froncés avant de sourire de nouveau. Mais j'ai décidé de te pardonner.

— Je suis vraiment navré d'avoir pris ta place sur cette barge, Aude, mais je n'avais pas le choix.

— Je comprends. De toute manière, tu as su t'amender, aujourd'hui.

Elle soupira et sourit de nouveau.

— Oh ! Hugh ! Je n'ai jamais été aussi heureuse de voir un visage familier… Le seigneur Olivier et moi faisons de notre mieux pour parler anglais, mais c'est difficile pour nous, parfois. Lorsque Oswy est tombé de ce toit, la panique m'a fait perdre le peu de vocabulaire que j'ai.

Hugh lui fit un baisemain en tâchant d'ignorer le frisson de plaisir qui le traversa au contact de sa peau.

— Tu sembles pourtant bien t'en sortir.

Jamais il n'aurait cru que la revoir causerait un tel bonheur. Ses grands yeux ambrés lui souriaient, plus chaleureux et amicaux qu'ils ne l'auraient dû, vu les circonstances. Il se ressaisit à regret : il ne devait surtout pas s'attarder chez elle, de peur de la compromettre.

Soudain, il se rendit compte qu'il ne lui avait pas lâché la main et s'écarta de quelques pas. Il était venu à Alfold pour prendre des nouvelles d'Edouard, pas pour renouer avec Aude ! Il valait mieux que personne n'ait le temps de le reconnaître sous son toit.

— Je m'en sors peut-être bien, admit-elle, mais je n'ai pas su faire comprendre à Oswy ce que nous essayions de faire. Il nous résistait, et… Oh ! peu importe ! C'est fini.

Elle jeta un regard attendri à Oswy qui se redressait déjà et essayait de faire bouger son épaule.

— Je pense qu'il serait bon d'immobiliser son bras quelques jours, par sécurité, suggéra-t-elle à la mère avec un petit sourire. De plus, si cela l'empêche de grimper sur les toits durant un moment, ce ne sera pas plus mal. Oswy est le fils du couvreur, ajouta-t-elle à l'intention de Hugh.

Elle lui prit de nouveau la main et le conduisit jusqu'à une petite table, dans un coin de la pièce. Il la suivit docilement, mais la prévint :

— Je ne peux rester longtemps.

— Laisse-moi au moins t'enlever cette cape un moment. Tu dois mourir de chaud, là-dessous… Dis-moi ce que tu fais ici.

Son sourire s'accentua alors et Hugh sentit son cœur battre plus fort.

— Est-ce que tu es venu pour me voir ? demanda-t-elle d'une voix pleine d'espoir.

— Bien sûr, fit-il en lui tendant sa cape d'un geste qu'il voulut insouciant.

Il n'avait pas besoin de lui avouer qu'il n'était là que pour prendre des nouvelles de son frère et n'avait jamais eu l'intention de passer son seuil… Pas encore. De plus, il se sentait toujours coupable vis-à-vis d'elle ; non pas à cause de la barge, mais à cause de son entrevue avec Edouard avant de quitter Jumièges. Après tout, elle lui avait confié son projet secret de quitter la Normandie au plus tôt, et il avait prévenu son frère. Il n'avait fait cela que pour la protéger, mais il n'avait jamais réellement pu assumer son geste. Au final, cette conversation avec Edouard avait au moins eu un résultat positif car, sans cela, il n'aurait pas pensé qu'Alfold puisse être un endroit sûr pour revoir son ami.

Le domaine d'Aude était très proche de Winchester et tout le monde savait que William avait fait construire un château là-bas, l'une de ses résidences préférées. Depuis 1066, William n'avait eu qu'une obsession, renforcer son pouvoir en Angleterre. Déterminé à ne pas perdre le trône, on racontait même que la Normandie ne le préoccupait plus autant qu'elle l'aurait dû. Que ce soit vrai ou non, Hugh avait très vite compris que s'il voulait rencontrer le roi, il n'aurait d'autre choix que de se rendre à Winchester. Sa seule chance d'obtenir une audience privée était de se faire oublier et d'attendre le retour de William dans le Wessex.

Bientôt, songeait-il. *Bientôt, je pourrai prouver mon innocence et faire la paix avec le roi...*

Il s'aperçut tout à coup qu'Aude le dévisageait toujours et sourit.

— Pardonne-moi. La vue d'un visage amical est devenue si rare pour moi...

— Viens.

Avec une familiarité qui l'émut profondément, elle le fit asseoir sur un banc.

— Reste là pendant que je trouve un bandage pour Oswy. Ensuite, nous pourrons boire une coupe de vin et tu me raconteras ce que tu fais ici, en Angleterre. Depuis notre dernière rencontre, j'ai toujours pensé que tu avais trouvé refuge en Bretagne.

Aude s'éloigna, le cœur battant. Hugh était venu la voir, elle ! Elle avait peine à y croire... Depuis son arrivée à Alfold, le mois précédent, elle n'avait pu s'empêcher de penser à lui. Souvent, elle s'était demandé comment il allait, où il était.

Elle avait prié pour lui et avait amèrement pleuré à l'idée de ne plus jamais le revoir.

Et voilà qu'il était là, assis dans sa demeure, en dépit du danger qu'il courait si quelqu'un le reconnaissait. Il lui paraissait plus grand, plus beau que jamais, et il était venu pour elle !

Tremblant d'émotion, elle courut au coffre où elle rangeait les bandages. Lorsqu'elle avait découvert Alfold, ce coffre était vide ; l'une de ses premières tâches avait consisté à le remplir. Elle avait découpé des bandages et, puisque le jardin de simples, à l'arrière de la maison, était à l'abandon, elle avait acheté des herbes médicinales au marché de Winchester. Depuis qu'elle était là, elle n'avait pas connu un seul jour d'oisiveté tant il y avait à faire au village.

Peu après son arrivée, elle s'était rendue à Winchester pour faire valoir ses droits sur le domaine auprès de Guy de Mortain, le capitaine de la garnison de la ville, détenteur de l'autorité du roi en l'absence de celui-ci, parti combattre les rebelles.

Elle avait demandé de l'aide au seigneur Guy pour recruter deux chevaliers afin d'aider Olivier à asseoir son autorité à Alfold. Lorsqu'elle avait vu les deux hommes qui lui furent envoyés, le seigneur Ralph d'Auray et le seigneur William Laval, elle avait compris que l'image de puissance et de compétence que dégageait Hugh ne se retrouvait pas chez tous les chevaliers, loin de là… Mais elle n'avait pas eu le choix.

Elle était rentrée à Alfold et, tandis que les paysans commençaient les moissons, elle avait fait réparer l'une des granges. Après la famine de l'année précédente, il fallait à tout prix que le grain soit protégé des intempéries.

Ensuite, elle s'était attelée aux réparations de la demeure seigneuriale. Si elle devait rendre à Alfold une part de son ancienne gloire, son travail ne faisait que commencer et sa tâche serait colossale. Malgré toute cette agitation, l'image de Hugh n'avait jamais vraiment quitté ses pensées.

Soudain, elle aperçut du coin de l'œil les regards intrigués des seigneurs Ralph et William qui dévisageaient Hugh depuis leur banc, et sentit une sourde angoisse l'étreindre. Peut-être n'aurait-elle pas dû l'appeler par son prénom, à son arrivée, mais son apparition l'avait tellement stupéfiée qu'elle en avait oublié toute prudence. Elle ne pouvait revenir sur ce qui était fait ; il lui suffisait de ne pas mentionner le rang de Hugh et de le présenter comme un vieil ami de la famille. Hugh de Jumièges.

Elle tira un rouleau de bandages du coffre et revint vers Oswy. Oui, tant que Hugh resterait à Alfold, il serait Hugh de Jumièges.

— Eadgytha ? appela-t-elle.

La mère de l'enfant approcha, les yeux encore rouges de larmes. Dès les premiers jours qu'elle avait passés sur son nouveau domaine, Aude avait appris que l'époux d'Eadgytha, le meilleur couvreur du village, était mort. Sans doute était-ce pour cela qu'elle se montrait aussi protectrice envers son fils.

— Ma dame ? répondit la femme.

— Tenez, prenez ceci.

Eadgytha lui lança un regard qui traduisait toute son incompréhension, et Aude dut se tourner une nouvelle fois vers Hugh.

— Je t'en prie, explique-lui que le bras d'Oswy doit être immobilisé pour guérir correctement.

Elle lui confia le bandage et le suivit des yeux tandis qu'il s'agenouillait de nouveau près de l'enfant.

Que pensait-il d'Alfold ? Tant de choses restaient encore à faire pour aménager la demeure ! Les planches des volets avaient pourri, la porte s'était gondolée et ne fermait plus, et même à présent, malgré un été chaud et sec, le chaume grisâtre sentait l'humidité. Même bien entretenu, Alfold

Hall ne supporterait pas la comparaison avec le domaine normand qui avait été confisqué à Hugh.

Dans le silence de la grande salle basse, elle pouvait presque entendre les pensées de Hugh.

Sommaire. Plein de courants d'air. Délabré. A peine plus qu'un taudis...

Inquiète, elle jeta un coup d'œil autour d'elle. Elle ne savait que trop bien à quoi ce lieu ressemblait, pour des yeux étrangers. Lors de son arrivée, elle avait été désemparée en voyant l'état des bâtiments. Il lui avait fallu plusieurs jours pour dépasser son découragement premier et se mettre à l'ouvrage. Elle avait rencontré le prêtre, le forgeron, le meunier, et était parvenue, au final, à rassembler sa volonté pour chercher à rendre au domaine ses lettres de noblesse. Très rapidement, des équipes de travail s'étaient formées. Peut-être trop rapidement, car elle n'aurait sans doute jamais dû accepter qu'un enfant de l'âge d'Oswy monte sur les toits.

Près de l'âtre, Hugh tendit avec douceur les bandages à Eadgytha et expliqua la situation si lentement que même Aude put comprendre son anglais.

— C'est pour votre fils. Bandez son bras fermement pour que l'épaule de bouge pas et, poursuivit-il avec un regard entendu au garçon, il ne faut pas qu'il grimpe sur les toits pendant quelques jours. Tu sais, petit, tu es peut-être encore un peu jeune pour faire cela...

— Non, monsieur, ce n'est pas vrai ! protesta l'enfant avec véhémence. Je suis doué pour travailler sur les toits !

L'air sceptique, Hugh se tourna vers Aude.

— Est-ce que c'est vrai ?

Elle soutint son regard, le cœur battant. Seigneur ! Qu'il était beau ! Elle ne pouvait le voir sans perdre tous ses moyens, et ce n'était pas le moment de se laisser aller à ses sentiments. Pourquoi donc ne pouvait-il être plus... ordinaire, comme Olivier ?

— Aude ?

— Oui, c'est vrai, répondit-elle précipitamment. En tout cas, c'est ce que je croyais jusqu'à ce qu'il tombe. J'avais fait confiance à Eadgytha pour décider des tâches qu'il pouvait ou non accomplir seul.

— Mais ce n'est pas ma faute, si je suis tombé ! intervint Oswy.

Contrairement à sa mère, il ne semblait aucunement méfiant à l'égard d'Aude ou des Normands en général.

— C'est quand je les ai vus… Ils m'ont fait peur, et je suis tombé, poursuivit-il.

— « Les » ? De qui parles-tu ? demanda Hugh, surpris.

— Des voleurs ! Ils sont de retour !

A ces mots, un murmure de panique parcourut la salle.

— Ils sont revenus ? demanda Eadgytha d'une voix haut perchée avant de se signer. Saint Swithun, protégez-nous ! Oswy, es-tu bien sûr de ce que tu as vu ?

Stupéfaite, Aude demeura silencieuse un instant. Quelque chose ne sonnait pas tout à fait juste dans la réaction de la mère, mais comme Hugh s'était de nouveau tourné vers elle en quête d'explications, elle chassa ses soupçons.

— Aude ? fit-il une nouvelle fois.

— Apparemment, au début de l'été, une bande de voleurs a terrorisé la région. Certains villageois ont été dépouillés, et une jeune fille a disparu…

— Disparu ?

— Oui.

— Et qui sont ces voleurs ? Est-ce que quelqu'un les connaît ?

Aude secoua la tête. Personne ne les connaissait. Elle s'assit de nouveau à la table et fit signe que l'on apporte du vin. Hugh vint la rejoindre.

— Tu sais, commença-t-elle à voix basse, l'autorité du roi n'est pas encore… acceptée partout, en Angleterre. Ces voleurs sont peut-être des Saxons dépossédés de leurs terres. Quoi qu'il en soit, personne ne les avait encore aperçus dans les environs depuis mon arrivée et j'ai cru qu'ils avaient préféré se cacher du nouveau seigneur d'Alfold.

Elle fit un petit signe de tête en direction de ses deux chevaliers.

— Comme tu le vois, je ne suis pas sans protection et, puisqu'il n'y a eu aucun trouble depuis un mois, j'ai simplement pensé qu'ils étaient partis à la recherche de proies plus faciles.

— As-tu placé des gardes autour du village ?

Aude le dévisagea d'un air abasourdi et il ne put retenir un profond soupir.

— Je pense que ce serait utile, poursuivit-il. Ces voleurs ont dû t'observer depuis plusieurs jours. Il faut qu'ils comprennent que tu as pris les choses en main.

— Je ne me souviens pas de t'avoir demandé des conseils, répliqua-t-elle sèchement. Et je peux très bien m'occuper de mon domaine !

Hugh surprit un éclat de colère dans son regard et lui prit doucement la main pour l'apaiser.

— Je parlais de prise en charge militaire. Tu n'es pas un soldat, Aude.

Une servante vint déposer sur la table une cruche de vin et deux coupes. Aude les remplit en silence.

— En effet, je ne suis pas un soldat, reprit-elle plus calmement. Mais j'aurais dû penser à poster des gardes près des maisons. Après tout, j'ai passé suffisamment de temps avec mon père pour savoir comment protéger un village.

— Ce n'est pas ta faute. Cela dit, je m'étonne que le seigneur Olivier n'y ait pas pensé, répondit-il avec un sourire amer. J'imagine qu'il doit avoir d'autres choses en tête.

Aude lui jeta un regard meurtrier.

— Que veux-tu dire ?

Elle était sincèrement en colère, à présent, et devait considérer ses commentaires comme une ingérence. Ne voyait-elle donc pas qu'il ne faisait que l'aider ? Il voulait simplement s'assurer qu'elle était en sécurité !

Un rayon de soleil filtrait à travers les volets clos et illuminait ses boucles rousses d'un éclat cuivré. Hugh referma la main sur sa coupe pour refréner un soudain désir de caresser ses mèches flamboyantes.

— Si je peux me permettre, reprit-il d'un ton détaché, je te suggérerais d'instaurer un tour de garde au sommet de la colline. De là, on doit avoir une belle vue sur la route. Je pense qu'il serait bon de placer également des hommes dans les granges et ta demeure, la nuit. Tu ne peux pas te permettre de perdre tes chevaux.

— Je te trouve bien autoritaire, répliqua-t-elle sèchement. Tu arrives sans prévenir, tu commences par dire que tu ne peux pas rester ici, et aussitôt après, tu te mets à critiquer le travail de mes chevaliers.

— Qu'en est-il des réserves ? demanda-t-il sans relever sa critique acerbe. Leurs accès sont-ils sécurisés, ou bien sont-ils… dans le même état que ces volets ?

Elle frémit et jeta un rapide coup d'œil aux volets vermoulus.

— Je pense que tu connais la réponse. Mais j'ai déjà fait réparer l'une des granges.

— Aude, la prévint-il encore, s'il y a des bandits dans cette région, sache qu'ils seront aux aguets et qu'ils profiteront du moindre signe de faiblesse.

— Je le sais bien !

— Très bien. Mais les travaux que tu as déjà faits ne sont qu'une partie de ce qui doit être fait dans ce village.

Aude le dévisagea froidement. Hugh sentit son cœur se serrer, mais s'il devait se faire détester d'elle pour la protéger, c'était un risque qu'il était prêt à prendre.

— J'en ai conscience, Hugh, admit-elle au bout de quelques instants. Sache que je prendrai tes suggestions en compte.

Oui, elle lui en voulait de se mêler de ses affaires, mais au moins, elle l'écoutait.

Le soir venu, alors que Hugh aurait déjà dû être reparti depuis longtemps, il était toujours à Alfold. Il alla chercher Gil et Louise chez le forgeron, et Aude n'eut pas beaucoup d'efforts à faire pour le persuader de passer la nuit chez elle.

Pourquoi pas, après tout ? Les cris d'Oswy l'avaient attiré dans la demeure seigneuriale et, à présent, tous les villageois avaient vu son visage.

De plus, l'idée de passer une nuit — rien qu'une — chez Aude, sous un toit ami, était particulièrement tentante après toutes ces semaines de fuite. Il avait passé trop de nuits à la belle étoile, trop inquiet pour trouver le sommeil, tremblant d'être découvert par ses ennemis à chaque instant. Son désir de rester à Alfold n'avait rien à voir avec Aude ; il avait seulement besoin d'une bonne nuit de repos. De toute manière, il n'aurait jamais pu résister aux suppliques combinées d'Aude et de Louise. C'était pourquoi il avait accepté avant même de comprendre réellement les implications de sa décision.

Maintenant, il avait jusqu'au lendemain pour accomplir deux missions importantes. D'abord, il devait convaincre Aude de garder Louise avec elle. Ensuite, il devait découvrir la date à laquelle Edouard allait arriver.

A la nuit tombée, il se trouva de nouveau installé à la table, dans le halo cuivré du feu. Les flammes se reflétaient à la surface des bols de bronze pendus aux chevrons, sur les lanternes accrochées au plafond, et sur la cire chaude qui s'écoulait des bougies. Une odeur de viande rôtie et de bière fraîchement tirée flottait dans l'air.

Repu, Hugh repoussa son assiette. Cela faisait longtemps

qu'il n'avait pas mangé d'agneau aussi tendre ; quant au pain, il était aussi blanc et moelleux qu'en Normandie.

Un étrange et paisible bonheur l'avait envahi, qui n'était pas dû qu'à l'excellence de la nourriture : Aude avait pris ses conseils en compte. La porte de la demeure avait été remise en place dans l'après-midi, autant pour leur sécurité que pour éviter les courants d'air. Les villageois, après leur journée de travail sur le toit, avaient enfermé leurs outils, et un groupe d'hommes avait été envoyé sur la route à la recherche du meilleur poste de surveillance. Deux villageois avaient été placés à la porte de la demeure et devraient guetter le moindre mouvement suspect pendant que les autres dormiraient.

Pour le repas, Aude s'était changée et portait à présent une robe vert tendre agrémentée d'un voile de soie. A côté d'elle, Hugh se sentait plus misérable que jamais, avec sa tunique noire et ses chausses gris sombre. Aude à sa droite, Louise et Gil à sa gauche, il parvenait presque à se sentir comme chez lui. Au bas bout de la table, Edwige, la suivante qu'il avait rencontrée à Jumièges, parlait sans cesse à un Normand taciturne du nom de Médard — sans doute son époux.

En face de lui, le seigneur Olivier et les deux chevaliers qu'Aude lui avait présentés plus tôt finissaient leur repas. Aude avait prétendu qu'il était un vieil ami de la famille, Hugh de Jumièges, et il devait prendre garde à ne pas se trahir face à eux.

Il ressentit tout à coup une bouffée d'angoisse qui fit disparaître la sensation de paix qu'il goûtait encore un instant plus tôt. Qu'avait-il fait ? Pourquoi diable avait-il accepté de passer la nuit à Alfold ? Comment réagiraient les deux chevaliers qui protégeaient Aude, si par malheur ils apprenaient sa réelle identité ?

Il jeta un coup d'œil inquiet à Olivier. Il le connaissait un peu et l'avait rencontré pour la première fois lors des fêtes de Noël, à Rouen, l'année précédente. Tout ce qu'il savait de lui était qu'il avait accepté d'escorter Aude depuis Jumièges.

Pourquoi donc se sentait-il si contrarié par la présence de cet homme à Alfold ? Aude semblait lui faire confiance, même s'il était évident qu'il nourrissait l'espoir de l'épouser. Après tout, peut-être était-il fiable : il paraissait connaître sa véritable identité, mais n'en avait encore rien dit à personne…

Jusqu'à quel point pouvait-il se fier à lui ? Tant qu'il n'aurait pas prouvé son innocence auprès du roi, sa vie n'était pas la seule menacée. Louise et Gil étaient également en danger, et Aude serait sans doute interrogée si l'on apprenait qu'elle accueillait le comte de Freyncourt chez elle. Finalement, il prit la seule décision sensée qu'il pouvait prendre : il partirait à l'aube.

Jetant un coup d'œil à la tablée, il s'aperçut qu'Olivier ne quittait pas Aude des yeux ; elle semblait occuper toutes ses pensées. Cet homme était amoureux d'elle, ou alors Hugh n'était plus aussi bon juge de la nature humaine qu'autrefois… Les sentiments d'Olivier pour Aude le pousseraient-ils à garder pour lui l'identité de leur visiteur ?

Hélas ! le seigneur Olivier n'était pas le seul, autour de cette table, à être dans la confidence. Edwige, et son époux aussi sans doute, connaissaient son vrai nom. Malgré ses craintes, Hugh avait relativement confiance en eux : Edwige servait Aude depuis des années, et elle mettrait sans doute un point d'honneur à respecter les consignes de sa maîtresse.

Ne restaient plus que les inconnus : les seigneurs William et Ralph. Hugh les observa discrètement. Tous deux l'avaient rapidement épaulé pour organiser un tour de garde, la nuit, mais ils lui avaient paru soupçonneux. Mais peut-être se faisait-il des idées…

Il se pencha vers Aude et murmura :

— Quand donc ces deux hommes t'ont-ils rejointe ?

— Je les ai rencontrés à Winchester. Le seigneur Guy, qui y commande la garnison, me les a présentés.

— Est-ce que le seigneur Guy était au courant de la présence des voleurs dans la région ?

— Je ne le sais pas... Je pense qu'il avait plutôt peur que certains des villageois se montrent rebelles à mon arrivée.

— Est-ce le cas ? demanda-t-il, soudain inquiet.

— Rien de très évident, pour le moment. Je crois que le prêtre et le forgeron ont été soulagés de voir quelqu'un prendre le village en main. La plupart des enfants sont gentils, et Oswy semble m'apprécier. Du moins semblait-il m'apprécier jusqu'à sa chute. Je ne sais pas comment il réagira, dorénavant... Sa mère, Eadgytha, est un peu difficile à cerner, mais son époux est mort à Hastings avec le seigneur Frideric, donc sa froideur ne m'étonne pas. Quant au reste des villageois, ils respectent mon autorité, même s'ils ne se montrent pas particulièrement accueillants. Je sens surtout de l'hostilité lorsque je dois leur parler en français — ce qui, hélas ! arrive souvent à cause de mon manque de vocabulaire. Et ils ne font pas beaucoup d'efforts pour me comprendre quand je fais des erreurs.

Hugh l'écoutait, incapable de la quitter des yeux. Etrangement, ses propres soucis semblaient s'évaporer lorsqu'il parlait à Aude et, depuis son départ de Normandie, il avait rarement eu l'occasion d'oublier ses problèmes.

— Leur comportement n'est pas surprenant, répondit-il. Tu n'es pas née ici. Pour eux, tu fais partie des conquérants.

— Je le vois bien, murmura-t-elle en examinant les visages qui l'entouraient. Avant de quitter Jumièges, j'étais encore très naïve ; je m'en rends compte, à présent... Mais j'espère faire des progrès, ajouta-t-elle d'un ton plus décidé. Nous allons commencer par réparer la demeure seigneuriale. Comme tu l'as sans doute vu, le toit est en mauvais état mais, si tout se passe bien, nous en aurons un tout neuf avant l'hiver.

Hugh acquiesça d'un hochement de tête. Pour sa part, il estimait peu judicieux de faire tant d'efforts et de rassembler tant de main-d'œuvre pour réparer une maison de bois qui, militairement parlant, resterait vulnérable ; mais il allait devoir trouver un moyen de le dire à Aude avec tact. Il réfléchit un instant puis, soudain, comprit ce qu'elle essayait de faire à travers ces travaux. Pour ne pas être entendu, il se pencha vers elle et fut saisi par son parfum. Elle sentait les fleurs sauvages, mêlées à quelque chose de plus profond, de plus musqué, qui éveilla en lui l'image de splendides palais exotiques et de paysages orientaux. Il était surprenant de la part de la petite Aude de porter un parfum. Elle n'était définitivement plus une enfant…

— Tu es en train de discipliner tes gens, n'est-ce pas ? murmura-t-il en chassant son trouble pour se concentrer sur le présent. Tu les mets à l'épreuve pour voir s'ils travaillent bien ensemble.

Elle lui adressa un sourire chaleureux.

— Bien sûr. Je veux leur offrir un nouveau rôle au sein du village.

Elle s'était penchée elle aussi vers lui et sa poitrine effleura la manche de sa tunique. Il oublia tout ce qui l'entourait. L'espace d'un instant, il fut incapable de penser à autre chose qu'aux courbes dissimulées sous la robe de lainage, ces courbes qui attiraient irrésistiblement ses grandes mains…

Bon sang ! De nouveau, l'image d'Aude sur un lit s'imposa à lui, aussi claire qu'un souvenir. Aude, nue sur un lit. Et lui venait la rejoindre, aussi nu qu'elle, avant de…

Le souffle court, il voulut répondre mais ne put articuler le moindre mot. Comment se concentrer sur leur discussion lorsqu'il sentait la chaleur de la cuisse d'Aude contre la sienne, et avait l'esprit hanté par l'image de son corps nu devant lui ?

Il fit un effort pour se reprendre et s'aperçut qu'elle lui parlait à voix basse, en français, comme si elle craignait d'être entendue.

— J'ai conscience que les défenses militaires d'Alfold laissent à désirer, et je sais que ma demeure est presque en ruine, mais j'ai jugé urgent de la réparer avant de faire quoi que ce soit d'autre. Je voulais montrer aux villageois quel genre de maîtresse je compte être pour eux. Et cela ne m'empêchera pas de construire quelque chose de plus... important, plus tard. En attendant, je pense qu'il est essentiel de leur prouver que je veux respecter leurs traditions et non les trahir.

Son expression s'assombrit soudain.

— Ils ont suffisamment perdu lorsque leur seigneur saxon est mort. D'après ce que j'ai compris, Frideric était très aimé, ici.

Elle s'appuya contre le dossier de son siège et le dévisagea un instant de ses grands yeux ambrés, les sourcils froncés.

— Hugh, est-ce que tu m'écoutes ?

Il leva les yeux vers elle et se racla la gorge, gêné.

— Bien sûr, et je respecte profondément tes désirs vis-à-vis de tes gens.

Il s'aperçut alors qu'Olivier les observait intensément et sentit son sang bouillir. Cet homme le fixait comme s'il pouvait lire dans ses pensées, comme s'il était jaloux des images secrètes qui continuaient à le hanter. Seigneur ! C'était de la folie ! Il tenta désespérément d'étouffer son désir malgré le parfum d'Aude qui flottait toujours autour de lui, aussi entêtant que toutes les épices d'Arabie. Il ne devait pas s'autoriser de telles pensées. Aude était la sœur d'Edouard, presque la sienne... Il aurait dû réfléchir à la suite de son combat pour prouver son innocence, au lieu de laisser parler ses désirs.

— En tout cas, finit-il par dire, tu as fait un bon travail, ici.

— Vraiment ? Malgré mon ignorance des précautions militaires à prendre ?

— Oui. Je suis certain que tes gens finiront par t'accepter, avec le temps.

— Je l'espère, dit-elle en souriant.

Elle s'aperçut alors que sa coupe était vide et lui indiqua la cruche de vin.

— Sers-toi, ne te prive pas.

Il obtempéra et vit le sourire d'Aude s'évanouir.

— Quelque chose ne va pas ? demanda-t-il.

— Je suis navrée, j'aurais dû parler de tout cela plus tôt, mais la blessure d'Oswy et ton arrivée m'ont complètement tourneboulée…

Elle s'interrompit et jeta un coup d'œil furtif à William et Ralph, à l'autre bout de la table.

— N'est-il pas dangereux pour toi de venir en Angleterre ? reprit-elle à voix basse.

Il lui prit la main et déposa un petit baiser au bout de ses doigts, pour la rassurer. Aussitôt, il comprit qu'il n'aurait pas dû. Son parfum l'envoûtait plus que jamais, et il n'avait plus les idées claires.

— Aurais-tu préféré que je disparaisse ?

— Non ! Bien sûr que non ! Mais… puisque le duc est devenu roi d'Angleterre, on ne peut pas vraiment dire que tu aies quitté ses terres comme tu l'aurais dû. Je sais que le roi n'aime pas voir ses ordres discutés.

— J'ai seulement besoin d'un peu de temps.

— Et que t'arrivera-t-il, si tu es découvert ?

— As-tu peur que le seigneur Olivier me dénonce ? demanda-t-il, soudain tendu.

Elle fit vivement non de la tête et son voile, en bougeant, révéla une boucle flamboyante dans la lumière.

— Non, répondit-elle gravement. Le seigneur Olivier n'est plus l'homme de l'abbé Bertram. Il est à mon service, maintenant. En revanche, j'ai peur des seigneurs William et Ralph… Ils mangent peut-être à ma table, mais ils sont avant tout fidèles au roi. La seule raison pour laquelle ils n'ont pas encore essayé de t'arrêter est qu'ils ne savent pas qui tu es. Je suis vraiment désolée, je n'aurais jamais dû insister pour que tu restes.

Hugh réprima un frisson. Elle avait raison et ils le savaient tous les deux. La présence de ces deux chevaliers rendait Alfold dangereux pour lui… Pourtant, étrangement, cela ne lui donnait pas envie de fuir, bien au contraire. Il désirait rester auprès d'elle le plus longtemps possible.

Tout à coup, une pensée terrible le frappa. Elle venait de dire que le seigneur Olivier était à ses ordres. Envisageait-elle de l'épouser ? Jusqu'à présent, il n'y avait pas songé, mais en voyant le regard qu'Olivier posait sur elle, il y avait de quoi s'interroger…

S'obligeant à sourire, il chassa son inquiétude. Seigneur ! Cette femme allait le rendre fou !

— William et Ralph savent qui je suis, répondit-il. Tu m'as présenté comme Hugh de Jumièges, après tout.

— Peut-être bien, mais…

— Aude, la coupa-t-il, je ne suis ici que pour prouver mon innocence, pas pour comploter contre le roi.

— Quoi qu'il en soit, reprit-elle, inquiète, tu ne devrais pas être ici. S'ils comprennent qui tu es… Qu'arrivera-t-il, si je te trahissais par inadvertance ?

— Tu ne le feras pas, et tu le sais bien.

Il lui pressa la main d'un geste apaisant et se rendit compte qu'il ne l'avait pas lâchée depuis plusieurs minutes. Cédant à la tentation, il lui caressa doucement les doigts.

Elle ne réagit pas mais, à l'autre bout de la table, le regard d'Olivier se durcit.

Hugh ne put réprimer un petit sourire de triomphe.

— Aude, murmura-t-il, j'ai une faveur à te demander…

Chapitre 7

— Une faveur ? répéta-t-elle avec une moue désappointée. Dire que je pensais que tu étais seulement venu me rendre visite !

Hugh lui caressa la main doucement. Comment lui avouer que, sans les hurlements d'Oswy, il ne serait même pas entré chez elle ? Il n'en avait pas le cœur.

— Bien sûr que ma première motivation était de te rendre visite, mentit-il.

— Ne joue pas à cela avec moi ! Je pense que je devrais déjà être flattée que tu te sois seulement souvenu du nom de mon domaine.

— Je suis en partie venu pour Louise…

Et dans l'espoir de voir ton frère, mais il ne semble pas être arrivé.

— Louise ?

— Oui. Il était idiot de ma part de lui permettre de rester avec moi. Dans mon arrogance, je croyais pouvoir prouver mon innocence rapidement… Etant donné que ce n'est pas le cas, j'aimerais, si tu le veux bien, qu'elle reste habiter ici pendant un temps.

— Hugh, tu n'as pas à me le demander ! Tu as été le seul ami d'Edouard à le soutenir lorsque notre famille s'est retrouvée en disgrâce, et je ne l'oublierai jamais. Louise, ajouta-t-elle avec un sourire en direction de la fillette, sera toujours la bienvenue sous mon toit.

Le cœur débordant de gratitude, il lui pressa les doigts et sentit une profonde joie l'envahir lorsqu'elle répondit à son geste. Il s'écarta cependant légèrement d'elle.

— En parlant de ton frère, reprit-il en hâte, est-ce que tu as des nouvelles de lui ?

— Non, pas depuis mon arrivée. Je lui ai envoyé une lettre il y a quelques semaines, mais je ne sais même pas s'il l'a reçue…

Il s'efforça de ne pas montrer sa déception. Edouard était comme un frère, un allié prêt à risquer sa réputation pour l'aider et qui ne le trahirait pas. Il était allé jusqu'à laisser le monde le prendre pour un lâche qui se détourne d'un ami en disgrâce et avait risqué de décevoir sa propre sœur en le lui faisant croire. Edouard avait promis de le rejoindre à Alfold à la fin de l'été, et il tiendrait parole.

Tout ce qu'il pouvait faire en attendant était prier pour que le retard d'Edouard ne soit pas annonciateur d'une mauvaise nouvelle… Quelqu'un avait-il découvert que leur amitié perdurait ? Ils avaient pourtant tout fait pour éviter que cela n'arrive pas et n'avaient rien consigné par écrit.

Où donc était Edouard ? Avait-il été retenu en Normandie par une absence de vents favorables ? Ou bien… Plus il réfléchissait, plus son inquiétude croissait. Une multitude de questions l'assaillaient sans qu'il puisse y répondre — pas ce soir, en tout cas.

En voyant le seigneur Olivier faire passer du pain et du fromage à Aude, il s'efforça de chasser ses doutes. Incapable de retenir la question qui le taraudait le plus, il se pencha vers elle et murmura :

— Est-ce que le seigneur Olivier espère t'épouser ?

— J'ai déjà refusé sa proposition, mais ses mots et ses actes me prouvent tous les jours qu'il espère me voir changer d'avis, répondit-elle en mâchonnant un morceau de pain d'un air absent. Et il est possible que j'aie finalement à lui céder un jour…

A ces mots, un frisson glacé parcourut Hugh.

— Comment cela ? Tu viens de dire que tu ne voulais pas l'épouser !

Aude posa son morceau de pain et se pencha de nouveau vers lui pour lui confier :

— En vérité, j'ai refusé la demande en mariage du seigneur Olivier avant même d'avoir quitté Jumièges. Mais il semblerait que l'Eglise d'Angleterre soit aussi pressée que l'abbé Bertram de me voir prendre le voile… Il se pourrait donc que le seigneur Olivier soit finalement un moindre mal, pour moi.

— Un moindre mal ? répéta-t-il, abasourdi.

Elle eut un petit sourire triste, presque résigné.

— Il est malléable, tu comprends…

Malléable ? Que voulait-elle dire par là ?

Le voile d'Aude glissa devant son visage et elle le repoussa impatiemment de la main.

— J'espérais trouver refuge ici, à Alfold, expliqua-t-elle. Mais je suis tout autant assiégée qu'en Normandie. Ne te méprends pas, je ne parle pas des voleurs. Quelques jours à peine après mon arrivée, l'abbé de New Minster m'a envoyé un message me proposant de me présenter la mère supérieure du couvent de Sainte-Anne. Une semaine plus tard, c'est l'abbesse de Sainte-Marie qui m'a honorée d'une visite.

Troublé, Hugh but une gorgée de vin.

— Les nouvelles circulent vite, murmura-t-il.

Aude haussa les épaules.

— Je n'ai caché mon arrivée ici à personne ; il n'y avait aucune raison pour cela… De toute manière, Edouard m'avait conseillé de me présenter au commandant de Winchester pour lui demander des hommes. Dès que je l'ai fait, j'imagine que toute la région a su qu'une dame normande était venue s'occuper du domaine d'Alfold.

— Tu n'es pas qu'une dame, répondit-il. Tu es une héritière.

Elle eut un nouveau sourire, toujours aussi amer.

— Une héritière ? Les revenus de mon manoir normand sont maigres et dépendent entièrement du bon vouloir de mon frère. Quant à cet endroit, tu le vois bien... il est si délabré qu'il est presque absurde d'espérer en tirer de l'argent un jour !

— Tu te trompes. Je suis certain que tu sauras y mettre bon ordre.

Il jeta un rapide coup d'œil à Ralph et William.

— J'imagine que ces deux hommes te sont loyaux, à présent, et sauront t'aider, ajouta-t-il.

— Ce sont tous les deux des chevaliers sans terres, comme Olivier.

— Et donc il est possible qu'ils finissent par s'intéresser à toi.

— Si c'est le cas, répliqua-t-elle froidement, c'est à mes terres qu'ils s'intéresseront. Pas à moi.

Assise en tête de table, elle observa un moment ses invités. Les petits fils d'argent qui ornaient son voile d'une délicate broderie scintillaient à chacun de ses mouvements. Sa beauté, ce soir, avait quelque chose d'irréel. Non, ce n'était pas seulement ce soir. Elle avait toujours eu cette beauté-là, même enfant. Il l'examina, fasciné. Son visage, sa gorge, sa poitrine... tout en elle clamait sa féminité. Oui, Aude était une belle femme. Belle, et si digne.

Cependant, elle conservait depuis la mort de Martin un vague air de tristesse qui la rendait distante, intouchable... Est-ce que les autres chevaliers ressentaient la même chose ? Elle disait qu'elle voulait un homme malléable, mais le pensait-elle vraiment ?

— Tu dis qu'ils ne désireraient que tes terres, mais ils seraient fous de ne pas voir ta beauté, lui glissa-t-il à l'oreille.

Elle eut un petit rire désabusé.

— Ma beauté ? Oui, c'est certain, je suis belle à leurs yeux et je le resterai aussi longtemps que j'aurai des terres à offrir à un époux. Aux yeux des religieuses, j'ai aussi beaucoup de mérite. Un mérite qui n'a pas grand-chose à voir avec la sauvegarde de mon âme... Ces bonnes sœurs aimeraient aussi beaucoup bénéficier de ma compagnie, pour peu que mes terres viennent s'ajouter aux leurs.

Hugh sentit son cœur se serrer face à une telle amertume. Aude avait raison... Un chevalier sans terres était souvent prêt à beaucoup de choses pour épouser une héritière, et les trois hommes rassemblés autour de cette table n'avaient qu'une seule chance d'obtenir un jour un domaine : faire un beau mariage.

En face d'eux, Aude se tenait seule, plus belle que jamais — la réponse à leurs prières, sans doute.

— Tu es assiégée à ta propre table, murmura-t-il en buvant une nouvelle gorgée de vin. Je crois que je comprends ce que tu veux dire...

— Martin, lui, m'aimait pour ce que j'étais, au moins, reprit-elle d'un ton désolé.

A ces mots, Hugh crut s'étouffer avec son morceau de pain. N'avait-elle donc jamais appris la vérité ? Ignorait-elle la réelle nature de Martin ? Si tel était le cas, devait-il tout lui dire ? Non. Il valait peut-être mieux pour elle de demeurer dans l'ignorance. Quelles qu'aient été les préférences de Martin, il y avait eu une réelle affection entre eux et, de toute évidence, elle l'idéalisait encore. Seigneur... Dire que c'était sa faute si elle lui avait été fiancée ! C'était lui qui avait œuvré pour qu'Edouard accepte une alliance entre Beaumont et Crèvecœur.

Dans l'espoir de chasser la mélancolie qui s'emparait d'Aude chaque fois qu'elle pensait à Martin, il lui sourit sans conviction.

— Je ne vous laisse qu'un mois, chère dame, et je vous retrouve entourée par une cour d'admirateurs ! lança-t-il d'un ton faussement enjoué.

Elle lui jeta un regard sceptique.

— « Chère dame » ? Seigneur, Hugh, d'où te vient cette soudaine formalité ? Il me semble me souvenir que tu avais d'autres surnoms pour moi, dans le temps : « Taches de son », ou encore « Rouquine »…

— Ou « Gamine », ajouta-t-il. C'était mon préféré.

Aude le fusilla du regard.

— Non, pas celui-là, Hugh. Tu sais que je le déteste.

— Vraiment ? Gamine, c'est plutôt mignon, pourtant…

L'expression d'Aude se durcit plus encore, comme il s'y était attendu, et il sentit son cœur accélérer. C'était étrange. Pourquoi exciter la colère d'Aude lui plaisait-il à ce point ? Du bout des doigts, il effleura sa pommette parsemée de taches de rousseur, et elle rougit délicieusement. En quelques instants, il avait réussi à la fâcher et à la gêner… et il adorait cela ! Réprimant l'envie de recommencer sa caresse sur son autre joue, il s'adossa à son siège et posa ses mains sur ses cuisses, sous la table.

Le regard baissé, Aude triturait son reste de pain.

— Tu étais un jeune homme fort peu galant, à l'époque, murmura-t-elle. Et ce surnom n'est pas flatteur.

— Moi, je l'aime bien. Je l'avais presque oublié, depuis le temps, mais il t'allait bien.

Elle lui lança un regard glacial.

— Pour ma part, je ne serai pas satisfaite tant que tu ne l'auras pas oublié définitivement. Je suis venue ici pour laisser mon enfance derrière moi.

Le repas étant terminé, elle fit signe à deux servantes de débarrasser la table. Tous se levèrent en faisant racler leurs sièges sur le dallage.

— Allons, viens Hugh, lança-t-elle. Je vais te trouver un lit pour la nuit.

Impulsivement, et sans se soucier des regards méfiants des trois chevaliers occupés à raviver le feu, il lui prit la main.

— Je te remercie encore d'avoir accepté de veiller sur Louise…

A ces mots, le regard d'Aude s'adoucit.

— Ne t'en fais pas pour elle. Louise est la bienvenue et pourra rester aussi longtemps qu'il le faudra. Mais, pour ton bien, j'espère qu'elle n'aura pas à vivre ici trop longtemps.

Il la salua très bas.

— Merci, Gamine.

Aude frémit et crispa les poings ; elle n'aimait vraiment pas ce surnom.

— Hugh ?

— Oui ?

— Tu aimes vraiment me provoquer, n'est-ce pas ? Pourquoi ?

Il ne put réprimer un petit rire.

— Cela ne s'explique pas, comme le passage des saisons.

Elle le dévisagea d'un air sévère.

— Aude, reprit-il, je te jure que je ne sais pas pourquoi j'aime tant te taquiner… C'est l'un de mes petits plaisirs.

Pour toute réponse, elle lâcha son bras et tourna les talons d'un mouvement brusque.

Plus tard, alors que tout le monde s'était retiré pour la nuit, Aude demeura éveillée dans son lit clos.

En tant que dame du domaine, elle était la seule à disposer d'un lit fermé, qui lui offrait l'intimité d'une petite alcôve. Les autres dormaient sur des paillasses posées à même le sol, protégés des regards par des tentures, au fond de la grande salle, derrière l'âtre. Les différentes respirations qui s'élevaient, paisibles dans l'obscurité, étaient apaisantes, réconfortantes. Familières. Parfois l'un des hommes ronflait, ou Edwige murmurait quelques mots à son époux.

Le grand lit clos avait été construit pour le précédent seigneur d'Alfold et offrait un large et confortable espace pour dormir. Il était placé assez loin de l'âtre, mais l'été n'était pas encore terminé et les nuits étaient encore chaudes ; le froid n'était pas un problème pour le moment. Dès son arrivée à Alfold, elle avait chargé Edwige de brûler les draps, le matelas et les rideaux mités, pour les remplacer par des rideaux brodés de laine colorée doublés de tissu épais. Ainsi, si elle devait passer l'hiver là, elle aurait au moins une alcôve accueillante. Son nouveau matelas sentait encore bon l'herbe coupée et d'épaisses fourrures avaient été entassées au pied du lit. Mais le froid n'était pas ce qui la préoccupait en cet instant.

Hugh ne quittait pas ses pensées.

Allongée dans l'obscurité, elle voyait son visage se dessiner dans son esprit, plus net que s'il se tenait devant elle. Quel mufle d'avoir pris deux fois sa place sur les bateaux en partance de Jumièges ! Bien entendu, il était alors désespéré mais, même en d'autres circonstances, il aurait probablement fait la même chose uniquement pour l'ennuyer. Il aimait tant se moquer d'elle…

Un soupçon lui vint tout à coup. L'appréciait-il réellement ? Il l'appelait toujours Gamine, un surnom déplaisant. Si jamais il s'avisait de l'appeler ainsi en public, elle le mettrait au pilori ! Gamine. Ce simple mot lui rappelait sans cesse son passé, tout ce qu'elle avait tenté d'oublier et qu'il ne connaissait que trop bien.

Chaque fois qu'il t'appelle comme cela, il te revoit enfant, vêtue en écuyer sous les ordres de ton père !

Elle réprima un frisson. Il avait intérêt à ne pas mentionner cet épisode devant qui que ce soit ! Son passé honteux n'était connu de personne en Angleterre, et c'était justement l'une des raisons qui l'avaient poussée à venir à Alfold. Elle cherchait à gagner son indépendance, mais aussi à laisser son passé derrière elle.

Elle avait presque réussi, et il avait fallu que Hugh réapparaisse dans sa vie ! Elle poussa un profond soupir. Pourquoi était-elle si heureuse qu'il soit là, alors qu'il se montrait plus irritant encore que par le passé ?

A peine avait-il franchi son seuil qu'il avait commencé à critiquer ses méthodes de commandement ! Il ne s'était pas gêné pour lui dire qu'elle n'aurait pas dû tant se concentrer sur les questions domestiques, mais plutôt consacrer son temps et son énergie aux problèmes militaires. Ce comportement était déjà exaspérant en soi, mais le fait qu'il avait eu raison ne faisait que le rendre plus insupportable…

De nouveau, elle soupira. Elle avait été flattée en constatant qu'il s'était souvenu de leur brève conversation sur les berges de la Seine, et qu'il était venu la rejoindre à Alfold. Evidemment, elle savait qu'il était surtout venu pour lui demander d'accueillir Louise… Cela signifiait-il qu'il s'apprêtait à se lancer dans une quête périlleuse ? Malgré la chaleur de la nuit, elle frissonna.

Le roi William n'était pas réputé pour sa clémence envers ceux qu'il considérait comme ses ennemis.

Elle suspendit un instant son souffle en entendant deux hommes se mettre à parler à voix basse à l'autre bout de la salle, mais ne reconnut pas les voix. Etaient-ce ses chevaliers ? Hugh et Gil ?

Avant de se coucher, Hugh lui avait annoncé qu'il comptait partir à l'aube, avec son écuyer. Il avait dit qu'il ne voulait pas la mettre en danger en restant trop longtemps à Alfold. Il avait marmonné « toutes les routes mènent à Winchester » et, quand elle lui avait demandé ce qu'il voulait dire par là, il avait refusé de s'expliquer. Elle sentit son estomac se nouer. Hugh devait chercher à obtenir une audience avec William, à Winchester... Mais le roi n'était pas à son château ; il combattait quelque part dans les plaines du Norfolk, et personne ne savait quand il rentrerait.

Quels que soient les projets de Hugh, ils seraient probablement dangereux. Que comptait-il faire, exactement ?

Si seulement elle pouvait l'aider ! S'occuper de Louise était si peu de chose, face au combat qu'il avait à mener.

Hélas ! elle ne pouvait rien faire, sinon prier pour la sécurité de Hugh. Il n'aurait jamais dû vivre ainsi, en hors-la-loi. Mais tant qu'il n'aurait pas réussi à se débarrasser des accusations qui pesaient sur lui, l'Angleterre demeurerait un pays dangereux pour lui et son cauchemar ne s'arrêterait pas. Elle ne pouvait vraiment rien faire de plus pour lui.

Il ne restait que quelques braises du feu qui avait servi à cuire le repas, mais leur faible lueur perçait à travers les interstices des rideaux du lit. Sans un bruit, Aude les entrouvrit et jeta un coup d'œil en direction de la paillasse de Hugh. Elle ne voyait rien de plus, là-bas, qu'un entassement indistinct de formes assoupies. Elle n'avait aucun moyen de distinguer Hugh des autres.

Près de l'âtre, Cédric, le visage illuminé par les braises rougeoyantes, était adossé au mur. Il s'était porté volontaire pour le premier tour de garde. Certains villageois avaient beau paraître méfiants envers elle, Cédric avait été l'un des premiers à accepter de l'aider lorsqu'elle avait annoncé qu'elle comptait traquer les voleurs. Sa cousine, Goda, était la fille qui avait disparu quelques mois plus tôt.

Retenant son souffle, elle se tourna de nouveau vers les silhouettes endormies, au fond de la salle. Quelques murmures s'élevaient encore entre les tentures et, dehors, un renard glapissait dans la nuit.

Sa gorge se noua à l'idée de voir Hugh partir dès l'aube. Malgré ses remarques agaçantes, elle était rassurée de le savoir là — et pas uniquement pour ses conseils militaires. Sa présence lui rappelait son enfance, le bon vieux temps. Peut-être était-il lui aussi rassuré de la savoir en sécurité. Cette simple pensée lui faisait du bien.

C'était vraiment étrange…

Le lendemain, au lever du soleil, Aude et Louise rejoignirent Hugh et Gil, déjà en selle, sur la place du village. Aude lui tendit la main pour qu'il lui fasse le baisemain.

Bien que Hugh n'ait rien voulu lui dire, elle était certaine qu'ils avaient un campement à proximité. Elle leur avait donné de la nourriture, des couvertures, des outres de vin et même un tonnelet. Elle tenta de l'interroger une dernière fois avant qu'il parte.

— J'aimerais que tu dises où tu vas, Hugh. Ou au moins quand je peux espérer te revoir…

Il lui embrassa le bout des doigts, s'attardant un instant sur sa main comme les chevaliers avaient l'habitude de le faire avec les dames de haute lignée. Elle eut même l'impression qu'il en profitait, comme s'il cherchait à goûter sa peau, son parfum. Elle s'efforça de ne pas rougir ; il ne faisait cela que pour l'ennuyer, c'était évident en voyant son sourire moqueur.

— Je suis navré, Gamine, dit-il. Et n'essaie même pas de soutirer des informations à Louise. Elle ne sait que peu de chose, et je lui ai…

— Interdit d'en parler, acheva Louise.

— Exactement, répondit-il avec un nouveau sourire.

L'air faussement fâché, Aude s'écarta de lui et laissa Louise dire au revoir à son frère. Elle croisa les bras, l'esprit peu tranquille. Hugh et Gil ressemblaient à un couple de pèlerins. Un vide douloureux se creusa en elle.

Hugh, je t'en supplie, pria-t-elle en silence, *sois prudent !*

La seule pensée de le voir capturé et enfermé dans un

donjon humide — ou, pire, exécuté pour ne pas avoir respecté son bannissement — lui donnait des sueurs froides. Hugh courait un grave danger en demeurant en Angleterre, autant que s'il était resté en Normandie ; peut-être même plus, puisqu'il ne connaissait pas ce pays.

Un seul rai de lumière venait illuminer ces ténèbres : ici, peu de gens étaient susceptibles de le reconnaître en le croisant…

— Prends soin de toi, Hugh, dit Louise en serrant ses mains dans les siennes.

Oui, pourvu qu'il prenne soin de lui.

— Et toi aussi, Gil, poursuivit-elle. Que Dieu vous accompagne.

En sortant avec Louise de la maison d'Eadgytha, Aude fut aveuglée par le soleil couchant. Durant les deux jours précédents, depuis le départ de Hugh pour sa quête mystérieuse, la chaleur n'avait fait que s'amplifier.

De gros nuages blancs traversaient le ciel depuis le matin, et l'air brûlant se faisait lourd. Dans les champs, les blés avaient pris une belle teinte blonde et les paysans étaient occupés à moissonner. Partout, on ne voyait que des reflets de faux dans les derniers rayons. Les épis étaient regroupés en gerbes et rapidement entassés dans les granges. Les roues des charrettes grinçaient dans les ornières du chemin, des voix s'interpellaient dans les champs et, au loin, un enfant appelait sa mère.

Devant la maison d'Eadgytha, quelques abeilles bourdonnaient dans un buisson de lavande, et un papillon jaune voletait le long du chemin menant à la demeure seigneuriale.

— Il va y avoir un orage, dit Louise en levant les yeux vers l'horizon.

En effet, une bande de nuages grise approchait à grande vitesse.

— Cela risque de mal tourner, ajouta-t-elle d'un air inquiet.

— Oui, il a fait tellement lourd toute la journée qu'il fallait s'y attendre. Mes gens m'ont dit que les récoltes avaient été très mauvaises, l'an dernier. Espérons que les hommes pourront finir de rentrer le blé avant l'orage. Si le grain est mouillé maintenant, il sera perdu…

— C'est certain.

Depuis le départ de Hugh, Aude avait tout fait pour que Louise se sente la bienvenue à Alfold. Elle lui avait demandé de l'accompagner chaque fois qu'elle avait quelque chose à faire au village, et elles venaient d'examiner l'épaule d'Oswy.

— Crois-tu qu'Oswy respectera tes conseils ? demanda Louise tandis qu'elles s'engageaient sur le chemin de l'église.

— J'en doute. Ce garçon est né pour grimper. Je suis déjà heureuse qu'il ait accepté la contrainte des bandages jusqu'à présent.

— Je pense que tu as eu une bonne idée en lui suggérant d'aider sa mère à récolter des herbes médicinales.

— Je doute que cela lui plaise, répondit Aude avec un petit sourire. Rassembler des bouquets de plantes et les mettre à sécher… Ce n'est pas ainsi qu'un garçon aime passer ses journées.

— Peut-être, mais il le fait.

— Il n'a accepté que parce que j'ai insisté sur l'importance, pour le village, de se constituer des réserves. Même s'il est jeune, il doit se souvenir de la famine de l'année passée… De plus, n'oublie pas que je lui ai promis de lui ôter ses bandages demain soir. Une fois libéré, cela m'étonnerait qu'il continue à aider sa mère. Crois-moi, il sera sur un toit dès qu'il en aura la permission ; ou alors, il se portera volontaire pour faire le guet autour du village en quête des bandits. Hier, je l'ai entendu parler des voleurs avec le seigneur Ralph. Je ne sais pas pour quelle raison, mais ces hommes semblent le fasciner…

Aude leva les yeux vers le ciel, de plus en plus menaçant. Un freux survolait la rangée d'arbres qui marquait la frontière entre Alfold et la forêt que les paysans appelaient le bois de Crabbe. Depuis son arrivée, elle n'avait pas encore eu le temps de l'explorer.

Au loin, l'horizon s'animait de reflets d'or et de ténèbres et, à l'est, un entassement de nuages sombres grossissait à vue d'œil, ourlé de cuivre par les derniers rayons du soleil qui venaient caresser le toit de l'église.

Un toit qui, comme tant d'autres au village, avait besoin de chaume neuf et de gros travaux… Transpirant sous son voile, Aude soupira. Elle avait hâte de pouvoir l'enlever, mais il était encore trop tôt pour songer à se détendre. Il lui restait une visite à faire avant le soir.

Elle trouva le père Ambroise dans le petit jardin jouxtant l'église. Les manches retroussées, il était penché sur sa houe et désherbait ses deux rangées de choux. A quelques pas de lui, des oignons luisants s'entassaient dans un panier.

— Bonsoir, mon père.

— Bonsoir, dame Aude, dit chaleureusement l'homme en suspendant son travail. Et bonsoir à vous, demoiselle Louise.

Aude avait présenté Louise comme une lointaine parente, sans mentionner sa famille ni son titre. Pour tous les villageois, Louise Duclair n'était que Louise de Jumièges, tout comme son frère avait été Hugh de Jumièges durant son court séjour.

— Nous n'échapperons pas à l'orage, je le crains, commenta le père Ambroise avec un coup d'œil vers le ciel.

— Oui, il semblerait bien qu'il vienne droit sur nous, répondit Aude. Prions pour qu'il ne dure pas longtemps. Trop de pluie abîmerait nos récoltes.

— En effet, fit gravement le prêtre. Après un été aussi sec, cette humidité soudaine…

Il s'interrompit et s'appuya contre sa houe, comme s'il tendait l'oreille.

— Est-ce que vous avez entendu cela ? Ecoutez…

Aude retint son souffle un instant, puis son cœur se mit à battre plus fort. Des chiens aboyaient au loin, et cela semblait venir du côté de la route de Winchester. Elle vit tout à coup un nuage de poussière s'élever au-dessus des arbres. Puis de nouveaux aboiements résonnèrent, suivis par une puissante corne. Avec inquiétude, elle regarda le nuage enfler et s'approcher d'Alfold.

— Qu'est-ce que c'est ? demanda Louise. Une meute de chiens ? Des chasseurs ?

— Oui, ils chassent, répondit le père Ambroise en se signant précipitamment. C'est une chasse à l'homme…

A ces mots, Aude sentit un frisson glacé lui parcourir le dos et vit Louise pâlir. Le prêtre aurait pu tenir sa langue, au moins devant la fillette !

— Une… chasse à l'homme ? balbutia Louise.

Le vieil homme la dévisagea d'un air soucieux.

— Oui, je le crains. Il y en a eu beaucoup trop à mon goût, dernièrement.

Aude crut défaillir, mais elle parvint à se reprendre. Hugh allait bien. Il devait aller bien ! Evitant le regard anxieux de Louise, elle s'efforça au calme.

— Qui pourraient-ils bien chasser, mon père ? demanda-t-elle d'un ton neutre.

— Un traître, sans doute.

— Peut-être les voleurs qui ont sévi ici, suggéra-t-elle.

— Oui. Ou des rebelles.

— Des rebelles saxons ?

— C'est possible, admit le prêtre.

— Est-ce que ces chasses sont menées par les hommes du roi ?

Le père Ambroise poussa un profond soupir.

— Oui, ce sont sans doute des soldats en garnison à Winchester.

La corne retentit une nouvelle fois par-dessus les aboiements furieux des chiens et le nuage de poussière atteignit le sommet de la colline.

— Ils se dirigent vers la route des géants, commenta le prêtre d'un air songeur. Si les fugitifs atteignent le bois, ils ont peut-être une chance de leur échapper.

Remarquant sans doute la pâleur de Louise, il lui sourit et reprit d'une voix douce :

— Ne vous en faites pas, demoiselle. Je suis certain qu'il ne s'agit pas de personnes que vous connaissez.

— En effet, intervint vivement Aude. Elle ne connaît personne, ici, à l'exception des gens du village.

Elle prit la main de Louise et tourna les talons.

— Bonne soirée, mon père.

— Bonne soirée, mes dames, répondit le prêtre alors qu'elles s'éloignaient.

Tandis qu'elles approchaient de la demeure d'Aude, Louise ralentit le pas et jeta un coup d'œil en direction du bois de Crabbe. Les premiers arbres étaient à présent noyés dans un brouillard de poussière.

— Ce n'est pas Hugh, n'est-ce pas, Aude ? demanda-t-elle d'une voix étranglée par l'angoisse. Ce n'est pas lui ?

Aude prit une profonde inspiration.

— Bien sûr que non.

Hélas ! elle sentait bien que sa voix n'exprimait pas autant de conviction qu'elle l'aurait voulu. Au même moment, le seigneur Ralph sortit de la demeure.

— Bonsoir, ma dame, dit-il.

— Bonsoir, répondit Aude. Seigneur Ralph ?

— Oui, ma dame ?

— Je viens de discuter avec le père Ambroise, et il a mentionné la route des géants. De quoi parlait-il ?

— C'est la route romaine. C'est ainsi que les paysans l'appellent, répondit le chevalier.

Avant d'entrer, Aude se retourna, le regard attiré par le nuage de poussière soulevé par les cavaliers.

— Je comprends. Est-ce que cette route est encore utilisée, de nos jours ?

— Oui, ma dame.

— Jusqu'où va-t-elle ?

— Jusqu'à Winchester, à l'est…

— Et dans l'autre sens ?

— Elle suit l'épaulement de la colline et s'achève au bord de la Manche.

— Je vous remercie, seigneur Ralph, ce sera tout.

Quelques secondes plus tard, le soleil disparut à l'horizon et une pluie tiède commença à s'abattre, soulevant la poussière du chemin asséché. Quelques villageois se précipitèrent à l'abri des toits tandis que d'autres, déterminés à terminer leur travail aux champs, se couvraient la tête d'une étoffe et poursuivaient leur tâche. Au loin, un roulement de tonnerre gronda.

Aude et Louise entrèrent dans la maison, suivies par Ralph qui ferma la porte derrière eux. La colline et les arbres du bois de Crabbe disparurent à leur vue, et Aude sentit sa gorge se nouer. Elle installa Louise auprès du feu. Il ne faisait pas froid, mais la pâleur de la fillette commençait à l'inquiéter.

— Louise, je vais demander à Edwige de te faire chauffer un verre de lait.

Louise lui jeta un regard si intense qu'elle en eut les larmes aux yeux.

— Il ira bien, n'est-ce pas ? Il ne va pas se mettre en danger ?

Incapable de parler sans fondre en larmes, Aude pressa un instant sa main entre les siennes puis se mit en quête d'Edwige.

Pourvu qu'elle ait eu l'air plus sûre d'elle qu'elle ne l'était réellement !

L'orage n'arriva sur Alfold que dans la soirée, après le repas, alors que tous installaient la pièce principale pour la nuit. Un éclair aveuglant révéla soudain une fissure dans le mur, en face d'Aude. Elle s'attendait à un violent coup de tonnerre, mais le grondement fut si assourdissant qu'elle sursauta malgré tout. Depuis qu'elle avait entendu l'aboiement des chiens, dans l'après-midi, elle n'était pas parvenue à se calmer. Louise n'était pas la seule à s'inquiéter pour Hugh. Quoi qu'il en soit, elles ne pouvaient pas se permettre de montrer leur peur.

Quand Edwige s'approcha pour l'aider à se déshabiller, Aude la congédia avec un sourire.

— Je peux me coucher seule, je te remercie.

Elle jeta un regard entendu à Louise, qui allait et venait comme un fantôme, à l'autre bout de la salle.

— Garde un œil sur elle, murmura-t-elle. Elle a besoin d'attentions, ce soir.

— Oui, ma dame, répondit Edwige.

Aude prit une lanterne et se retira dans son lit, dont elle ferma les rideaux. Assise sur son matelas, elle avait déjà défait ses tresses et s'apprêtait à se coiffer lorsqu'elle entendit un chuchotement étouffé.

— Aude ? Tu es là ? Est-ce que tu m'entends ?

Elle écarta le rideau du lit, mais il n'y avait personne près d'elle. A l'autre bout de la salle, tout le monde s'installait pour la nuit, se disputant les meilleures places.

Dubitative, elle remit le rideau en place. Le chuchotement lui avait pourtant paru si proche…

— Aude !

Cette fois, la voix s'était faite plus pressante et, étrangement, elle paraissait venir de l'autre côté du mur de la maison. De dehors ! Un nouveau coup de tonnerre résonna et son cœur se mit à battre plus fort. Quelqu'un l'appelait depuis la cour, sans doute caché dans l'ombre du toit.

Elle releva un coin du rideau, pour être certaine de ne pas se faire de fausses idées, mais personne ne s'était approché de son lit.

Dehors, quelque chose frappa le mur et fit trembler la tapisserie tendue contre les planches.

— Aude ! reprit la voix une troisième fois.

Soudain, elle reconnut ce timbre grave et lâcha son peigne. Hugh ! Il paraissait désespéré ! Après s'être assurée que le rideau la dissimulait bien, elle écarta la tapisserie et approcha sa lanterne du mur. Une longue fissure courait sur l'enduit, sans doute créée par la chaleur qui avait fait jouer les planches.

Elle ne voyait rien au travers, mais elle sentait que Hugh était là, dehors. Elle en aurait mis sa main à couper.

Chapitre 8

Hugh était là ! Elle l'imagina plaqué contre le mur, sous la pluie battante, presque assez près d'elle pour la toucher.

Collant ses lèvres contre la fissure, elle murmura :

— Attends-moi, j'arrive.

Rapidement, elle rassembla ses cheveux en un chignon sur sa nuque puis mit ses bottes et attrapa sa cape. Quelques instants plus tard, elle traversait la grande salle d'un pas rapide.

Dynne, qui avait pris le premier tour de garde, était déjà installé sur un banc, à côté de la porte. Il salua Aude de la tête quand elle passa près de lui. Après avoir refermé sa lanterne pour protéger la flamme du vent, elle entrouvrit la porte. Les latrines se trouvaient dans une petite cabane, derrière la demeure ; personne ne serait donc surpris de la voir sortir en pleine nuit, mais elle devait faire vite. Dynne risquait de s'inquiéter et de sortir, si elle restait absente trop longtemps.

Dès qu'elle fut dehors, elle sentit de grosses gouttes tièdes frapper son visage. Se couvrant de son capuchon, elle longea le mur, sous l'avancée du toit, et se dirigea directement vers les latrines. Elle claqua la porte, au cas où Dynne aurait tendu l'oreille. Une bourrasque soudaine fit vaciller la flamme de sa lanterne ; elle la protégea de la main. C'était peut-être une faible lumière, mais elle en avait besoin pour éviter les flaques de boue.

Les nuages dissimulaient lune et étoiles et, sans sa lanterne, elle n'aurait même pas pu voir la terre sous ses pieds. Elle venait de contourner le bâtiment lorsqu'une haute silhouette se détacha de l'ombre du mur.

— Hugh ? fit-elle à mi-voix.

— Aude ! Dieu merci !

Il lui prit les poignets, l'attira dans l'ombre, puis souffla la flamme de sa petite lampe.

— Que fais-tu ? J'en ai besoin, protesta-t-elle.

— Je suis désolé, Gamine, mais on ne saurait être trop prudent en ce moment.

— Ne m'appelle pas comme cela !

Malgré son agacement, elle tendit la main pour trouver le buste de Hugh et le prendre dans ses bras.

— J'ai entendu des chiens aboyer, tout à l'heure, et le prêtre m'a dit qu'il s'agissait d'une chasse à l'homme… Est-ce que c'était toi ?

Il la serra contre lui à son tour. Il avait la peau chaude et sa haute silhouette lui donnait une impression de sécurité, même sous la pluie et le vent. Soudain, elle sut que si quoi que ce soit devait lui arriver, elle ne s'en relèverait pas. Elle renversa la tête en arrière et chercha à deviner les contours de son visage dans la pénombre.

— Est-ce que c'était toi ? répéta-t-elle.

— Oui, c'était nous.

— Que s'est-il passé ?

Il s'écarta et lui prit les mains. L'espace d'un instant, un éclair illumina son beau visage angoissé.

— Gil est blessé, souffla-t-il. Je suis vraiment désolé de te causer tant de problèmes, mais il a vraiment besoin de ton aide.

— Ne sois pas stupide, Hugh, je suis là pour toi. De plus,

tu n'as nulle part où aller, à part ici. Dis-moi, sa blessure est-elle grave ?

Un coup de tonnerre gronda dans le lointain ; l'orage s'éloignait enfin. Hugh poussa un profond soupir.

— Je ne sais pas vraiment. Il y a eu un... incident, à Winchester, hier après-midi. Gil a été frappé à la jambe par un couteau avant que nous ne puissions fuir. J'ai voulu voir la plaie, mais il a refusé.

— Sans doute avait-il peur que tu l'abandonnes.

Hugh étouffa un juron.

— Tu as sans doute raison. Il m'est tellement loyal qu'il en devient presque stupide, parfois. Mais il ne peut aider personne s'il est mort, il doit bien le savoir ! Bref, je n'ai vu aucun signe de saignement et j'ai supposé qu'il ne s'agissait que d'une éraflure, mais...

— Est-ce que quelqu'un t'a reconnu, à Winchester ?

— Nous avons été très prudents, mais c'est possible. J'étais en train de mener mon enquête dans une auberge et on a pu m'entendre. Nous étions sur le point de quitter la ville — nous avons même eu le temps d'atteindre les portes — quand quelqu'un a crié au voleur. Avant que nous ne comprenions ce qui nous arrivait, la moitié de la garnison de Winchester était à nos trousses.

L'estomac noué par l'angoisse, elle s'agrippa à la tunique de Hugh.

— C'était donc cela, la chasse à l'homme. J'ai pressenti que c'était toi...

Incapable de le lâcher, elle s'appuya contre lui quelques instants. Il lui caressa doucement les cheveux.

— Nous avons réussi à nous débarrasser d'eux, mais la blessure de Gil... Quand nous avons enfin pu nous reposer, il avait perdu beaucoup de sang.

Elle leva les yeux. Ses doigts qui lui effleuraient la nuque la troublaient, mais elle ne pouvait se permettre de savourer ce frisson nouveau. Pas pour le moment.

— Où est-il ? demanda-t-elle.

— Dans la forêt qui longe le village.

— Les bois de Crabbe ?

— Oui. Ces bois renferment un labyrinthe de sentiers et nous avons trouvé un bâtiment en ruine, à une lieue d'ici environ. Je l'ai laissé là-bas.

Aude songea tout à coup qu'elle était dehors depuis bien trop longtemps.

— Je dois retourner à l'intérieur. Dynne m'a vue sortir et, si je ne rentre pas rapidement, il va envoyer quelqu'un à ma recherche. Je vais t'aider, je te le promets. Reste ici et attends mon signal.

Elle guida sa main jusqu'aux planches du mur.

— Tu le sais, mon lit se trouve juste de l'autre côté. Je vais rassembler des plantes et des bandages…

— J'aimerais aussi emporter un peu de nourriture.

— Sers-toi aux cuisines, et essaie de détacher une ou deux planches du mur en attendant que je revienne.

Il palpa le bois en silence.

— Elles sont très larges.

— Oui, et beaucoup ont besoin d'être remplacées. Tu ne devrais pas avoir trop de mal à faire ta part du travail.

Elle eut un petit rire et récupéra sa lanterne.

— Assure-toi simplement que l'espace soit assez grand pour que je puisse me glisser dehors, ajouta-t-elle avant de s'éloigner.

De retour dans la grande salle, Aude alla sur la pointe des pieds jusqu'à son grand coffre à bandages et en retira ce dont elle avait besoin. Si qui que ce soit lui posait des questions, ce qui était peu probable, elle répondrait qu'elle avait besoin de linges propres pour son usage personnel. Avec un peu de chance, cela éviterait qu'on ne se montre trop curieux… Une fois chargée de bandages et d'un sachet d'herbes médicinales, elle se dirigea vers les lits. Tout le monde dormait, et toutes les tentures étaient tirées. Où était exactement le lit d'Edwige et de son mari ?

— Edwige…, appela-t-elle doucement.

L'une des tentures s'entrouvrit et sa suivante apparut, les yeux embrumés de sommeil.

— Oui, ma dame ?

Aude s'agenouilla pour parler le moins fort possible.

— J'ai ma mauvaise semaine…

Pourvu qu'Edwige ne se souvienne pas qu'elle avait déjà saigné deux semaines auparavant !

La suivante la dévisagea avec surprise et repoussa sa couverture.

— Mais, ma dame, je pensais que…

— Tout va bien, Edwige. Ne te dérange pas. Je venais seulement te prévenir, pour que tu ne t'inquiètes pas si je me lève tardivement demain.

Edwige paraissait dubitative. Elle connaissait Aude depuis de nombreuses années et savait qu'elle n'avait pas l'habitude de se lever tard.

— Ma dame…

— Si je dors demain matin, ne me réveille pas. Je… J'ai des difficultés au niveau de mon rythme depuis notre arrivée, ce doit être dû au changement de climat…

Edwige parut sur le point de parler de nouveau, mais Aude s'approcha de son oreille, l'air gêné. Il était facile de feindre l'embarras en parlant de tels sujets, surtout dans un lieu où on pouvait les entendre.

— Je t'en prie… Si tu en as l'occasion, dis aux autres que je suis souvent fatiguée à cette période du mois, murmura-t-elle. Dis que je reste souvent au lit quelques heures de plus dans ces cas-là. Personne n'a besoin de savoir que cela ne m'arrive presque jamais.

— Vous êtes certaine que vous ne voulez pas que je vous réveille, ma dame ?

— Non. Et ne te soucie pas de mon jeûne. Je n'aurai pas besoin de petit déjeuner. Je sortirai lorsque je…

— Lorsque vous vous sentirez mieux, acheva Edwige.

— Exactement.

Edwige lui jeta un nouveau regard interrogateur.

— Dites-moi ce qui ne va pas, supplia-t-elle.

— Fais ce que je te demande, et tout se passera bien, je te le promets.

— Très bien, ma dame.

Serrant sa bourse d'herbes contre elle, Aude retourna à son lit. Une fois assise sur son matelas, les rideaux fermés, elle examina son trésor à la faible lumière de sa lanterne, pour s'assurer qu'elle avait bien tout ce dont elle pourrait avoir besoin, et attendit un signe de la part de Hugh.

Rapidement, un petit coup fut frappé contre le mur. Elle releva un coin de la tapisserie et l'accrocha pour qu'elle ne la gêne pas. Au même instant, un craquement retentit et le bois grinça. Inquiète, Aude pria pour que personne n'entende le bruit. Heureusement, des roulements de tonnerre continuaient à retentir, dissimulant les efforts de Hugh pour enlever la planche.

— Aude ? murmura-t-il à travers la fente. Es-tu là ?

Elle gratta doucement la cloison pour se faire entendre et répondit :

— Oui.

— Ecarte-toi !

Elle obéit, se plaquant à l'autre bout du lit, et attrapa sa lanterne pour éviter qu'elle ne se renverse. Une lame argentée passa dans la fissure, faisant tomber des morceaux d'enduit sur le lit. Elle toussa pour couvrir le bruit tandis que la lame réapparaissait. Un gros morceau d'enduit s'abattit sur les couvertures, et un nuage de poussière accompagné d'une bouffée d'air humide emplit l'espace.

Aude toussa de nouveau, plus fort, et enfin, avec un bruit qui lui parut assourdissant, une planche finit par céder. Le visage de Hugh apparut dans l'ouverture ainsi créée. Il lui sourit et glissa les épaules à l'intérieur.

Surprise, Aude le laissa faire.

— Que se passe-t-il, Hugh ?

Son sourire s'élargit et un éclat malicieux illumina son regard. Sans répondre, il se faufila à l'intérieur et s'installa sur le lit à côté d'elle.

— Mais que fais-tu ? demanda Aude, scandalisée, en lui donnant un petit coup sur le torse.

Il avait toujours aimé la provoquer mais là, c'en était trop !

— C'est mon lit ! chuchota-t-elle vivement. Va-t'en !

Il tendit la main vers elle et repoussa son capuchon en effleurant sa joue. Ils étaient assis, face à face, sur le matelas. Elle sentit un frisson la parcourir. A cause de la faible hauteur du plafond, Hugh était obligé de se pencher pour ne pas se cogner, et ses lèvres étaient à quelques pouces à peine des siennes.

— *Hugh* ! protesta-t-elle encore.

Malgré la faible lumière de la lampe, elle percevait chaque détail avec précision. Les yeux de Hugh s'étaient faits plus sombres, plus profonds, et son sourire s'était figé, comme s'il venait tout juste de comprendre quelque chose qui ne lui plaisait pas vraiment… De la poussière d'enduit et des copeaux de bois étaient accrochés à ses cheveux.

Les mains soudain tremblantes, elle suspendit la lanterne à un clou, sur l'un des montants du lit, et commença machinalement à retirer les déchets de ses cheveux. Au bout de quelques instants, elle se rendit compte de ce qu'elle était en train de faire et s'arrêta, le feu aux joues. Hugh la regardait toujours, comme s'il attendait quelque chose. Mais quoi ?

— Hugh ? murmura-t-elle.

Elle avait la gorge sèche et du mal à articuler, sans doute à cause de la poussière. Autour d'elle, il n'y avait aucun bruit, à part celui de leurs respirations, et le chant discret de la pluie à l'extérieur. Le temps semblait s'être arrêté.

Hugh glissa doucement sa main sur sa nuque et, sans la quitter des yeux, l'attira vers lui. Son souffle lui réchauffa la joue et elle sentit son cœur s'accélérer.

Les lèvres contre son oreille, il murmura :

— Est-ce que tout est prêt ?

D'un signe de la main elle lui indiqua son petit paquet, sur les couvertures, mais elle fut incapable de détacher son regard du sien, comme s'il lui avait jeté un sort.

— J'ai… J'ai pris tout ce que je pouvais sans éveiller de soupçons.

Il n'eut même pas un regard pour le paquet, se contentant de la dévisager comme s'il la voyait pour la première fois ; il détailla ses yeux, ses lèvres… Le souffle court, elle eut l'impression de prendre conscience de son corps comme jamais encore. Il lui caressait doucement le cou du bout des doigts, éveillant à chaque passage un fourmillement qui descendait jusque dans sa poitrine et son ventre.

— Hugh, pourquoi est-ce que tu me regardes comme cela ?

— Tu n'aimes pas ?

— Non… Si… Enfin, je… Je ne sais pas. Je me sens si… Tu me troubles.

Il eut un petit rire.

— Tu me troubles aussi. Ma petite Aude… Ma Gamine…

Elle voulut protester contre cet affreux surnom, mais en fut incapable.

— Seigneur, souffla-t-il.

— Hugh, tu n'aurais pas dû entrer ici !

Une soudaine culpabilité l'avait envahie. Elle n'était pas mariée, et sa réputation était irréprochable, en Angleterre. Il ne fallait surtout pas que l'on se doute qu'elle avait reçu un homme dans son lit, même s'il s'agissait du meilleur ami de son frère et que leur relation était parfaitement innocente.

Il sourit de nouveau.

Innocent, lui ? Certainement pas !

— Tu as raison, dit-il, je n'aurais pas dû venir. Mais je n'ai pas pu résister. Tu m'as souri si chaleureusement que j'ai eu l'impression que tu m'invitais à entrer.

— Jamais de la vie !

— Je t'en prie… C'est si confortable, ici, murmura-t-il avec un sourire. C'était trop tentant, tu comprends ? Je t'ai souvent imaginée dans un lit…

Aude sentit son cœur bondir dans sa poitrine, mais il ne lui laissa pas le temps de parler.

— Mais je dois avouer que, dans mes rêves, tu portais beaucoup moins de vêtements.

A ces mots, une violente chaleur lui brûla les joues ; elle devait être écarlate. De l'autre côté du rideau, une dizaine de personnes dormaient tranquillement et, de ce côté-ci, un souffle d'air frais caressait son visage à travers la fente que Hugh avait pratiquée dans le mur. Or, elle était incapable de se soucier de quoi que ce soit. Tout ce à quoi elle parvenait à penser était lui — lui et son odeur si enivrante qu'elle avait déjà perçue à Jumièges.

Ses cheveux étaient encore couverts de poussière, et elle ne put s'empêcher de les épousseter rapidement de la main. Quelle erreur ! A peine l'avait-elle effleuré qu'il posa sa tête au creux de sa main comme si elle avait cherché à le caresser, ce qui n'était absolument pas le cas !

— Tu es tout poussiéreux, murmura-t-elle.

Il lui sourit et elle reconnut son ancienne expression malicieuse. Elle l'avait toujours connu taquin ; alors pourquoi se sentait-elle si troublée ? Il la couvait d'un regard brûlant et attrapa du bout des doigts une mèche de ses cheveux qu'il caressa doucement. Il semblait attendre quelque chose, mais quoi ? Que pouvait-il bien espérer d'elle, alors que Gil était blessé et avait besoin de leur aide au plus vite ?

— Nous devons rejoindre Gil, souffla-t-elle.

— Ne t'en fais pas, nous n'en avons pas pour longtemps.

Tout en parlant, il raffermit sa prise sur sa nuque, et son autre main se glissa sous sa cape. Il passa le bras autour de sa taille et l'attira à lui. Elle ne put s'empêcher de se laisser aller contre son torse. Levant les yeux sur son visage, elle découvrit son regard toujours fixé sur elle. Lentement, il baissa la tête.

Allait-il l'embrasser ? Allait-elle découvrir l'effet que lui ferait un baiser de lui ? Son cœur s'emballa. Elle allait adorer ce baiser, elle le savait…

Au bout de quelques instants, leurs lèvres se rencontrèrent et Aude sentit son corps envahi de fourmillements délicieux. Mais à peine s'était-elle abandonnée à cette étonnante sensation qu'il s'écarta. Instinctivement, elle s'agrippa à lui, l'empêchant de reculer.

Un autre baiser… C'était tout ce à quoi elle pouvait penser.

Il sourit et déposa tendrement sur ses lèvres trois petits baisers. Une vague de chaleur la traversa. Un vertige la prit et elle se sentit sans force.

— Hugh…, souffla-t-elle.

De nouveaux petits baisers lui répondirent, plus passionnés les uns que les autres, mais trop furtifs pour combler le besoin grandissant qui l'habitait… Elle le serra dans ses bras, se pressa contre lui. Ses tétons durcirent, presque jusqu'à la douleur. Elle sentait sa barbe naissante lui picoter la joue et gémit doucement.

— Ma Gamine, murmura Hugh à son oreille.

Il lui mordilla la lèvre et elle entrouvrit la bouche. Elle sentit alors sa langue chaude jouer avec la sienne. Ils s'allongèrent sur le lit, l'un contre l'autre, comme s'ils n'étaient qu'un corps haletant enveloppé de capes emmêlées. Emportée par un tourbillon d'émotions inconnues, elle ferma les yeux.

— Nous devons arrêter. Tout de suite, dit-il tout à coup en s'écartant d'elle.

Arrêter ? Elle revint au présent et s'aperçut qu'il avait posé une main sur l'un de ses seins. Elle ne l'avait pas senti, mais ne s'écarta pas. Quand avait-il fait cela ? Il bougea doucement le pouce et elle sentit son corps se tendre vers lui en réponse, dans un mélange de douleur et de plaisir. Instinctivement, elle s'arc-bouta pour se presser contre sa main. Elle ne voulait pas que cesse ce plaisir si soudain, si inattendu.

Arrêter ? Elle en était incapable.

— Bon sang ! Qu'est-ce que nous sommes en train de faire ? murmura Hugh. Nous devons partir tout de suite !

Il se redressa tant bien que mal, saisit le paquet qu'elle avait préparé et la couverture qu'elle avait pliée à côté, et se faufila par l'ouverture du mur en se cognant presque la tête.

Il n'était pas resté sur son lit plus de quelques minutes, mais cela lui avait suffi pour provoquer en elle un chaos si inattendu qu'elle ne s'en remettrait sans doute jamais…

Stupéfaite à l'idée qu'un simple baiser de Hugh avait pu lui faire oublier le pauvre Gil, elle lissa son corsage et se glissa maladroitement à travers l'ouverture, sa lanterne à la main.

Quand elle fut sortie, Hugh lui confia le paquet de bandages et la lanterne, puis replaça la planche. Quand ce fut fait, il lui prit la main et la guida le long du mur. Arrivé à l'angle, il jeta un coup d'œil en direction de la porte.

Malgré son inquiétude, elle ne pouvait chasser de son esprit le baiser de Hugh. Son cœur battait toujours follement, même tandis qu'elle se demandait ce qui avait bien pu se passer à Winchester. Quelqu'un avait-il reconnu Hugh avant qu'il ne puisse fuir ? Dans ce cas, il était impératif qu'il ne se fasse pas prendre !

Adossée contre le mur de la maison, elle pria pour que Dynne reste bien à son poste et ne décide pas d'aller faire une ronde, même si elle savait très bien qu'il ne bougerait pas avant la relève de la garde. Elle devait à tout prix rester calme, et tout se passerait bien.

A côté d'elle, Hugh portait un sac de toile, en plus de la couverture roulée.

— As-tu trouvé de la nourriture ? murmura-t-elle.

Il valait mieux qu'elle chasse le souvenir de ce baiser pour le moment.

— Oui. Y a-t-il des chiens, au village ?

— Ils sont dans les écuries et doivent dormir, à l'heure qu'il est.

— Espérons…

Hugh ferma le volet de la lanterne et, silencieux comme une ombre, traversa rapidement la cour sous la fine bruine qui avait remplacé la pluie. Elle le suivit. Jamais cet espace nu et à découvert ne lui avait paru aussi vaste… Sur leur droite, elle aperçut la masse sombre de l'église. Cela voulait dire que les bois de Crabbe se trouvaient devant eux, de l'autre côté des champs.

Des nuages dissimulaient la lune et les étoiles et, dans l'obscurité, ils avaient du mal à voir le sol sous leurs pieds. Haie, fossé, blé coupé ; haie, fossé, blé coupé…

— Tu as des chevaux ? souffla Aude.

— Oui, un peu plus loin.

Ils poursuivirent leur chemin en silence, trébuchant parfois sur le terrain accidenté. La traversée des champs ne dura sans doute pas longtemps, mais Aude eut l'impression de marcher pendant des heures. Finalement, ils atteignirent l'orée de la forêt. Hugh rouvrit la lanterne et un faible rai de lumière éclaira leur route.

— Tu pourras prendre le cheval de Gil, dit-il.

Il lui saisit alors la main, l'embrassa rapidement, puis l'entraîna à travers un sentier étroit jusqu'à l'endroit où il avait laissé les chevaux. Au bout de quelques minutes, elle aperçut leurs silhouettes, familières et réconfortantes, et les entendit souffler dans la nuit.

Hugh l'aida à se mettre en selle, attrapa la longe du cheval, puis éteignit la lanterne.

— Elle se serait sans doute éteinte pendant le trajet, expliqua-t-il à mi-voix.

Il faisait encore plus sombre dans la forêt que dans les champs, mais Hugh avançait dans cette obscurité sans la moindre hésitation. Aude se laissa guider entre des milliers de troncs à peine entrevus et de buissons gris sous les feuillages. De temps à autre, des branches mouillées lui effleuraient les épaules et les cuisses ; ses jupes mouillées et alourdies lui collaient à la peau. Comment Hugh parvenait-il à retrouver son chemin dans ce labyrinthe ?

Elle avait déjà découvert que cette région était sillonnée de sentiers plus ou moins effacés ; Hugh semblait avoir trouvé l'un des plus anciens de la forêt. Son cheval avançait sans hésiter, comme s'il le connaissait par cœur et n'avait pas besoin de lumière.

Elle sursauta en entendant un frémissement de fougères près d'elle. Les sabots des chevaux émirent un son creux comme s'ils avançaient sur un épais tapis de feuilles mortes, et un hibou hulula au-dessus de leurs têtes. Puis, de nouveau, quelque chose bougea dans les buissons.

— Nous y sommes, annonça Hugh en s'arrêtant.

Bien qu'elle ait du mal à ajuster sa vision à l'obscurité, ses oreilles, elles, ne rataient pas le moindre bruit. Le cliquetis d'un mors et un son lourd sur le sentier lui apprirent que Hugh venait de mettre pied à terre. Ses pas s'approchèrent et sa silhouette indistincte se matérialisa à son côté. L'ovale clair d'un visage se tourna vers elle et une main chaude se posa sur sa cuisse.

— Viens.

Elle eut envie de s'appuyer sur les épaules de Hugh pour descendre de cheval, elle qui avait pour ainsi dire appris à monter en même temps qu'à marcher… Elle qui plus que tout voulait ne dépendre de personne, voilà qu'elle désirait qu'il l'aide. Elle n'en avait pas réellement besoin, mais elle était prête à tout pour le toucher de nouveau.

Ses baisers l'avaient plus troublée qu'elle ne l'aurait cru…

Se reprenant, elle repoussa sa main.

— Je peux me débrouiller seule, merci, dit-elle en mettant pied à terre.

Il la laissa faire puis lui caressa furtivement la joue, ce qui provoqua des fourmillements sur sa peau.

— Merci d'être venue avec moi, chuchota-t-il. Je m'en veux de t'impliquer là-dedans, Gamine, mais je suis heureux que tu sois toujours mon amie, pour la survie de Gil…

Gamine. Il s'éloigna d'elle, l'abandonnant, aveugle, dans l'obscurité. Elle était son amie ? Les amis s'embrassaient-ils si passionnément ? Elle avait senti sa langue se glisser entre ses lèvres et cela ne l'avait ni choquée ni dégoûtée. Etait-ce vraiment ce genre d'intimité que partageaient les amis ?

Elle entendit gratter un silex, et une volée d'étincelles jaillit devant elle. Une lanterne s'alluma. Elle put enfin voir clairement les hêtres et les fougères qui l'entouraient, dissimulant une dizaine de sentiers qui partaient dans toutes les directions.

Son cheval souffla et trépigna. Hugh s'approcha de nouveau d'elle, lui prit les rênes et les attacha à une branche basse.

— Où sommes-nous ? demanda-t-elle, surprise. Je ne vois rien, ici…

Il sourit et lui indiqua l'un des sentiers.

— C'est vrai qu'on ne voit encore rien, et c'est pourquoi j'espère que nous ne serons pas découverts, ici. Viens…

Il lui saisit la main.

Ils avaient abandonné le chemin principal et semblaient avoir atteint l'orée d'une petite clairière. Aude examina les alentours, stupéfaite. Ce n'était pas une clairière ! La lumière de la lanterne tombait sur un mur à moitié écroulé. Un bâtiment s'était élevé là, à une époque, mais il semblait qu'il n'accueillait plus que des fantômes et des esprits inquiétants.

Effrayée par la silhouette des murs recouverts de lierre, elle frissonna.

— Où sommes-nous ?

— Les Saxons appellent cet endroit les ruines des géants, répondit Hugh.

— Est-ce une ruine romaine ?

— Oui.

Il s'engagea au milieu de gros blocs de pierre jonchant le sol, et elle le suivit en tâtonnant.

— La plupart des habitants de la région semblent avoir oublié cet endroit, poursuivit-il. Du moins, je l'espère…

Soucieuse, Aude lui jeta un coup d'œil et faillit trébucher sur une pierre couverte de mousse. Pourvu qu'il ait raison ! Le père Ambroise avait mentionné la route des géants. Qu'arriverait-il à Hugh si le prêtre et certains des villageois connaissaient aussi ces ruines ? Elle aurait voulu prévenir Hugh, mais il la tira par la main ; il ne pensait qu'à Gil et elle préféra se taire.

Ils se dirigèrent vers un long mur. Hugh lui prit le paquet d'herbes, posa la lanterne sur une pierre, et disparut derrière ce qui paraissait être un rideau de lierre. Au bout de quelques instants, il revint, récupéra la lanterne et la guida par la main.

Elle se retrouva dans ce qu'il restait d'une salle carrée éclairée par un petit feu. L'épaisse fumée noire disparaissait dans le large trou du toit.

Enveloppé dans une cape et des couvertures, Gil était assoupi sur une paillasse de fortune près du feu. Une petite lanterne rouillée était posée près de lui.

Aude se débarrassa de sa cape et s'agenouilla à côté du blessé.

— N'as-tu pas peur que quelqu'un voie la lumière ? demanda-t-elle à Hugh.

A l'exception de l'endroit où le feu avait été allumé et de celui où dormait Gil, le sol était couvert de débris de bois mangé aux vers et de feuilles mortes.

— Non, répondit Hugh, personne ne s'enfonce jamais aussi profondément dans les bois. Regarde cet endroit, qui y viendrait ?

Il lui montra d'un geste ce qui avait dû autrefois être une fenêtre mais qui, tout comme la porte, était à présent recouvert d'un épais entrelacs de lierre.

Aude sourit et se pencha sur le petit écuyer, caressant doucement son épaule.

— Gil ? appela-t-elle à voix basse.

Mais il ne répondit pas, n'ouvrit même pas les yeux. La terreur et la culpabilité la traversèrent comme une lame. Ils avaient attendu trop longtemps !

— Gil !

Chapitre 9

Gil ne bougeait toujours pas. Agenouillé au côté d'Aude, Hugh ne le quittait pas des yeux. Elle approcha son visage de celui de Gil, presque à le toucher, et poussa un soupir de soulagement en sentant un léger souffle sur sa joue.

— Dieu merci, il respire…

— Oui, Dieu merci, répondit Hugh en lui jetant un coup d'œil angoissé. Il a perdu beaucoup de sang.

— Tu m'as dit qu'il a été blessé à la jambe ?

— Oui, quel idiot ! Il aurait dû me dire que c'était grave. Je ne l'ai compris que quand il est tombé de cheval.

— Il a eu de la chance de ne pas se briser le crâne, murmura-t-elle en examinant, soucieuse, un hématome qu'il avait sur le front.

— Oui…

Aude rabattit les couvertures ; ils avaient déjà perdu assez de temps comme cela.

— Donne-moi ton couteau, que j'examine la blessure, dit-elle. Nous allons devoir lui retirer ses chausses et il va sans doute falloir recoudre. Espérons qu'il n'aura pas besoin d'être cautérisé.

— Tu sauras faire tout cela ? demanda Hugh en lui tendant son couteau.

— J'ai souvent aidé à soigner des plaies, à Beaumont.

Et avant cela, j'ai pris soin de celles de mon père, de temps en temps.

Hugh acquiesça en grimaçant. Il connaissait le passé d'Aude et savait pertinemment qu'elle avait dû se faire passer pour l'écuyer de Hamon afin de rester auprès de lui après la mort de sa mère.

— Seigneur… Quel monde ! murmura-t-il.

— Comment ?

Penchée sur le blessé, elle tira le couteau de son étui. La lame brilla un instant dans la lumière du feu.

— Jamais je n'aurais cru être un jour heureux que ton père t'ait traînée à travers toute la Normandie, habillée en garçon, répondit-il.

Elle observa un instant la large tache sombre, sur la cuisse de Gil. Cela ne se présentait pas bien…

— Aude ? fit Hugh, qui devait avoir senti son inquiétude.

— Comme tu l'as dit, il a perdu beaucoup de sang. Est-ce toi qui as bandé sa plaie ?

— Oui.

— Je vais avoir besoin d'eau.

— Très bien.

Il lui posa une main chaude sur l'épaule tandis qu'elle déroulait le bandage avec grand soin. Le tissu était poisseux de sang.

— Hugh, dit-elle sans lever les yeux, je suis honorée que tu me fasses tant confiance, mais maintenant, je vais te demander de te taire pendant que je m'occupe de Gil. Tu as noué ce bandage si serré que c'est étonnant que sa jambe ne soit pas devenue toute bleue…

— Tu vois bien à quel point il saignait ; je n'avais pas vraiment le choix, répondit-il d'un ton anxieux. Est-ce que j'ai empiré les choses ?

— Non, au contraire, tu lui as sans doute sauvé la vie.

Mais si tu ne me laisses pas travailler en paix, tu risques bien de le condamner !

Il se redressa alors et s'éloigna de quelques pas.

— Il y a une source, pas loin. Je vais te chercher de l'eau.

— Merci.

— Puis je mettrai les chevaux à l'abri. Nous ne pouvons pas les laisser au bord du chemin. Je ne serai pas long.

Aude murmura une réponse inaudible. Hugh vit bien qu'elle ne se souciait que de Gil. Il la laissa œuvrer en paix et étendit sa cape pour la faire sécher avant de partir en direction du ruisseau.

A côté de celui dans lequel il avait installé son campement se trouvait un autre bâtiment à demi écroulé. Dès son arrivée sur place, il avait remarqué qu'il ferait une excellente écurie. Le toit et l'un des murs avaient disparu, mais ce qui restait suffisait à dissimuler les chevaux. Il était peu probable que quelqu'un s'aventure aussi profondément dans la forêt, mais il valait quand même mieux s'assurer que personne ne risquait de les découvrir. De toute évidence, ces ruines avaient autrefois fait partie d'une vaste villa romaine, et la pièce dans laquelle Aude soignait Gil se situait sans doute dans la résidence principale.

Après avoir rempli son seau, il revint et le déposa à côté d'Aude. Elle était occupée à dérouler des bandages propres et lui jeta à peine un regard de remerciement. Il ressortit pour s'occuper des chevaux, les conduisit dans leur écurie de fortune, ôta leurs harnais et leur selle.

Une fois de retour dans la grande salle, il raviva le feu et la pièce s'anima de reflets chaleureux.

Aude se détourna brièvement de Gil, l'air inquiet.

— Es-tu certain que personne ne va voir le feu ?

— Oui, c'est la première chose que j'ai vérifiée en arrivant.

Elle acquiesça et, visiblement rassurée, se concentra de nouveau sur le blessé.

Hugh s'adossa contre l'un des murs et s'accorda un instant de répit, les yeux fermés. Il était épuisé et, maintenant que Gil était en de bonnes mains, il pouvait enfin se détendre. Ces dernières semaines avaient été éreintantes, à cause de la tension constante qu'il subissait et de sa terreur d'être reconnu à chaque instant, d'être arrêté.

Il entendit Aude murmurer quelque chose à Gil d'une voix apaisante. Entrouvrant les yeux, il se rendit compte que le jeune homme avait repris connaissance. Aude lui redressait doucement la tête et le faisait boire. Soulagé, il laissa ses paupières retomber. Elle saurait quoi faire, il n'avait pas à s'inquiéter. En accompagnant Hamon dans chaque château et chaque lice de Normandie, elle avait dû voir bien pire...

Les membres douloureux, il soupira et se frotta les yeux. Lorsqu'il avait laissé Louise chez Aude, il avait cru abandonner derrière lui une part de ses soucis et cela avait été le cas — pendant une journée. Avant de conduire sa sœur à Alfold, il n'avait cessé de s'inquiéter pour elle. Il n'avait pas passé un instant sans se demander s'il avait bien fait de l'amener en Angleterre avec lui. Mais à peine l'avait-il laissée en sécurité à Alfold, qu'il s'était rendu compte qu'il était incapable de la chasser de ses pensées. Comment allait-elle ? Comment allait Aude ? Il désirait les voir, savoir s'il leur manquait comme elles lui manquaient.

Puis Gil avait été blessé, et il s'était vu contraint d'impliquer une fois de plus Aude dans ses problèmes. Il aurait souhaité pouvoir faire autrement, mais Gil lui avait toujours été loyal et il se devait de tenter de le sauver... Jamais il n'avait voulu impliquer Aude. Elle courait bien trop de dangers, à ses côtés, mais il ne parvenait pas à regretter d'avoir dû la chercher en pleine nuit.

Avec un soupir de soulagement, il étendit ses jambes

endolories, laissant sous ses bottes une traînée propre au milieu du tapis de feuilles mortes et faisant apparaître un motif délicat sur le sol.

Intrigué, il se pencha pour l'examiner. Le sol était recouvert de centaines de petits carreaux alignés. Les Romains qui avaient vécu dans cette villa avaient fait poser une immense mosaïque par terre comme d'autres posaient un tapis. Malgré l'usure des siècles, le motif en éventail demeurait lisible et il pouvait nettement voir le tressage de fines lignes écrues, ocre et vertes.

Les bâtisseurs de cette villa devaient être particulièrement riches. Hugh n'avait jamais vu de mosaïque aussi fine, même à Rouen. D'après ce qu'il savait, les Romains avaient pour habitude d'installer des systèmes de chauffage au sol pour se garantir du froid en hiver. Il y en avait peut-être un dans ces ruines… Il le chercherait, dès le lendemain.

Incapable de réprimer un bâillement, il s'adossa de nouveau au mur et se tourna vers Aude. Ce soir, elle n'avait pas tressé ses cheveux, mais s'était contentée de les entortiller sur sa nuque. Le feu les faisait luire comme du cuivre. Elle ne portait pas de voile ; sans doute était-elle en train de se déshabiller lorsqu'il l'avait dérangée.

Il sourit au souvenir d'Aude dans son lit. Seigneur ! Ce baiser… Il avait bien trop apprécié cet instant d'intimité. Jamais il n'aurait dû se le permettre.

Fasciné, il l'observa. Sa taille si fine disparaissait dans la rondeur délicate des hanches. Elle s'occupait de Gil avec douceur. Il valait mieux pour lui qu'il s'extasie sur ses talents de soigneuse plutôt que de laisser ses pensées vagabonder de nouveau, comme ces dernières semaines. Ce n'était pas le moment de songer à elle telle qu'il l'avait vue en rêve…

Depuis des semaines, il avait imaginé Aude prête à l'accueillir chaque nuit dans son lit, portant de moins en moins de vêtements. Il prit tout à coup conscience du fait qu'il s'était simplement servi de cette image pour oublier ses soucis de hors-la-loi. Que dirait-elle, si elle l'apprenait ? Après tout, l'Aude de ses rêves n'avait rien en commun avec la vraie Aude, et il valait mieux pour lui qu'il ne l'oublie pas… Il ne devait en aucun cas laisser ses fantasmes intervenir dans sa relation réelle avec elle.

La voix satisfaite d'Aude le fit sursauter et le ramena au présent :

— Voilà ! dit-elle en remontant les couvertures de Gil jusqu'à son menton. Il s'est bel et bien endormi, au lieu de simplement rester là, sans connaissance. Heureusement, la nuit est chaude ; il ne risque pas de souffrir du froid.

— Merci, répondit-il en se redressant et en lui tendant la main.

C'était pourtant la vraie Aude qu'il avait embrassée, et non celle de ses rêves… Elle répondit à son invitation par un sourire et vint s'asseoir à côté de lui.

Resterait-elle aussi tranquillement en sa compagnie, si elle pouvait lire ses songes ?

Gamine…

Bercé par la chaleur du feu, il laissa ses pensées vagabonder quelques instants. Même s'il continuait à l'appeler ainsi, il ne pouvait nier que le garnement dépenaillé qui suivait le seigneur Hamon dans ses errances avait disparu depuis longtemps ; elle s'était finalement transformée en une véritable beauté — mais il ne l'admettrait jamais devant elle, c'était certain ! Tout à coup, alors qu'elle était assise, rêveuse, à son côté, il se rappela pourquoi elle était venue en Angleterre. Elle cherchait à tout prix à oublier son passé, alors que lui était prêt à tout pour retrouver le sien. Quelle ironie !

Quoi qu'il en soit, il ne cesserait sans doute jamais de l'appeler Gamine : l'étincelle de défi dans ses yeux et le rouge qui colorait ses joues quand elle entendait ce surnom la rendaient si belle…

Au bout de quelques minutes, elle posa sa tête sur l'épaule de Hugh.

— Gil devrait guérir assez vite, murmura-t-elle. Il a seulement besoin de beaucoup de sommeil…

Hugh soupira, inquiet.

— J'espère que nous pourrons nous le permettre. Après tout, nous sommes pourchassés.

Il glissa le bras autour de la taille d'Aude et lui embrassa doucement le front. C'était si bon, de la sentir contre lui !

— Repose-toi aussi, Aude. Je peux me permettre de laisser Gil dormir jusqu'à l'aube ; après, nous devrons nous remettre en route.

Il sentit sa tête faire non contre son épaule.

— Sa blessure était grave, Hugh, dit-elle à voix basse. Il peut s'en remettre, mais tu dois lui donner une chance de guérir. S'il monte à cheval trop tôt, la plaie risque de se rouvrir…

— Dans ce cas, je devrai partir seul. D'ailleurs, cela vaudra sans doute mieux pour lui. Si jamais je suis capturé, quiconque sera vu avec moi sera considéré aussi coupable que moi.

— Mais, Hugh…

Rattrapé par la fatigue, il ne put retenir un bâillement.

— Seigneur, je suis épuisé… Je t'en prie, Aude, ne nous disputons pas ce soir.

Elle se redressa et le dévisagea d'un air soupçonneux puis, finalement, acquiesça et s'appuya de nouveau contre lui. Dans le feu, une bûche s'affaissa, provoquant une volée d'étincelles. Au-dessus d'eux, le vent sifflait dans le feuillage des hêtres. Un léger parfum de fleurs et de musc flotta jusqu'à lui.

— Dors, Hugh, murmura-t-elle. Tu as l'air de ne pas avoir pris de repos depuis des semaines…

— Oui, c'est à peu près cela.

— Demain, tu me raconteras ce qui s'est passé : je veux savoir ce que tu faisais quand Gil a été blessé et ce que tu as appris d'utile à Winchester.

— Oui, je te dirai tout plus tard.

Lentement, il se laissa aller à fermer les yeux pour mieux savourer ce parfum furtif qui l'envoûtait.

Le cœur battant, Hugh se réveilla en sursaut et attrapa son épée, persuadé d'avoir entendu un bruit. Mais tout était calme autour de lui, à l'exception des crépitements du feu. A quelques pas de là, Aude était penchée sur Gil. Elle posa doucement sa paume contre le front du jeune écuyer, puis lissa la cape qui le couvrait.

Peu à peu, sa respiration s'apaisa et son alarme se calma.

A travers les ruines du toit, la lueur blanchâtre de la lune lui apprit que les nuages s'étaient dissipés.

Aude revint s'asseoir auprès de lui, entourant ses genoux de ses bras.

— Dieu merci, Gil dort toujours.

La lumière mouvante des flammes illuminait la courbe de sa joue, et dessinait délicatement la ligne de ses lèvres si douces. Il eut brusquement un violent désir de l'embrasser de nouveau. Il avait toujours aimé sa bouche et aurait pu la regarder jusqu'à la fin des temps sans jamais s'en lasser… Tentant désespérément de refréner ses désirs, il crispa les poings. En grandissant, Aude était vraiment devenue une femme très belle et très séduisante.

En dépit du fait qu'il était venu la tirer du lit pour l'entraîner au milieu de la nuit dans ces ruines sauvages, elle restait calme. Une mèche bouclée aux reflets cuivrés tombait le long de sa joue. Instinctivement, il la replaça derrière son oreille et elle sourit.

Un sourire gentil… Le genre de sourire qu'elle lui avait si souvent fait au fil des ans : aimant, compréhensif, dénué de tout jugement. Un élan de tendresse le traversa et il ne put s'empêcher de froncer les sourcils, surpris.

— Hugh ? dit-elle à mi-voix. Il y a un problème ? Ne t'en fais pas, je suis certaine que Gil ira bien.

Elle lui prit la main et il la serra.

— Je l'espère, répondit-il.

Sans réfléchir, il se pencha vers elle et huma avec délices son parfum. Fleurs d'été, musc… Aude. Elle fixait ses grands yeux sur lui, confiante, affectueuse. Oui, c'était bien de l'affection. Incapable de lutter plus longtemps, il soupira.

— Aude, j'ai envie de t'embrasser de nouveau.

Elle murmura quelque chose d'inarticulé, la voix rauque, et demeura parfaitement immobile à l'exception de ses paupières qui se baissèrent doucement. Regardait-elle sa bouche ? Lui, en tout cas, ne pouvait détacher son regard de la sienne. Elle s'humecta furtivement les lèvres, releva les yeux, et une rougeur irrésistible envahit ses pommettes ; mais elle ne fit aucun autre mouvement. Leurs doigts étaient toujours entremêlés. Les ruines étaient plus silencieuses que jamais. On n'entendait que les petits craquements rassurants du feu et leurs respirations un peu haletantes…

Il se pencha plus près puis, avec un murmure qu'il ne comprit pas vraiment lui-même, glissa sa main sur la nuque d'Aude. Elle se laissa faire, leva légèrement la tête, et, avant qu'il ne puisse réfléchir davantage, il l'embrassa. Ils échangèrent plusieurs petits baisers rapides, aussi chastes qu'auparavant. Soucieux, il recula un peu au bout de quelques instants pour s'assurer qu'elle allait bien mais, les yeux fermés, elle se rapprocha et ses lèvres atterrirent sur son menton. De peur de perdre un nouveau baiser, il l'attira contre lui et fut immédiatement récompensé par la caresse délicieuse et un peu timide de la bouche d'Aude contre la sienne. Emporté par son désir, il gémit doucement, et l'embrassa plus passionnément, ne s'arrêtant que pour déposer de tendres baisers au bout de ses doigts.

Sans un mot, elle se tourna vers lui, et passa les bras autour de son cou. Il sentit alors la douce pression de sa poitrine contre son torse.

— Aude, balbutia-t-il, presque incapable de parler.

Elle s'écarta un instant et lui sourit.

— Oui, Hugh ?

Comme il ne répondait pas, elle l'embrassa de nouveau, sans la moindre trace de timidité, cette fois.

Il la tint contre lui, suivant le contour de ses lèvres du bout de la langue. Presque désespéré, il cédait peu à peu au besoin d'explorer ce corps qui s'abandonnait. Comme si elle devinait ses intentions, elle se pressa plus fort contre lui et entrouvrit les lèvres. Une flamme incontrôlable traversa Hugh et il gémit de nouveau, presque surpris de découvrir ses propres mains errant sur ses hanches et ses fesses.

Puisqu'elle ne protestait pas, il remonta ses mains le long de sa taille jusqu'à sentir sous ses paumes la rondeur de ses seins.

— Hugh, murmura-t-elle d'une voix rauque.

Envahi par un désir presque douloureux, il tira légèrement sur ses jupes, mais elle était agenouillée dessus ; il ne pouvait rien faire. De peur de l'effrayer, il s'écarta. Elle leva les yeux sur lui, ses grands yeux ambrés bordés de longs cils noirs, à la fois paisible et confiante.

Elle avait foi en lui.

Il eut l'impression de recevoir une gifle. Qu'était-il en train de faire ? Il était en train de séduire la sœur d'Edouard, dans une ruine romaine perdue près de ses terres, et son écuyer dormait à quelques pas d'eux à peine !

Tâchant de contrôler son désir, il lui caressa doucement la joue et sourit.

— Aude…

Surpris par le tremblement de sa propre voix, il s'interrompit et pressa son front contre celui d'Aude en la recoiffant maladroitement du bout des doigts.

Elle poussa un profond soupir. Heureusement, elle semblait avoir tout autant besoin de calme que lui. Il recula un peu ; elle avait les joues roses et ses yeux scintillaient… Elle était si charmante et si séduisante qu'il en eut le cœur serré.

Cependant, il devait être réaliste. Un fuyard ne pouvait se permettre de désirer une femme, et encore moins la sœur de son meilleur ami. Aude était innocente et devait à tout prix le rester.

Tu n'as rien à lui offrir, Hugh.

Embarrassé, il se racla la gorge.

— Arrêtons cette folie, Aude. Nous ferions mieux de dormir tant que nous le pouvons. A l'aube, je déciderai que faire de Gil.

L'air déçu, elle le lâcha.

— Oui… Oui, bien sûr.

L'air un peu soucieux, comme si elle avait oublié qu'il était là, elle jeta un coup d'œil vers Gil.

— Il serait vraiment mieux pour lui qu'il ne voyage pas pendant quelques jours, dit-elle.

— Ne nous disputons pas, Aude. Nous en parlerons au matin.

Il se leva et alla chercher une couverture qu'il lui tendit avant de déposer sa propre cape au sol. Elle le regarda faire en se mordillant la lèvre, mais ne dit rien jusqu'à ce qu'il se soit allongé sur sa couchette de fortune.

— Hugh ? fit-elle alors.

— Oui ?

— J'aimerais bien rester près de toi, cette nuit.

Bon sang…

Avant qu'il ait eu le temps de répondre quoi que ce soit, elle s'installa près de lui et il lui prit la main et rabattit la couverture sur eux. Elle se pelotonna contre lui, troublante.

Elle est innocente, se rappela-t-il pour s'empêcher de la toucher.

Leurs corps se répondaient parfaitement. Malgré la dureté du sol en mosaïque, il ne pouvait nier le bien-être qu'il ressentait, allongé contre elle. Peut-être étaient-ils faits l'un pour l'autre, en fin de compte.

Son sexe se dressa, dur sous ses chausses, mais la confiance qu'elle lui témoignait en s'allongeant si près de lui l'aida à contrôler ses pulsions.

Epuisé, il laissa ses pensées dériver. Etrangement, c'était la confiance d'Aude qui protégeait sa chasteté ; c'en était presque absurde !

Incapable de réfléchir davantage, il se laissa emporter par le sommeil.

Les yeux fermés dans la pénombre, Aude ne put s'empêcher de sourire. Elle se pressa un peu plus contre Hugh. Elle l'avait enfin embrassé ! Deux fois, dans la même journée !

Avec un soupir rêveur, elle se pelotonna sous la chaleur de la couverture. Les baisers de Hugh n'avaient rien à voir avec la formalité froide de Martin, et encore moins avec les saluts polis de Richard. Quant aux embrassades trop pressantes du seigneur Olivier…

Non, les baisers de Hugh avaient été… parfaits. Si du moins on pouvait parler de perfection au sujet de baisers qui enflammaient son corps et lui faisaient faire toutes sortes de choses si peu dignes de son rang.

Depuis des années, elle n'avait rêvé que de l'instant où il l'embrasserait. Peut-être pas des années, pour être honnête.

Elle l'avait admiré toute sa vie, puis idolâtré à l'époque où elle courait la Normandie en se faisant passer pour l'écuyer de son père. L'idée de goûter ses baisers lui était venue un peu plus tard.

Tout doucement, elle se tourna pour faire face à Hugh et embrassa une dernière fois son torse si musclé à travers la tunique de lainage avant de se détendre. Etonnamment, ses premiers rêves de baisers avec Hugh lui étaient venus lorsque Richard de Beaumont avait épousé sa maîtresse. Cette idée l'avait choquée. Quelle sorte de femme était-elle pour penser à un homme inaccessible, alors qu'elle aurait dû porter le deuil de Martin ?

Tout cela s'était passé à peine un an plus tôt, au printemps 1070. Avant le bannissement de Hugh… Quand Richard s'était marié, elle avait compris qu'elle n'avait plus sa place à Beaumont et était retournée chez son frère, à Crèvecœur.

Bien sûr, la demeure familiale n'avait rien à voir avec le château de Beaumont. Richard vivait dans une véritable cité fortifiée, perchée sur un éperon rocheux, entourée de larges remparts et flanquée de tourelles qui surplombaient la douzaine de bâtiments de ferme. Crèvecœur ne comportait qu'un donjon de bois au sommet d'une colline artificielle. le périmètre de ses remparts était si restreint que la plus grande partie de la cour était occupée par une ancienne écurie, une petite chapelle de bois, et quelques bâtisses si délabrées qu'une bourrasque aurait presque pu les détruire.

Le jour de son arrivée à Crèvecœur, les choses allaient bien plus mal qu'elle ne l'avait craint.

Un troupeau de chèvres était lâché dans la cour et, tandis qu'elle se frayait un chemin parmi elles, elle avait compris que son frère avait davantage besoin d'aide que Martin ou Richard, à Beaumont.

Mais Edouard n'était pas responsable de l'état de délabrement de Crèvecœur. Si quelqu'un était à blâmer, c'était l'intendant. Pendant les années de disgrâce du grand-père d'Aude, et jusqu'au moment où le roi avait rendu ses terres à Edouard en remerciement pour son aide en 1066, Thierry Pointel avait dirigé le domaine sur ordre de William lui-même. Hélas ! ses actions avaient été désastreuses pour Crèvecœur ; il avait littéralement ruiné le domaine…

Sans se laisser décourager, elle s'était immédiatement mise au travail.

Avant la fin de la première matinée, elle avait eu le temps de rentrer les chèvres, de commander de nombreuses réserves d'avoine, et de mettre en route les travaux de rénovation de plusieurs bâtiments.

A midi, elle se tenait au sommet du rempart sud, supervisant le dragage des douves. A cause du vent, elle avait fait passer son voile par-dessus son épaule pour éviter qu'il ne la gêne. Le soleil la réchauffait et, au-dessous d'elle, des vols de papillons dansaient sur les champs de choux.

Un grondement de sabots s'était élevé à l'est, et elle avait jeté un regard en direction du pont-levis : un groupe de cavaliers se dirigeait vers la grande porte et s'immobilisa devant. A peine eut-elle reconnu celui qui les menait qu'elle oublia toutes les tâches qui l'attendaient avant le soir. Hugh !

Elle avait redescendu l'échelle en hâte, malgré ses longues jupes. Lorsqu'elle avait enfin atteint la cour, le comte de Freyncourt et ses hommes étaient en train de passer la porte.

Le sourire aux lèvres, Hugh avait mis pied à terre et Aude avait eu l'impression qu'il s'apprêtait à la prendre dans ses bras. Mais il s'était contenté de la saluer très formellement.

Il avait ensuite confié ses rênes à son écuyer avant de se tourner de nouveau vers elle.

— Dame Aude, j'espère que vous allez bien.

— Très bien, seigneur Hugh, avait-elle répondu, sur un ton aussi formel que le sien. C'est bon de vous revoir.

Face au regard chaleureux de Hugh, elle avait senti son cœur s'emballer. Il lui avait ensuite offert son bras et doucement posé sa main sur la sienne. Au pommeau de son épée, un joyau bleu reflétait le soleil à chacun de ses mouvements. Tout en marchant, il avait lancé un coup d'œil amusé en direction des hommes qui travaillaient dans les douves.

— On mène une guerre contre les canards, Gamine ?

Elle n'avait pu s'empêcher de protester contre ce détestable surnom qui lui rappelait trop son enfance mais, secrètement, elle était plus qu'heureuse de le revoir.

— Hugh, imagines-tu seulement l'état dans lequel j'ai trouvé les douves ? Elles étaient engorgées par tant de détritus qu'on aurait pratiquement pu les traverser à pied sec… J'ai peut-être un très mauvais savoir militaire, mais je sais que les douves sont la première défense d'une place forte.

Il avait acquiescé et l'avait escortée jusqu'au pied de la tour avant de s'arrêter pour lui sourire. Ce jour-là, ses yeux brillaient d'un bleu très pur, et non de leur teinte orageuse habituelle.

— Je suis content de voir que mes inquiétudes pour toi étaient infondées, avait-il dit en posant le pied sur la première marche.

A ces mots, son cœur avait fait un bond dans sa poitrine et elle avait dévisagé Hugh avec surprise.

— Tu t'inquiétais pour moi ?

— J'ai entendu dire que Richard de Beaumont avait épousé une Saxonne…

— Emma, l'avait-elle interrompu. Elle s'appelle Emma de Fulford.

— J'ai eu peur que tu en souffres… Je tiens à toi, Aude. J'ai toujours tenu à toi.

Il avait semblé si sincère que des larmes lui étaient

montées aux yeux. Bien sûr, elle n'aurait pas dû accorder trop d'importance à cette remarque, mais elle n'avait pu s'empêcher de pleurer. Quand elle avait finalement réussi à se reprendre, elle s'était rendu compte que Hugh l'observait en souriant. Il lui avait caressé la joue du dos de la main, furtivement. Trop furtivement…

Finalement, il s'était détourné pour monter l'escalier. Rassemblant ses jupes, elle l'avait suivi, le souffle court. A cet instant, ses sentiments pour lui avaient commencé à se transformer. Elle lui avait pris le bras, savourant la douceur de sa manche de soie brodée d'or.

— Est-ce que tu dois travailler avec mon frère, aujourd'hui ? avait-elle demandé d'une voix aussi neutre que possible.

— Oui, mais je suis surtout venu pour m'assurer qu'il ne te précipite pas dans un mariage indigne de ton rang.

Stupéfaite, elle n'avait su que répondre. Toutes sortes de pensées désordonnées l'avaient submergée mais, au milieu de son trouble, une seule vérité occupait son esprit : Hugh tenait à elle.

— Edouard ne compte pas m'obliger à faire quoi que ce soit, l'avait-elle rassuré. Il sait que je porte encore le deuil de Martin.

Hugh lui avait jeté un regard impénétrable.

— Vraiment ?

— Tu le sais bien. Je n'ai accepté d'épouser Richard que parce qu'Edouard me l'a demandé et que je me sentais redevable envers lui. Mais, à présent, Richard est marié à Emma de Fulford, et je considère que j'ai amplement rempli mes devoirs.

— Tu ne comptes donc pas te fiancer de nouveau ?

— Non. Edouard m'a promis de me laisser du temps. Et après… qui sait ?

Ils avaient atteint le haut de l'escalier et elle s'était immobilisée, la main sur la porte.

— Peut-être même que je finirai par prendre le voile, avait-elle ajouté d'un air détaché.

— Toi ? Au couvent ?

Surprise par le regard choqué de Hugh, elle s'était empressée de reprendre :

— Ne t'en fais pas, je plaisante ! Je ne pense pas être faite pour la vie religieuse.

Il avait souri et soupiré, l'air soulagé.

— En effet, je crois que ce n'est pas pour toi. Seigneur ! Dire que je t'ai crue, pendant un instant !

Aude avait ri et avait gagné la grande salle à son côté.

Ce jour-là, pour la première fois, elle avait eu envie que Hugh l'embrasse. En vérité, elle avait même eu envie de l'embrasser. Mais il s'était contenté de la regarder d'un air amusé, sans doute à force d'imaginer à quel point elle aurait fait une religieuse déplorable.

Consciente qu'aucune femme non mariée ne devrait désirer les baisers du comte Hugh de Freyncourt, elle avait vainement tenté de chasser cette idée de son esprit. Malgré tout, elle n'avait pu s'empêcher de sentir son cœur palpiter en pensant à lui alors qu'elle aurait dû ne penser qu'à Martin…

Pour être honnête avec elle-même, elle devait avouer qu'elle avait rêvé depuis lors de se pelotonner contre lui comme elle le faisait à présent, dans ces ruines. Elle avait désiré plus que tout avoir le droit de caresser ce corps si puissant, si tendre, à la fois si familier et étrange. Déchirée entre ses sentiments et son devoir, elle n'avait su que faire.

Comment avait-elle pu ressentir une telle attirance pour Hugh, si tôt après la mort de Martin ?

Elle avait imaginé sans fin l'instant où elle pourrait glisser les doigts dans la chevelure dorée de Hugh et avait voulu découvrir la pression de sa cuisse contre la sienne… Mais, plus que tout, elle avait été curieuse de l'entendre prononcer son nom d'une voix douce et un peu essoufflée, comme il venait de le faire dans ces ruines silencieuses.

Oui, même un an auparavant, alors que rien ne lui permettait de croire qu'il pourrait y avoir autre chose que de l'amitié entre eux, elle avait espéré connaître un jour le goût de ses baisers.

Et voilà qu'elle était allongée avec lui, sur la mosaïque poussiéreuse d'une villa romaine inhabitée. Elle avait emménagé dans son nouveau domaine, et Hugh avait perdu tous ses titres et ses terres. Tout avait changé. Non, pas tout. Elle désirait toujours goûter à ses baisers et aimait sentir son grand corps contre elle.

Une bûche craqua dans le feu, la tirant de ses pensées. Plus loin, Gil murmurait dans son sommeil et, abandonné dans ses bras, Hugh dormait paisiblement.

Ce n'était pas juste ! Pourquoi lui avait-on ainsi arraché ses terres ? Pourquoi l'obligeait-on à vivre en hors-la-loi dans la forêt de Crabbe ? Elle était également inquiète à l'idée que Gil ne se remette pas de sa blessure s'ils continuaient à fuir. Au moins, faute de mieux, pouvait-elle leur offrir un peu de réconfort.

Un peu de réconfort tant que Hugh aurait besoin d'elle… Cette idée lui fit monter les larmes aux yeux.

Tant qu'il aurait besoin d'elle. C'était si bon, de se sentir désirée et, pourtant, cela risquait de ne pas durer longtemps. Les hurlements des chiens qu'elle avait entendus l'après-midi même revinrent la hanter. Les chevaliers reprendraient-ils leur chasse à l'homme quand le jour serait levé ?

Et qu'arriverait-il si Hugh parvenait enfin à s'innocenter ? Il n'aurait sans doute plus besoin d'elle, lorsqu'il rentrerait chez lui. Hugh Duclair, comte de Freyncourt, avait été l'un des hommes les plus puissants du duché. En retrouvant son rang, il n'aurait plus besoin de personne…

Quoi que l'avenir puisse leur réserver, cette nuit serait sans doute la seule qu'ils passeraient ensemble.

Chapitre 10

Aude s'éveilla doucement. Des chants d'oiseaux la berçaient. Elle resta allongée, dans un demi-rêve, trop bienheureuse pour ouvrir les yeux. Au-dessus d'elle, un ramier roucoulait, un pic-vert frappait un tronc plus loin, et… Elle ne put retenir un sourire. Le chœur de l'aube, à Alfold, n'était pas si différent de celui de Crèvecœur.

Qu'il faisait chaud, dans ce lit fermé !

Tout à coup, quelqu'un bougea tout contre elle, et elle faillit pousser un cri. Prise de panique, elle ouvrit les yeux et regarda autour d'elle.

Hugh ! Hugh était là.

En quelques instants, les événements de la veille lui revinrent. Elle n'était pas enfermée, bien en sécurité, dans son lit-clos, à Alfold, mais avait passé la nuit dans la forêt de Crabbe, avec Hugh… Son long corps alangui était tellement collé à elle que leurs jambes s'étaient emmêlées durant leur sommeil et son bras, lourd et chaud, reposait sur sa taille. Il dormait encore, dans le nid de fortune qu'il avait créé pour eux, et c'était la chaleur de son corps qui l'avait éveillée.

Dire qu'elle avait voulu venir en Angleterre pour enfin échapper à son passé si peu respectable ! A présent, son passé lui semblait bien insipide. Elle n'était qu'une fillette lorsqu'elle avait joué son rôle d'écuyer, en Normandie. Mais si l'on apprenait aujourd'hui qu'elle avait passé la nuit dans les bois, avec un hors-la-loi, comme une sauvageonne…

Elle jeta un coup d'œil à Hugh, prête à s'enfuir avant qu'il ne se réveille et lui dise quelque chose qui la mettrait mal à l'aise, lorsque quelque chose d'extraordinaire la fit se raviser et sourire de nouveau.

Jamais elle n'avait vu Hugh aussi paisible et, pour la première fois, elle pouvait l'examiner sans avoir à supporter le poids de son regard moqueur. Elle avait toujours aimé ses cheveux aux reflets dorés. Elle glissa doucement les doigts dans sa chevelure, douce, chaude, et prit une profonde inspiration pour s'enivrer de son odeur si particulière… Une odeur d'homme qui aurait dû l'inquiéter mais qui, pour une raison incompréhensible, apaisait son anxiété. Elle avait un mal fou à résister à l'envie de se pelotonner contre lui.

Elle s'écarta pour fuir ce parfum qui lui faisait perdre la tête, mais ne put le quitter des yeux.

Sa barbe qui commençait à pousser était un peu plus foncée que ses cheveux, et ses cils, épais et courbés, ajoutaient eux aussi une touche sombre à son visage. Elle se laissa aller à lui effleurer la joue, admirant la teinte cuivrée qu'avait prise sa peau depuis sa fuite de Jumièges, et ne put s'empêcher de frissonner en sentant sa barbe rugueuse sous ses doigts. Si elle se sentait sauvageonne, allongée avec lui dans cette forêt, alors il était sans conteste un homme des bois.

Mais, même barbu et mal coiffé, il restait beau. Sa mâchoire large et bien dessinée ne trompait pas sur son caractère, sa volonté de fer ; une volonté qui l'empêcherait d'accepter son bannissement et l'aiderait à poursuivre sa lutte jusqu'à ce qu'il obtienne gain de cause. Il finirait par prouver son innocence, elle en était certaine, et le comte de Freyncourt retrouverait son rang. Et s'il n'y parvenait pas, il mourrait en essayant…

A cette idée, une l'angoisse la submergea.

Il *devait* réussir ! Jamais elle ne supporterait de le voir échouer. Mieux valait ne pas y penser…

Incapable de cesser de le caresser, elle lissa ses cheveux. Pendant qu'il dormait encore, il était à elle. Seigneur ! Pourquoi éveillait-il en elle tant de désirs indécents ?

A aucun moment elle n'avait ressenti la même chose pour Martin ; ses sentiments pour son ancien fiancé avaient toujours été raisonnables et sensés.

En 1066, peu après la mort de son père, Aude avait compris qu'elle devait trouver un endroit où vivre paisiblement tandis qu'Edouard et Hugh suivaient le duc au combat. A ses yeux, du haut de ses treize ans, Martin avait été tout désigné. Elle l'appréciait et lui était reconnaissante d'avoir offert à son père une place parmi ses chevaliers. Puis, lorsque Hugh l'avait soutenue face à son frère, elle avait été certaine de son choix.

Elle avait sincèrement cru aimer Martin, mais elle comprenait à présent que ses sentiments si contrôlés n'avaient rien eu à voir avec de l'amour. Ce qu'elle éprouvait pour Hugh était si… Incapable de trouver ses mots, elle sentit seulement son cœur s'emballer.

Non ! C'était impossible ! Elle ne pouvait pas se permettre une telle faiblesse, ni les moindres sentiments envers Hugh.

Mais il éveillait en elle une telle passion…

Décidée à ne pas se laisser emporter par ses émotions, elle s'écarta et retira sa main de sa chevelure dorée. Lentement, elle se leva et sortit du bâtiment à la recherche de la source que Hugh avait mentionnée la veille.

Une fois propre et rafraîchie, elle reprit le chemin de l'abri. Elle contourna prudemment les orties et les ronces, dont le sentier était envahi. Même en pleine journée, les ruines de la villa étaient à peine visibles de loin. Le plus gros des bâtiments s'était écroulé plusieurs siècles auparavant et les murs qui restaient, dont ceux de la pièce à la mosaïque où ils avaient dormi, étaient recouverts de plantes. De hautes fougères dissimulaient les pierres et les portes étaient obstruées de rideaux de lierre. Des ronces traversaient les fenêtres et se glissaient entre les moellons disjoints. De jeunes pousses émergeaient des fissures de l'enduit craquelé.

C'était une bonne cachette, mais les chiens l'avaient approchée de près, la veille. Hugh était-il encore en sécurité, ici ? Jusqu'à la nuit précédente, elle avait ignoré l'existence de ces ruines, mais elle n'était qu'une étrangère dans cette région. Les paysans qui n'avaient jamais quitté cette partie du Wessex devaient les connaître, eux… Sa gorge se serra à l'idée que Hugh puisse être découvert. Il devait partir, et vite !

Tandis qu'elle approchait de la chambre secrète, des brindilles craquèrent sous ses pas, et un merle s'envola au-dessus d'elle en lançant un cri d'alarme.

— C'est moi, Aude, dit-elle à voix basse en atteignant le rideau de lierre.

Lorsqu'elle passa la porte de fortune, elle découvrit avec stupeur Hugh debout devant Gil, l'épée à la main et le regard dur.

— Bon sang, Aude ! s'exclama-t-il. Nous avons cru que tu étais un éclaireur de la garnison !

Il remit son épée au fourreau d'un mouvement brusque.

— Je ne savais pas vraiment comment m'annoncer…

Hugh grommela et se frotta le menton d'un air nerveux. Malgré une nuit de sommeil, il paraissait plus épuisé encore que la veille. Derrière lui Gil, pâle comme un linge, tentait péniblement de se lever.

— Reste allongé, Gil, dit-elle. Je suis désolée, je ne voulais pas t'effrayer.

— Je lui ai déjà dit de ne pas bouger, marmonna Hugh avec un rapide coup d'œil à son écuyer. Mais il n'écoute pas.

Il insiste pour m'accompagner. Peut-être vas-tu finalement m'obéir, maintenant que dame Aude te le demande à son tour.

— Puis-je te demander où tu comptes aller ? Des cavaliers accompagnés de chiens sont arrivés jusqu'aux abords du bois, hier. J'imagine que, maintenant, tu vas essayer de me faire croire que cela n'avait rien à voir avec toi…

— Tu m'enlèves les mots de la bouche, répondit Hugh avec un grand sourire.

Bien décidée à obtenir des réponses, elle lui lança un regard noir.

— Il va falloir te montrer plus convaincant, si tu veux que je te croie. Je me souviens très bien de ce que tu m'as dit, hier soir. Vous avez été pourchassés et Gil a été blessé. Je connais déjà cette partie de l'histoire.

Elle s'agenouilla près de Gil et posa doucement la main sur son front.

— Tu n'as plus de fièvre, c'est bon signe, constata-t-elle.

Les yeux du jeune écuyer s'illuminèrent.

— Est-ce que cela veut dire que je peux accompagner Hugh ?

— Non. Sauf si tu tiens à rouvrir ta plaie et à perdre tout le bénéfice de la bonne nuit que tu viens de passer.

Tout en parlant à Gil, elle jeta un coup d'œil vers Hugh. Elle aurait voulu pouvoir lui dire de prendre soin de lui, mais elle en était incapable, à moins de lui dévoiler ses sentiments. De plus, elle le connaissait suffisamment pour savoir qu'il ferait son devoir, quel qu'en soit le prix.

Il avait ramassé sa cape et se tenait près de la porte, prêt à partir.

— Gil, Aude a raison, dit-il. Tu dois rester ici. Rassure-toi, je ne compte pas partir longtemps. Aude, veux-tu venir un instant avec moi ? J'aimerais te parler en privé.

Surprise, elle le suivit à l'extérieur à travers le rideau de lierre. Là, il s'immobilisa dans un rayon de soleil qui jetait des reflets clairs dans ses cheveux et la fixa d'un regard grave. Ce matin, ses yeux avaient retrouvé leur teinte orageuse, bien loin de ce bleu pur qui les illuminait lorsqu'il avait chevauché jusqu'à Crèvecœur en tant que comte de Freyncourt… Elle sentit son cœur se serrer à l'idée de le voir partir une nouvelle fois.

— Je pense que je n'ai pas besoin de te demander de veiller sur Gil, commença-t-il.

— Je prendrai soin de lui, ne t'en fais pas, répondit-elle en lui prenant la main. Est-ce que tu veux bien me dire où tu comptes aller ?

— Au prieuré de Saint-Pierre.

Aude avait déjà entendu parler de ce prieuré. C'était l'un des plus humbles du Wessex et il se trouvait à moins de cinq lieues d'Alfold, du côté de Winchester.

— Pourquoi là-bas ? demanda-t-elle, surprise. Qu'espères-tu y trouver ?

— Un témoin. Du moins, je l'espère.

Alors qu'elle ne s'y attendait pas, il l'attira derrière un pilier recouvert de lierre, hors de vue du sentier. La plaquant contre la pierre froide, il se pencha sur elle avec un petit sourire. Elle faillit se laisser emporter par les battements affolés de son cœur et le parfum de Hugh, mais elle se contraignit à garder son calme.

— Un témoin de quoi ?

— Cela concerne mon père. Peu de temps avant sa mort, il avait fait affaire avec l'évêque de Saint-Aubin…

— L'évêque Osmund ? dit-elle, stupéfaite. Je croyais que c'était l'homme qui a prétendu que tu avais des liens avec les ennemis du duc… du *roi* William, en Flandre.

Hugh acquiesça en lui caressant doucement le poignet du bout des doigts. Aude fronça les sourcils ; elle ne devait pas se laisser distraire par sa tendresse.

— Mon père, reprit Hugh, a confié à l'évêque des coffres

contenant l'essentiel de la fortune familiale, pour s'assurer qu'elle soit en sécurité. Hélas ! après la mort de mon père, l'évêque a nié leur existence…

Aude le dévisagea un instant. Derrière son regard impassible, elle sentait une violente rage rentrée. Qui aurait pu l'en blâmer ? Il avait vu sa vie entière détruite par un homme d'Eglise pour des coffres d'or !

— Je suis vraiment… navrée, Hugh, murmura-t-elle.

Il soupira, puis sa mâchoire se crispa comme s'il tentait de rassembler son courage.

— Il y a encore de l'espoir. Apparemment, l'un des moines de Jumièges a été témoin de l'accord passé entre l'évêque et mon père.

— Ont-ils signé des documents ? demanda-t-elle, le cœur battant.

— Oui. J'ai appris que deux exemplaires ont été rédigés et que ce moine, le frère Baldwin, était présent lors de la signature. Mais il est difficile à trouver… La rumeur dit que, peu de temps après cette signature, ce moine s'est rendu dans une nouvelle maison, ici, en Angleterre. D'après ce que j'ai entendu, il serait à Saint-Pierre.

— Une rumeur ? Tu veux dire que tu n'es pas certain de cette information ?

Hugh la regarda avec un soudain découragement.

— Hélas ! non. Le frère Baldwin est un homme des plus insaisissables, mais je compte bien le trouver. Son témoignage pourrait être mon salut.

Concluant par ces mots, il porta la main d'Aude à ses lèvres et l'embrassa.

— Bon, Gamine, si tu veux m'excuser… Avec l'aide de Dieu, je serai de retour avant la nuit.

Il l'attira contre lui et l'embrassa tendrement sur le front, puis, avant qu'elle n'ait le temps de dire quoi que ce soit, il se faufila entre les fougères jusqu'à l'écurie. Elle ne put même pas protester contre ce surnom qu'elle détestait, ni lui souhaiter bonne chance.

La matinée s'acheva ; midi passa.

Dans les ruines, Aude faisait les cent pas, en priant pour que Hugh soit sain et sauf. Elle ne cessait d'aller et venir sur la mosaïque usée qui résonnait sourdement sous ses pieds.

Hugh ne revenait pas.

Incapable de se calmer, elle décida de retourner jeter un coup d'œil à l'extérieur… Pour la centième fois.

Assis près du feu, Gil ne la quittait pas des yeux, l'air inquiet lui aussi.

— Il va revenir, ma dame, lui dit-il soudain. Il surmonte toujours les obstacles.

— J'aimerais être aussi confiante, répondit-elle sans cesser ses allées et venues. Et s'il n'arrivait pas à trouver ce moine ?

Gil lui lança un regard étonné.

— Vous doutez de lui ?

— Non, pas du tout ! J'ai foi en Hugh. Mais sans preuves, il n'aura jamais aucune chance de prouver son innocence. Voyons, c'est sa parole contre celle d'un homme de Dieu !

— Je suis certain qu'il retrouvera son titre, la rassura Gil. Parce que les accusations qui pèsent sur lui n'ont aucun fondement. Il rentrera bientôt triomphant à Freyncourt.

Aude s'immobilisa.

— A t'entendre, cela semble si facile…

— Cela l'est, ma dame.

Peu convaincue, Aude soupira et reprit ses allers et retours. Elle aurait aimé partager la foi de Gil. Elle lui jeta un coup d'œil ; il avait fermé les yeux et semblait sur le point de se rendormir. Egoïstement, elle eut envie de le maintenir éveillé pour continuer à lui parler et oublier temporairement son angoisse.

— Le sol sonne creux, Gil, dit-elle donc. L'aviez-vous remarqué ?

Lentement, il rouvrit les yeux.

— Il est creux, à cause du chauffage…

— Ah oui, le chauffage par le sol. C'est comme cela que les Romains chauffaient leurs maisons, n'est-ce pas ?

— Oui.

Hélas ! parler à Gil ne l'aidait pas. De plus, elle savait qu'il avait besoin de repos. Elle se tut, en proie à une nouvelle vague d'inquiétude. Où était Hugh ? Etait-il sain et sauf ?

Au bout de quelques instants, elle passa une fois de plus le rideau de lierre pour aller guetter aux alentours des ruines. Elle avait honte de se montrer si nerveuse devant Gil, mais il avait refermé les yeux et n'allait pas tarder à s'endormir.

Des rayons de soleil filtraient à travers les feuillages, illuminant des racines affleurantes et moussues, des buissons de ronces, un fouillis de fougères… Dans le dôme qui surplombait les ruines, un groupe de ramiers roucoulait ; au loin, un faucon cria. Aucun galop ne résonnait. Nulle part. Aucun mouvement ne troublait le bois, à l'exception de deux écureuils roux qui jouaient dans les branches basses d'un hêtre.

Elle se décida finalement à retourner dans la pièce à la mosaïque et, dès qu'elle passa le rideau, les yeux de Gil s'ouvrirent.

— Vous êtes inquiète pour lui, dit-il. Pour être honnête, je le suis aussi. Cela ne lui ressemble pas d'être en retard… J'aurais dû l'accompagner.

— Non, Gil. Il vaut mieux que tu ne bouges pas. Mais j'avoue avoir un peu peur. Quoi qu'il en soit, je ne peux pas rester ici toute la journée. Je dois me montrer à Alfold, je n'ai pas le choix. Je te promets de revenir dès que possible.

— Que ferez-vous, là-bas ?

Songeuse, Aude balaya du pied les feuilles mortes qui couvraient le sol, dévoilant une autre partie de la mosaïque.

— Eh bien, je vais d'abord m'arranger pour envoyer deux hommes avec un brancard pour qu'ils te ramènent au village. Il est hors de question que je t'abandonne ici. Et puis...

Rattrapée par ses angoisses, elle s'interrompit un instant et s'efforça de sourire d'un air aussi confiant que possible.

— Ne t'en fais pas, Gil, reprit-elle. Je trouverai une solution. Je trouve toujours une solution.

Finalement, il fut plus facile pour Aude de faire porter Gil à Alfold qu'elle ne l'avait craint. A part Edwige, qui avait guetté son retour avec inquiétude, personne ne s'était rendu compte de son absence. Avec la complicité de sa suivante, elle avait pu regagner la demeure sans attirer l'attention, comme si elle rentrait d'une promenade. Aussitôt, elle avait fait venir le seigneur Olivier pour le mettre dans la confidence. Elle savait qu'elle prenait un risque, mais elle n'avait pas le choix. Après lui avoir fait jurer le secret, elle l'avait conduit jusqu'aux ruines et ils avaient ramené Gil. Une fois qu'il fut installé dans la grande salle, sur une paillasse, Edwige s'occupa de lui et se montra une garde-malade très attentionnée.

Louise et elle avaient rapidement installé des rideaux autour de Gil, déclarant à tous qu'il était trop faible pour être questionné. Puis Aude rapporta à Louise ce que Hugh lui avait confié.

Après cela, les questions au sujet de Gil, en particulier de la part des seigneurs William et Ralph, n'obtinrent que des réponses vagues. Gil avait eu un accident avec une meute de chiens errants, à l'extérieur de Winchester. Et lorsque l'on demanda à Louise ce qui était arrivé à Hugh de Jumièges, l'ancien compagnon de Gil, elle jeta un rapide coup d'œil à Aude et répondit qu'il avait sans doute quitté la région.

Et les heures s'écoulèrent.

L'après-midi passa, le crépuscule tomba, et les tables furent dressées pour le repas du soir dans la grande salle. On alluma les torches et leur lumière ambrée se refléta, mouvante, sur les bols de bronze accrochés au plafond. Enfin, une grande flambée fut allumée dans la cheminée circulaire en pierres noircies et Cédric prit son poste à la porte.

Hugh n'avait toujours donné aucun signe de vie.

Aude sentait son angoisse s'accroître au fil de la soirée. Après le repas, elle souhaita la bonne nuit à ses compagnons et se retira dans son lit, une lanterne à la main. Malgré la chaleur ambiante, elle tremblait de froid et de peur, derrière les épais rideaux du lit.

Hugh était-il de retour à la villa ? S'était-il inquiété en n'y trouvant personne ? L'avait-on reconnu, à Saint-Pierre ? L'avait-on capturé ? Où était-il ?

Elle s'allongea et se couvrit mais, sans lui à son côté, son lit resterait glacial, elle le savait. Et une éternité se passerait avant les premières lueurs de l'aube…

Seigneur ! Qu'est-ce qui n'allait pas, chez elle ? Elle avait peur pour Hugh, et… et…

Incapable de contrôler sa frustration et sa terreur plus longtemps, elle frappa du poing contre le matelas et se répéta que Hugh était capable de veiller sur lui-même.

Il rentrerait sain et sauf, c'était certain.

Soudain, un bruit étouffé la tira de ses pensées. Y avait-il des souris dans le chaume ? Ou des insectes ? Il était vraiment temps de refaire ce toit ! Quoi qu'il ait pu arriver à Hugh — *Arrête de penser à lui, Aude !* — elle devait s'occuper de son domaine. Elle lancerait les travaux dès le lendemain.

— Aude ? murmura quelqu'un, tout près d'elle.

Elle sursauta. Un nouveau grattement résonna dans le mur.

Ce n'étaient pas des souris, et encore moins des insectes. C'était... Hugh !

La tapisserie ornée de motifs de chevaux remua et elle la repoussa. La cloison grinça et, un instant plus tard, elle sentit un courant d'air frais sur sa joue. Des doigts apparurent dans l'interstice entre deux planches.

Aude se glissa jusqu'au bord du lit pour lui laisser la place de se faufiler à l'intérieur. Elle jeta un coup d'œil à la salle endormie à travers les rideaux ; heureusement, personne ne bougeait.

La planche disparut et Hugh apparut à la faible lueur de la lanterne, faisant pencher le matelas sous son poids dans un froissement de paille.

— Hugh..., chuchota-t-elle.

Incapable de se retenir, elle lui caressa furtivement les cheveux avant de se reprendre. Jamais elle n'avait été plus heureuse de voir quelqu'un de sa vie. Mais si Hugh était découvert dans son lit, au milieu de la nuit...

Seigneur ! Comment pourrait-elle expliquer la situation à ses hommes ?

Ses gens n'avaient peut-être pas de doutes quant à l'identité de Hugh en tant que Hugh de Jumièges. Cependant, la dame d'Alfold ne pouvait se permettre d'inviter un homme, quel qu'il soit, dans son lit. Et si jamais on découvrait que, par-dessus le marché, Hugh était en fait le comte de Freyncourt, ce serait une catastrophe !

Ils avançaient en terrain glissant.

Hugh s'installa sur le lit sans un mot, replaça la planche et tendit de nouveau la tapisserie devant la cloison. Enfin, il s'adossa contre les chevaux brodés et prit la main d'Aude qui vint s'asseoir à côté de lui.

Dans sa fuite effrénée, il avait si peu de bonheur à goûter qu'il devait savourer chaque instant de paix qui lui était donné. Quant à elle, elle était plus qu'heureuse de lui offrir ces instants, mais elle ne pouvait se permettre d'espérer un avenir avec lui. Hugh Duclair n'était peut-être plus comte de Freyncourt, mais il resterait toujours inaccessible pour elle.

Il lui passa le bras autour des épaules et l'embrassa tendrement sur la joue.

— Tu as trouvé ce que tu cherchais ? murmura-t-elle.

Dans la faible lumière, les yeux de Hugh avaient un reflet gris et ses traits s'assombrirent. Il avait les cheveux décoiffés par sa course à cheval depuis Saint-Pierre, et ne s'était toujours pas rasé. Il soupira.

— J'ai trouvé quelque chose, oui. Mais ce n'est pas encore suffisant. Je dois à tout prix trouver le frère Baldwin.

Aude le serra dans ses bras, et il appuya sa tête contre la sienne.

— Il a quitté le prieuré ? demanda-t-elle, déçue. J'imagine que tu as parlé au père supérieur. Ne savait-il pas où est allé le frère Baldwin ?

Hugh haussa les épaules.

— Je suis persuadé qu'il sait quelque chose, mais il est devenu muet comme une tombe dès que j'ai mentionné le frère Baldwin…

— C'est étrange, murmura Aude.

Hugh lui prit la main et la caressa du bout des doigts.

— Heureusement, reprit-il, je ne suis pas revenu les mains vides. Le père supérieur m'a dit que le frère Baldwin lui a laissé un document.

— L'un des documents qui avaient disparu ?

— Exactement.

— C'est merveilleux ! Est-ce que tu l'as avec toi ?

— Non, mais il est en sécurité, répondit Hugh à mi-voix avec un petit sourire. Ce document prouve que mon père a confié beaucoup d'or à l'évêque Osmund. Cependant, mon réquisitoire aura plus de poids si je peux aussi présenter le témoin qui a assisté à la signature de ces documents. Si je parvenais à retrouver le frère Baldwin et à le persuader de raconter la vérité au roi, c'en serait fait de l'évêque. Il perdrait son honneur et plus personne n'aurait foi en lui.

Tandis que Hugh parlait, la flamme tremblante de la lanterne jouait avec ses traits. Aude eut presque l'impression de le redécouvrir. Ses longs cils plongeaient ses yeux dans l'ombre et son expression paraissait plus inquiétante, plus dure.

— Que vas-tu faire, à présent ? demanda-t-elle.

Il lui caressa doucement la nuque et sourit, redevenant le Hugh qu'elle avait toujours connu, au regard doux et moqueur.

— Je vais retourner à Winchester et poursuivre mes recherches là-bas.

— Tu veux aller à l'abbaye de New Minster ? Non ! C'est beaucoup trop près de la garnison ! Ce serait trop dangereux pour toi…

L'espace d'un instant, il la fixa d'un regard un peu réprobateur.

— J'aurais dû aller là dès le départ. Tous les chemins m'y conduisent.

Il lui sourit de nouveau, comme pour la rassurer.

— Aude, tu sais que je dois le faire.

Nerveuse, elle crispa sa main sur la sienne avant de se détendre tant bien que mal. Jamais elle ne pourrait l'empêcher de faire ce qu'il jugerait nécessaire pour retrouver son honneur, mais elle ne supportait pas l'idée de le savoir de retour à Winchester. Les aboiements sauvages des chiens de la garnison résonnaient encore dans sa tête.

Elle allait protester lorsque quelqu'un toussa dans la salle silencieuse. Prise de panique, elle plaqua sa main libre sur sa bouche et regarda furtivement Hugh qui ne parut pas la voir. Il était concentré sur son autre main, qu'il leva jusqu'à ses lèvres pour l'embrasser.

L'air épuisé, il s'adossa ensuite plus confortablement à la cloison.

— Ne cherche pas à me dissuader de le faire, Gamine. C'est inutile. Parle-moi plutôt de Gil… J'imagine que tu l'as amené ici ?

— Oui. Il est en sécurité et mieux soigné qu'il ne le voulait, répondit Aude à voix basse. Louise et Edwige se battent pour le veiller. Il a déjà repris quelques forces : il a mangé correctement et retrouvé des couleurs…

— Gil a toujours aimé la bonne chère, dit-il avec un petit sourire.

Mais cela ne suffit pas à apaiser les inquiétudes d'Aude.

— Peut-être. Et toi ? Je veux dire… Est-ce que tu as mangé ? Veux-tu que je te trouve quelque chose ?

— Il vaut mieux que tu ne sortes pas, cela pourrait éveiller les soupçons. En chemin, j'ai réussi à persuader un fermier de me vendre une miche de pain, ajouta-t-il dans un bâillement. Je suis surtout fatigué, et je crois que je ferais mieux de retourner dans la forêt.

Il se redressa et se pencha vers elle, si près qu'elle sentit la chaleur de son souffle sur son visage. Troublée, elle ne pensa même pas à s'écarter.

— Je ne voudrais pas causer de scandale en étant surpris ici, avec toi…

Aude se mordilla la lèvre pour réprimer son envie de lui dire de rester et acquiesça, même si son cœur se brisait à l'idée de le laisser repartir seul dans ces ruines sinistres.

— Hugh, j'aimerais…

Non, elle ne pouvait pas lui ouvrir son cœur.

— Oui ? fit-il après quelques instants.

Elle lui caressa brièvement la joue. Sa peau était chaude sous sa barbe de plusieurs jours.

— Rien, reprit-elle. C'est seulement que… j'aimerais que tu puisses rester.

Il la dévisagea d'un air surpris.

— Vraiment ?

Elle acquiesça sans un mot.

Le regard de Hugh brilla, mais il fit non de la tête. Elle vit néanmoins son regard descendre furtivement jusqu'à ses lèvres.

— Je ne peux pas me permettre de mettre en danger la vertu de dame Aude, répondit-il d'un air faussement offusqué.

— Tu l'as pourtant fait, hier…

— Hier, c'était différent, murmura-t-il avec un rapide regard en direction des rideaux du lit derrière lesquels on entendait le léger bruit de respirations paisibles.

Il l'attira contre lui et l'embrassa tendrement.

Aussitôt, une vague de chaleur la submergea, suivie par une bouffée de culpabilité. Hugh était épuisé. Il n'aurait pas dû être là, et il ne tarderait sans doute pas à la quitter. Pourtant, il continuait de l'embrasser, les lèvres entrouvertes, souriant — elle le sentait.

Leurs langues s'effleurèrent, jouèrent et, malgré le manque d'expérience d'Aude, elle comprit qu'il appréciait cet instant d'intimité autant qu'elle. Elle se rendit compte qu'ils faisaient de petits bruits incontrôlables qui l'effrayèrent.

Quelqu'un pourrait les entendre !

Elle s'écarta alors, ignorant les murmures de protestation de Hugh qui se muèrent en bâillements ; il peinait à garder les yeux ouverts.

— Donne-moi encore un baiser, et je pars, chuchota-t-il.

Aude sentit son cœur se serrer douloureusement. Il allait partir… Quand le reverrait-elle ? Le reverrait-elle seulement ? L'idée que leur séparation pourrait être définitive la faisait horriblement souffrir mais lui donna en même temps un regain de courage et d'audace. Elle releva donc la tête et lui tendit ses lèvres.

L'espace d'un instant, leurs regards se croisèrent et leurs

respirations se mêlèrent avec une sorte de désespoir, comme s'ils étaient deux affamés que seuls les baisers pourraient rassasier. Hugh dénoua lentement ses cheveux d'une main tandis qu'il caressait sa poitrine de l'autre. Une flamme de désir la traversa, et elle ne put retenir un gémissement.

— Je vois des étoiles, murmura-t-elle, les yeux clos.

— Quoi donc ?

— Rien…

Chaque fois que Hugh l'effleurait, son corps s'échauffait ; elle avait l'impression de fondre et perdait tout contrôle sur ses émotions…

Il déposa une série de petits baisers le long de sa joue, lui arrachant un nouveau gémissement. Inquiète, elle jeta un regard en direction des rideaux du lit et se mordit la lèvre. Hugh se pressait contre elle avec passion, et ils se laissèrent tomber sur le matelas dans un bruit sourd. Les cordes du lit grincèrent. Un petit rire leur échappa, vite réprimé de peur d'être entendus.

Hugh se redressa légèrement pour poser sur elle un regard sombre et passionné qui éveilla en Aude un désir ardent, presque irrépressible. Il dut deviner ses inquiétudes car il lui demanda :

— Qu'y a-t-il ?

Elle fit un petit geste en direction des rideaux.

— S'ils savaient…

— Je partirai bientôt, ne t'en fais pas, répondit-il avec un sourire. Tu pourras me chasser à minuit, si cela te rassure.

Chapitre 11

Perdue dans un nuage de bonheur, Aude se laissa aller dans les bras de Hugh. De toute évidence, il désirait la caresser avec au moins autant de passion qu'elle le désirait, lui. Heureusement pour elle, sa vertu resterait intacte ; il avait promis de partir bientôt, et il tenait toujours ses promesses. Elle glissa ses doigts dans ses cheveux emmêlés par le vent et il ne protesta pas ; au contraire, il émit un petit gémissement qui lui donna une violente envie de l'embrasser encore et encore jusqu'à ce qu'il la supplie d'arrêter.

A son tour, il laissa courir ses doigts dans ses tresses défaites, et elle se retint d'émettre le moindre son tandis qu'il étalait ses cheveux sur l'oreiller et les disposait sur sa poitrine. Au bout de quelques instants, il s'écarta et la regarda. Elle sentit le feu lui monter aux joues.

— Que se passe-t-il ? demanda-t-elle, un peu intimidée.

Il ne répondit pas et se contenta de sourire d'un air fasciné, tout en rougissant légèrement. Elle n'en crut pas ses yeux. Jamais elle n'aurait imaginé qu'il pouvait rougir ! Il laissa courir ses doigts sur l'une de ses mèches comme si c'était la soie la plus fine au monde, et elle frémit de plaisir.

— Il ne se passe rien, murmura-t-il finalement. J'ai seulement rêvé de cet instant depuis si longtemps…

— C'est vrai ?

— Chut…

De nouveau, il lui caressa la poitrine avant d'effleurer du bout des doigts les lacets de sa chemise. Au prix d'un gros effort de volonté, elle parvint à réprimer un gémissement : les pointes de ses seins s'étaient tendues. Comment pouvait-elle apaiser son désir ? Sa respiration se fit plus saccadée. Hugh ressentait-il le même désir qu'elle ? A en croire sa respiration courte, tout aussi oppressée que la sienne, elle sut que oui.

De ses longs doigts, il dénoua le lacet et ouvrit la chemise, dont il écarta les pans de tissu pour dévoiler sa peau.

Il était à moitié allongé au-dessus d'elle, une jambe pesant sur ses cuisses. Prise d'un vertige délicieux qu'elle ne voulait surtout pas voir se dissiper, elle ne protesta pas. Sans un mot, il embrassait le creux de sonu cou avec gourmandise tout en écartant davantage sa chemise.

Tout à coup, elle prit conscience de l'indécence de sa conduite. Elle n'aurait pas dû l'encourager, mais le repousser, choquée.

La sœur de Hugh, son écuyer, et tous ses gens à elle dormaient à quelques pas à peine, de l'autre côté du rideau ! Cependant, si son esprit s'offusquait, son corps, lui, refusait de l'écouter. Elle n'avait jamais partagé son lit avec un homme, mais son corps paraissait agir de lui-même, comme s'il possédait une sorte de connaissance secrète de l'amour. Instinctivement, elle se cambrait vers Hugh pour qu'il puisse atteindre chaque courbe de sa poitrine. Brusquement, elle comprit que l'intimité charnelle était loin d'être aussi étrange et inavouable qu'elle l'avait cru : dans les bras de Hugh, cela lui semblait la chose la plus naturelle au monde. Elle désirait sentir la chaleur de ses lèvres sur…

Oh!

Une soudaine vague de plaisir la traversa lorsque ses lèvres effleurèrent l'un de ses mamelons.

— Tout va bien, Aude ? demanda-t-il.

— Oui.

Etait-ce réellement sa voix ? Elle ne la reconnaissait pas — si rauque, si essoufflée, si rêveuse.

Incapable de se maîtriser plus longtemps, elle crispa les doigts dans les cheveux de Hugh et l'attira contre elle avec un soupir de satisfaction.

Seigneur, que c'était bon !

Les lèvres chaudes, la langue moite de Hugh savaient exactement ce qu'il fallait faire pour l'emporter dans un tourbillon d'extase.

Un nouveau gémissement lui échappa.

— Navré, dit-il dans un souffle en relevant la tête.

— Recommence, je t'en prie.

Il sourit d'un air malicieux, baissa la tête de nouveau, et la magie recommença. Des fourmillements gagnèrent tout son corps, la faisant sombrer dans un océan de plaisir. Elle ne pouvait cesser de lui caresser les cheveux, la nuque. Au-dessus d'elle, la lumière vacilla.

— Hugh, murmura-t-elle. Seigneur ! Jamais je n'aurais pu croire… Je n'imaginais pas que…

— Gamine, tu es si innocente, chuchota-t-il en déposant un dernier baiser entre ses seins.

Soudain gênée, elle lui releva la tête.

— Hugh ?

— Oui ?

Le feu lui était monté aux joues et, lorsque leurs yeux se rencontrèrent, Hugh parut remarquer son embarras car il s'écarta et s'allongea à côté d'elle, sa jambe restant toutefois posée par-dessus les siennes. D'un doigt tendre, il lui caressa la joue. Enveloppée par l'odeur de Hugh, elle se laissa emporter par un long rêve éveillé, troublée plus que tout par le poids brûlant de sa jambe qui la plaquait contre le matelas. Si seulement il savait l'effet qu'il lui faisait…

Ne sachant que dire, elle se racla la gorge, arrachant à Hugh un petit sourire et elle sentit son cœur accélérer. Il savait… Il savait exactement l'effet qu'il lui faisait et, d'une certaine manière, il savait qu'il était le premier homme à éveiller cela en elle. Un peu honteuse à cette pensée, elle détourna les yeux.

Hugh ne disait toujours rien, se contentant de lui caresser les cheveux. Puis il se pencha sur son cou pour lui mordiller l'oreille. Elle frissonna, heureuse, et prit une profonde inspiration pour apaiser les battements affolés de son cœur. En vain.

— Hugh, tu es le seul à m'avoir jamais touchée comme cela, murmura-t-elle, le souffle court.

— J'en suis ravi…

Son regard se fit plus grave et une main chaude suivit sensuellement la ligne de son cou, de son épaule, sans qu'il la quitte des yeux. Lorsqu'elle réprima un nouveau gémissement, il esquissa un sourire satisfait.

— Tu savais qu'on ne m'avait pas touchée ? Comment pouvais-tu en être sûr ?

Avec un petit soupir, il renoua les lacets de sa chemise, et s'appuya sur un coude pour la regarder.

— Tu t'es fiancée avec Martin très jeune. Et je sais que Martin n'a pas pu te toucher.

Elle acquiesça.

— Oui, nous avions prononcé un vœu.

— Un vœu ? répéta-t-il, surpris. Je l'ignorais.

— Nous avions promis de rester chastes jusqu'au mariage.

Hugh fonça les sourcils. Elle eut tout à coup l'impression qu'il lui cachait quelque chose.

— Je ne savais pas que vous aviez fait un vœu, reprit-il. Mais cela ne me surprend pas. Martin n'a jamais été un… homme à femmes.

— Qu'est-ce que cela signifie ? Mon frère m'a déjà dit cela, il y a des années, mais je n'ai pas compris…

Allongée sur son lit, dans les bras de Hugh, elle écouta

alors, abasourdie, son explication. Selon lui, Martin faisait partie d'une catégorie d'hommes qui n'aimaient pas les femmes, mais…

— Le seigneur Jean ? souffla-t-elle, stupéfaite. Martin aimait le seigneur Jean ?

Le seigneur Jean avait été l'un des chevaliers de Martin et ne le quittait presque jamais. Après avoir réfléchi quelques instants, elle reprit à voix basse :

— Il est vrai que, lorsque je vivais à Beaumont, ils étaient inséparables. J'ai toujours cru qu'ils étaient surtout bons amis, comme Edouard et toi, mais… maintenant, beaucoup de choses prennent sens.

Hugh bâilla et posa la tête contre son épaule.

— Oui, leur relation était très différente ; le comte Martin et le seigneur Jean étaient amants.

— Est-ce habituel, pour un homme, d'en aimer un autre de cette manière ?

Hugh haussa les épaules.

— Cela arrive assez souvent…

— Mais, de toute évidence, c'est un sujet dont on ne parle pas ?

— Eh bien, certaines personnes considèrent cela comme un péché.

— Et toi ?

Il se contenta de faire « non » de la tête. A la réflexion, Aude se sentait de plus en plus mal à l'aise.

— Quelle sotte j'ai été, de ne me rendre compte de rien ! Est-ce que tout le monde était au courant au sujet de Martin ? Est-ce que tout le monde savait qu'il n'aimait pas les femmes ?

Hugh se redressa sur son coude et la dévisagea un instant, l'air grave.

— Certaines personnes étaient au courant, c'est certain.

Mais, comme je te le disais, ce n'est pas un sujet dont on parle ouvertement…

Soudain en proie à un élan de rancœur, elle lui donna un petit coup sur l'épaule et s'écarta.

— Pourtant, tu m'as soutenue quand j'ai voulu l'épouser !

— Oui, en effet, admit-il, un peu méfiant.

— Tu as fait cela, alors que tu savais qu'il ne pourrait jamais vraiment me désirer ?

Hugh soupira, et s'installa plus confortablement avant de répondre.

— Martin t'appréciait énormément. C'était un homme d'honneur, et je sais qu'il aurait fait un bon époux.

Malgré ses tentatives évidentes pour l'apaiser, Aude n'en avait pas terminé. Maintenant qu'elle savait la vérité au sujet de Martin, à qui elle avait été fiancée pendant quatre ans, quelque chose s'était brisé en elle et la délicieuse sensation de bonheur qu'elle éprouvait sous les baisers de Hugh avait disparu… Elle ne ressentait plus que rage. Hugh l'avait ridiculisée !

— Tu savais que mon mariage avec Martin n'aurait été qu'une mascarade ! Qu'il ne m'aurait jamais vraiment aimée !

— Aude…, fit-il, l'air embarrassé. Il aurait fait son devoir, j'en suis persuadé.

— Mais qu'aurait-il ressenti ? insista-t-elle, révoltée. Il aurait haï notre union ! Il m'aurait haïe, moi !

Hugh fit de nouveau « non » de la tête.

— Ce n'est pas vrai, dit-il posément. Il existe différentes formes d'amour. Et Martin t'aimait, à sa manière. N'a-t-il pas toujours été bon pour toi ?

— Si, mais…

Trop troublée, elle s'interrompit. Elle avait cru aimer Martin, mais comment était-ce possible ? Tout ce qu'elle avait ressenti pour lui n'avait été qu'illusion… A présent, elle comprenait son insistance à prononcer un vœu de chasteté en attendant le mariage.

— Je n'ai jamais su qui il était vraiment, soupira-t-elle finalement.

— Si, répondit gentiment Hugh. Tu savais que tu étais fiancée à un homme bon, qui veillait sur toi tandis que ton frère combattait en Angleterre. Un homme pour qui tu comptais beaucoup.

— Peut-être...

— Tu l'aimais, n'est-ce pas ?

— Comment aurais-je pu l'aimer vraiment, alors que je le connaissais si mal ?

Hugh tenta de lui caresser la joue mais, agacée et honteuse, elle le repoussa.

— Tout le monde devait rire de moi dans mon dos, j'imagine...

— Pas du tout, affirma Hugh avec fermeté.

Aude hésita un instant, mais une question lui brûlait encore les lèvres :

— Hugh, dis-moi une chose. Pourquoi as-tu tant insisté pour que ces fiançailles aient lieu, alors que tu savais très bien que tout mariage entre nous aurait été une simple façade ?

— Tu avais treize ans, quand tu es partie vivre à Beaumont... Comment aurais-je pu te parler de telles choses, à l'époque ? De plus, après la mort de ton père, Edouard et moi nous devions partir pour l'Angleterre, en réponse à l'appel du duc ; nous n'avions pas beaucoup de temps et il fallait trouver un moyen de te protéger. Tu as demandé Martin et j'ai sincèrement cru que tu voulais vivre avec lui, expliqua-t-il en l'attirant contre lui pour la garder dans ses bras.

— C'est uniquement pour cette raison que tu as soutenu ces fiançailles ? Parce que je l'ai demandé ?

— Je savais que tu serais en sécurité avec Martin,

pendant que ton frère serait en Angleterre. On ne pouvait pas te laisser seule à Crèvecœur ; l'intendant n'était pas digne de confiance.

Lentement, Aude parvint à calmer sa colère et se laissa aller contre l'épaule de Hugh.

— Etait-il si important pour toi que je sois en sécurité ?

— Bien sûr, murmura-t-il. Nous devions à tout prix nous occuper de toi avant de partir.

L'étreinte de Hugh se relâcha peu à peu et son corps, contre elle, lui parut plus lourd. Elle lui en voulait toujours un peu de ce qu'il lui avait raconté au sujet de Martin et du seigneur Jean, mais il était temps pour elle de mettre son orgueil de côté. Hugh avait besoin de se reposer, et elle allait devoir lui épargner ses questions…

Doucement, elle déposa un petit baiser sur son front, en inspirant profondément son parfum. Hugh… Un parfum indissociable de nombre de ses souvenirs d'enfance, de ses désirs pour quelque chose qu'elle n'obtiendrait jamais. Une union entre elle et Hugh était impensable ; le comte de Freyncourt resterait toujours hors de sa portée. Toutefois, lorsqu'elle sentait son parfum, elle ne pensait pas qu'à ce désir inavouable. L'odeur de Hugh était également, pour elle, celle de l'amitié et de la sécurité. A cette idée, son cœur se mit à battre plus fort. C'était bon de savoir que, quatre ans plus tôt, à Dives, alors qu'il mettait au point ses plans de bataille, il s'était tout de même soucié de son bien-être à elle.

De plus, il avait raison sur un point : Martin avait été bon pour elle. Bien sûr, elle ne s'était pas doutée de l'amour de Martin pour Jean, bien qu'elle ait été plus proche de son fiancé que de personne d'autre. A part peut-être de Hugh…

— Hugh ? murmura-t-elle.

Silence. Sa tête était lourde contre la poitrine d'Aude et sa respiration paisible. Est-ce qu'il dormait ? Comment avait-il pu s'endormir ici, dans son lit ?

— Hugh ?

Toujours aucune réponse.

Elle lui caressa les cheveux avec douceur, dans l'espoir de le réveiller.

— Hugh…

Il ne bougea pas, et ne prononça pas le moindre mot.

Derrière le rideau du lit, la grande salle était silencieuse. Tout le monde, sauf Cédric, dormait profondément et personne ne la dérangerait avant le matin. Hugh était si fatigué… Ce serait cruel de le réveiller alors qu'il parvenait enfin à se reposer.

Quel mal y aurait-il à le laisser dormir là encore quelques minutes ? Personne ne le saurait jamais.

D'un geste décidé, elle ouvrit sa lanterne et souffla la flamme.

Oui, elle allait le laisser dormir une heure, puis le réveillerait. Il retournerait dans les ruines du bois de Crabbe avant l'aube pour que personne ne risque de le découvrir dans ce lit, avec elle…

Lorsque Aude, l'esprit tout embrumé de sommeil, entrouvrit les yeux, un faible halo lumineux baignait le lit. De l'autre côté des rideaux, elle entendit des bruits de pas et de planches. On devait dresser la table pour le petit déjeuner.

Quelqu'un rit, un coq chanta dans la cour et, au loin, une vache mugit. Elle prit tout à coup conscience d'un poids contre son épaule et du parfum chaud, masculin, qui emplissait l'air. Hugh…

Seigneur ! Hugh était toujours là !

En quelques instants, elle fut tout à fait réveillée et se tourna vers lui. Il était allongé là, les yeux fermés, les cheveux emmêlés, la respiration régulière. Il dormait comme un enfant, un bras passé autour de sa taille, et une jambe en travers des siennes.

Le cœur battant, elle s'efforça de réfléchir calmement. La nuit précédente, elle avait peu dormi, ce qui expliquait sans doute qu'elle se soit assoupie avant d'avoir renvoyé Hugh dans les bois, en sécurité. Hugh, lui, n'avait certainement pas pu dormir tranquillement depuis plusieurs semaines et devait être épuisé…

— *Hugh!* murmura-t-elle, angoissée, en le secouant par l'épaule.

Il ouvrit lentement ses grands yeux fascinants et la dévisagea un instant. Il lui sourit avant de se figer.

— Bon Dieu ! jura-t-il à voix basse.

Il se redressa brusquement et se cogna la tête contre le plafond bas du lit.

— J'aurais dû partir il y a longtemps…

Avec une grimace de douleur, il se frotta le crâne. Tout à coup, une lueur de panique traversa son regard et le fit pâlir dans la faible lumière.

— Est-ce que tu as entendu ?

Aude tendit l'oreille mais ne perçut que les rires des filles de cuisine et le cliquetis de la vaisselle déposée sur la table ; ce n'était certainement pas ce qui effrayait tant Hugh… Au bout d'un instant, cependant, elle entendit un autre bruit. Un grondement.

— Des chevaux ! chuchota-t-elle. Quelqu'un vient d'entrer dans le village !

Hugh lâcha un nouveau juron à mi-voix, attrapa son épée et repoussa la tapisserie dissimulant le mur extérieur. Aude le retint par la ceinture.

— Ne fais pas cela ! Il fait beaucoup trop clair, et tu ne pourras pas sortir du village sans être vu.

— Gamine, je préfère qu'on me découvre dehors plutôt qu'ici, en train de chauffer ton lit, répliqua-t-il.

Le bruit de galop s'intensifia puis les chevaux s'immobilisèrent.

— Bonjour ! lança une voix. Suis-je bien à Alfold Hall ?

— Oui, mon seigneur.

— Et dame Aude est-elle chez elle ?

La voix était plus proche, plus forte — et étrangement familière… L'homme était entré dans la demeure.

Toujours agrippée à la ceinture de Hugh, la main posée sur la cloison, Aude écouta, inquiète, la réponse.

Soudain, la voix d'Edwige s'éleva dans la grande salle.

— Seigneur Edouard, bienvenue !

Seigneur Edouard ? Son frère était là, à Alfold !

— Bonjour Edwige. Où est ma sœur ?

Aude eut l'impression qu'on venait de lui lancer un seau d'eau froide. En même temps, elle fut prise d'une irrépressible envie de rire.

— C'est Edouard ! murmura-t-elle à Hugh, partagée entre affolement et fou rire. Hugh ! C'est Edouard !

Hugh la dévisagea un instant, les sourcils froncés.

— Seigneur…

— Qu'allons-nous faire ?

Avant qu'il n'ait le temps de répondre, des pas s'approchèrent rapidement du lit. Elle ne put que prier pour que Hugh et elle disparaissent immédiatement. Comment allaient-ils se tirer de ce mauvais pas ?

Comment allait-elle surmonter la honte d'être découverte avec un homme dans son lit ? Comment avait-elle pu se montrer aussi imprudente ?

Elle entendit encore ces mots si doux à son oreille : « J'ai rêvé de cet instant depuis si longtemps… » Il l'avait tant bercée avec ses paroles et ses baisers que, malgré le choc qu'elle avait reçu en apprenant la vérité au sujet de Martin, elle avait été assez sereine pour s'endormir jusqu'au matin.

En cet instant, elle comprenait ce que signifiait « vouloir

disparaître sous terre ». Si seulement le sol pouvait s'ouvrir pour l'engloutir elle, Hugh, et ce lit !

Tétanisée, elle se tourna vers Hugh, dans l'espoir d'un miracle.

De l'autre côté du rideau, la voix d'Edouard était plus proche que jamais.

— Voyons voir… C'est étrange, de la part d'Aude, de rester couchée si tard.

Brusquement, le rideau s'ouvrit, un flot de lumière inonda le lit, et elle cligna les yeux, aveuglée, avant de découvrir le visage incrédule de son frère. Elle devait donner une parfaite image de la culpabilité…

Se redressant, elle vérifia rapidement les nœuds qui fermaient sa chemise, puis passa ses cheveux sur son épaule avant de sortir du lit. Edouard semblait muet de stupéfaction et des exclamations étonnées résonnèrent dans la grande salle.

— Bonjour, Edouard, lança-t-elle d'une voix mal assurée.

Pourvu que personne ne remarque sa nervosité ! Autour d'elle, tout le monde la dévisageait dans un silence de mort. Elle entendit derrière elle Hugh s'extirper du lit à son tour, lisser sa tunique et se racler la gorge. Elle devina même à l'expression de son frère qu'ils avaient dû échanger un coup d'œil tendu.

Tous les regards passaient d'elle à Hugh, mais Aude ne quitta pas son frère des yeux ; les mâchoires serrées, il semblait sur le point d'exploser de rage.

— Bienvenue à Alfold, Edouard, reprit-elle avec une feinte légèreté avant de l'embrasser. Je suis si heureuse de te voir !

Sans doute guidé par des années d'habitudes, il lui rendit machinalement son baiser.

— Aude, fit-il à mi-voix. Toi… Toi et…

Incapable de répondre, elle tendit la main en arrière pour attraper celle de Hugh, et s'y raccrocher. De longs doigts fermes saisirent les siens et Hugh se plaça à côté d'elle, protecteur.

— Bonjour, seigneur Edouard, dit-il d'une voix posée.

— Hugh…

Le visage écarlate, Edouard s'éclaircit la voix avant de reprendre :

— Bon sang ! Qu'est-ce que tu fais ici ? Je…

— Est-ce que tu as reçu notre lettre ? l'interrompit Aude sans réfléchir.

Elle lui avait en effet écrit une lettre peu de temps après son arrivée, mais c'était bien avant l'apparition de Hugh et elle ne l'avait pas mentionné dans sa missive.

Près de l'âtre, les seigneurs Ralph et William observaient la scène avec un intérêt manifeste. Aude n'avait encore eu aucune preuve de leur loyauté, mais elle n'avait pas le choix. Pour le moment, elle devait avant tout s'occuper de son frère et de son regard éberlué. Comment allait-il réagir ? Pris par surprise comme il l'était, ne risquait-il pas de dévoiler sans le vouloir la véritable identité de Hugh ?

Elle devait à tout prix éviter cela !

— Ta lettre ? fit Edouard. Oh ! Oui, bien sûr que je l'ai reçue…

Ses yeux disaient toutefois clairement qu'il n'était pas dupe de son mensonge : il n'y avait eu aucune lettre concernant Hugh.

Aude se força à sourire. Il n'était pas facile de paraître calme alors qu'une dizaine de personnes épiait le moindre de ses mouvements. Elle s'agrippa plus nerveusement à la main de Hugh sans quitter son frère des yeux.

— Je sais très bien que tu m'as interdit de parler à Hugh de Jumièges, dit-elle en appuyant sur le nom d'emprunt de Hugh. Et je sais aussi que tu considères qu'un homme non titré n'est pas digne de fréquenter quelqu'un comme moi, mais je dois te dire…

— Attends, Aude, la coupa Edouard en lui prenant le menton pour l'obliger à le regarder dans les yeux. Hugh... de Jumièges ?

— Je... Oui... Je sais très bien que tu ne veux pas que je le fréquente, Edouard. Je suis navrée de t'avoir désobéi et de t'avoir mis en colère...

Hugh s'avança d'un pas.

— Aude, ma chère, je pense qu'il vaut mieux que je parle.

Sa voix restait douce, même si elle avait perdu les accents intimes de la veille, alors qu'ils discutaient à voix basse dans la sécurité illusoire du lit. A présent, sa douceur avait quelque chose d'inquiétant, de dangereux... et de dénué de sincérité. Jamais il ne l'appelait « ma chère ».

— Il est hors de question que je te laisse parler, dit-elle.

Elle devait être écarlate, maintenant, à force de chercher un moyen de se tirer de ce mauvais pas et de protéger Hugh. La panique menaçait de lui faire perdre le peu de sang-froid qu'il lui restait.

Puis, brusquement, la solution lui vint. Bien sûr ! Elle n'avait qu'une chose à dire pour que tout soit réglé. Mais l'oserait-elle ?

Désespérée, elle réfléchit à toute vitesse. Si elle tardait trop à se lancer, Hugh pourrait laisser parler sa colère. Le temps leur était compté. Elle devait agir, et vite !

Elle lança à Hugh un sourire qu'elle espéra sincère, et reprit :

— Hugh, Edouard est mon frère, et je lui ai désobéi. Il est donc de ma responsabilité de confesser mes erreurs et de *tout* lui avouer.

Si Hugh lui renvoya son sourire, ses yeux, eux, demeurèrent interrogateurs. Il n'avait absolument aucune idée de ce qu'elle s'apprêtait à faire.

J'essaie de te sauver la vie, songea-t-elle comme une prière. *Je sais que tu ne me le pardonneras sans doute jamais, mais je n'ai pas le choix, Hugh. Je te supplie de le comprendre... Si tu étais seulement Hugh de Jumièges que l'on venait de surprendre dans mon lit, la situation serait déjà assez compliquée. Mais si jamais Edouard laissait échapper ton vrai nom...*

Elle prit une profonde inspiration pour se donner du courage, et leva le bras afin que personne, dans la salle, ne puisse ignorer qu'elle tenait la main de Hugh. Son cœur battait si fort qu'elle fut étonnée de ne pas l'entendre résonner dans toute la pièce.

— Edouard, reprit-elle d'une voix forte pour que tous l'entendent, je suis ravie que tu sois arrivé ce matin, car j'ai une nouvelle à t'annoncer. Hier soir, Hugh de Jumièges et moi nous sommes déclarés mari et femme.

A côté d'elle, Hugh eut un hoquet de surprise mais elle n'osa pas lever les yeux vers lui.

Edouard, quant à lui, ouvrit de grands yeux ahuris.

— Mariés ? Hugh et toi êtes... mariés ?

— Oui, nous sommes mariés, affirma-t-elle en rebaissant lentement le bras.

Autour d'eux régnait un silence pesant. Jamais elle n'avait été témoin d'une telle immobilité. C'était comme si tout le Wessex retenait son souffle.

Que venait-elle de faire ?

Louise s'appuya contre un mur et fut la première à briser le silence.

— Mon Dieu..., murmura-t-elle.

Edwige dévisageait sa maîtresse avec stupéfaction et Gil esquissa un sourire.

Qu'en était-il de Hugh ? Aude aurait voulu croiser son regard, s'assurer que tout allait bien, mais elle n'osait toujours pas lui faire face.

A l'extérieur un coq chanta, mais son angoisse à l'idée

que Hugh pourrait la contredire était telle qu'elle l'entendit à peine.

— Aude, est-ce que tu es sûre de toi ? lui chuchota-t-il à l'oreille.

Elle sentit son cœur s'emballer. Elle percevait sa tension et sa crispation, mais était toujours incapable de le regarder. Du coin de l'œil, cependant, elle le vit saluer leur public fasciné tout en reprenant d'une voix assez basse pour que seuls Edouard et elle puissent l'entendre :

— Est-ce que tu te rends compte ? Ce que tu viens de dire équivaut à une déclaration publique. Je ne suis pas vraiment un bon parti, pour une femme sensée, en ce moment. Mais si je te soutiens, nous ne pourrons plus revenir en arrière ; nous serons mariés aux yeux de tous. Ce qui se dira ici, ce matin, aura sans doute des conséquences à long terme.

La gorge serrée, Aude ne sut que répondre. Elle avait choqué Hugh. Non, c'était encore pire. Il était hors de lui... Il avait prononcé les mots « femme sensée » avec tant d'amertume... Jamais encore il ne lui avait parlé de cette manière.

Qu'avait-elle fait ? Incapable de dire quoi que ce soit, elle hocha la tête pour toute réponse. Elle n'était peut-être pas une « femme sensée », mais elle connaissait les traditions. Il n'était pas obligatoire de prononcer ses vœux devant un prêtre pour qu'ils soient valables. Seules deux choses étaient nécessaires à une union. Tout d'abord, les deux parties devaient être consentantes et faire une déclaration publique devant témoins. Puis ils devaient consommer cette union.

De plus en plus de couples demandaient la bénédiction d'un prêtre, mais ce n'était pas indispensable. Quoi qu'il en soit, Hugh pourrait très facilement mettre un terme à tout cela puisque leur union n'avait pas encore été consommée. Qu'arriverait-il, alors ? Elle ne pourrait rien y faire : elle subirait une certaine disgrâce, mais s'en accommoderait.

Cependant, s'il épousait Aude d'Alfold, la position de Hugh

en Angleterre se trouverait renforcée. Cela lui donnerait une raison valable de rester dans le Wessex — tant qu'elle pourrait le persuader de se tenir à bonne distance du roi. Ici, peu de personnes le connaissaient et risquaient de le dénoncer sous son vrai nom.

Elle finit par lui jeter un coup d'œil. Il était encore ébouriffé par le sommeil, ses cheveux blondis par le soleil tombaient en mèches éparses autour de son visage. Son regard trahissait son trouble et ses lèvres étaient serrées. Elle eut l'impression que son cœur se brisait, et ce n'était pas bon signe. Tout ce qui devait lui importer était Hugh. Sauver Hugh…

Son sens de l'honneur était tel qu'il risquait de refuser de l'épouser, dans son état de disgrâce.

Evidemment, s'il acceptait sa main, il la mettrait peut-être en danger. Elle ne devait pas prendre la situation à la légère : elle aidait un seigneur banni. Cela l'inciterait-il à la repousser ?

Lui en voulait-il de l'avoir placé dans cette situation ? Lui en voulait-il de ne pas l'avoir renvoyé dans les bois durant la nuit, avant qu'il ne soit trop tard ?

Prise d'une soudaine panique, Aude baissa les yeux au sol. Pourquoi n'avait-elle pas réfléchi avant d'ouvrir la bouche ? Elle soupira. Il était trop tard pour revenir en arrière, à présent. Elle n'avait prétendu qu'ils étaient mariés que parce qu'elle l'aimait, et ce depuis son enfance. Il avait toujours été son héros ; elle l'avait idolâtré. Mais la différence était grande entre aimer quelqu'un et tomber amoureux de quelqu'un — et elle commençait à en prendre conscience.

Oui, la pire chose qui pouvait lui arriver s'était produite, songea-t-elle. Elle était tombée amoureuse de Hugh Duclair. Et s'il reniait devant témoins ce qu'elle venait de prétendre à leur sujet, s'il la faisait passer pour une menteuse, sa vie entière s'écroulerait…

— Aude, demanda-t-il dans un souffle, est-ce que tu es vraiment sûre de ce que tu fais ?

Elle eut la sensation que la salle toujours silencieuse commençait à tourner autour d'elle tandis que la vérité s'ancrait dans son esprit. Hugh ne voulait pas d'elle. Seigneur ! Qu'avait-elle fait ?

Chapitre 12

Edouard les dévisageait tous deux avec un sourire crispé. Aude aimait beaucoup son frère, bien sûr, mais pas de la même manière qu'elle aimait Hugh. Refusant d'avouer ses sentiments devant tant de personnes, elle se tut. Hugh était déjà sous pression, et elle n'avait aucune intention de faire empirer les choses.

Elle devait malgré tout répondre. Un peu tremblante, elle murmura :

— Oui, je suis sûre de ce que je fais.

Hugh lui adressa un sourire si glacial qu'elle se figea, et sa main se crispa sur la sienne.

— Très bien, dit-il avant de se tourner vers Edouard et de poursuivre avec une distance formelle : Seigneur Edouard, cela fait très longtemps que je souhaite épouser votre sœur et j'ai l'honneur de vous annoncer que nous sommes pleinement liés l'un à l'autre. Si cela vous sied, il ne nous reste plus qu'à faire bénir notre union par l'Eglise.

Aude n'en croyait pas ses oreilles. Hugh avait-il réellement souhaité l'épouser depuis longtemps ?

Non. Il ne faisait que jouer la comédie devant leur public. Il ne faisait que dire ce que tout le monde autour d'eux espérait sans doute entendre. Il n'était pas amoureux d'elle. Ses aveux n'avaient absolument aucune signification…

En face d'elle, Edouard secouait la tête avec une expression d'impuissance.

— Aude, je ne comprends pas, dit-il à voix basse pour que personne d'autre que Hugh et elle ne l'entendent. Tu as fui le mariage à Jumièges pour épouser Hugh ici, en Angleterre ?

— Oui.

— Je vois. J'imagine que tu nourris des sentiments pour lui depuis des années…

Fièrement, elle releva la tête. Hugh ne voulait pas d'elle, se répéta-t-elle. Elle ne pouvait pas avouer qu'elle l'aimait. Surtout pas maintenant.

— C'est absurde !

Edouard et Hugh la dévisagèrent. Tout le monde la dévisageait, mais eux seuls avaient entendu son mensonge. Hélas ! il était trop tard ; elle n'avait plus d'autre choix que l'assumer.

— J'admets que Hugh a toujours été une sorte de héros à mes yeux, depuis mon enfance. Mais de là à dire que j'ai nourri des sentiments pour lui… C'est vraiment absurde !

— Parfait, marmonna Edouard manifestement peu convaincu avant de se tourner vers la salle.

Une fois que l'attention de tous fut sur lui, il se racla la gorge :

— Aude de Crèvecœur, as-tu pris pour époux Hugh de Jumièges ?

Voilà. L'heure de la déclaration officielle était venue, devant la dizaine de témoins rassemblés dans la salle. Seigneur !

— Oui, répondit-elle avec le plus d'assurance possible. Je déclare solennellement que Hugh et moi sommes mariés.

C'était terrifiant, de voir l'ampleur que pouvait prendre un mensonge.

— Et moi, Hugh… de Jumièges, je confirme cette déclaration.

De nouveau, Edouard secoua la tête. Etait-il troublé ou

en colère ? C'était impossible à dire… Audc ne pouvait qu'espérer qu'il ne lui en voulait pas.

Elle avait l'impression de vivre une situation irréelle. Une part d'elle redoutait le moment où Hugh lui dévoilerait ses vrais sentiments. Tant qu'ils étaient en public, il ne pouvait rien dire et se réfugiait dans une froideur distante, mais quand ils se retrouveraient en tête à tête… Seigneur ! Que se passerait-il alors ?

— Très bien, conclut Edouard. Dans ce cas, prions pour que vous ne le regrettiez jamais.

— Nous ne le regretterons pas, assura Hugh avant de se tourner vers Aude.

Il lui adressa un sourire, mais son regard resta froid et elle sentit son cœur se serrer. Edouard n'était peut-être pas en colère, mais l'expression de Hugh lui faisait clairement comprendre qu'elle avait dépassé les bornes en le présentant comme son époux.

Edouard fit alors signe à son ami de le suivre.

— Hugh, veux-tu venir avec moi un moment, s'il te plaît ?

Hugh lâcha la main d'Aude et les deux hommes s'éloignèrent, l'abandonnant devant le lit. Soudain, elle se sentit mal à l'aise, uniquement vêtue de sa chemise, sous le regard intense d'Edwige et de Louise. On aurait pu croire qu'elles la voyaient pour la première fois. Quant à Gil, redressé sur un coude sur sa paillasse, il ne quittait pas Hugh et Edouard des yeux, et paraissait aussi stupéfait que les deux femmes.

Tout à coup, elle prit conscience de l'énormité de ce qu'elle venait de faire.

Désormais, Hugh était bel et bien son époux !

Il se tenait avec Edouard près de la porte. De quoi parlaient-ils ? Quoi que ce soit, elle aurait payé cher pour le savoir, mais elle ne pouvait pas les rejoindre en chemise…

D'un geste sec, elle attrapa une couverture et s'en enveloppa avant de lancer aux servantes qui la dévisageaient avec des yeux ronds :

— Le spectacle est terminé pour ce matin !

— Oui, ma dame, firent-elles en chœur.

— Continuez à préparer le petit déjeuner. Après cela, il nous faudra nous occuper du festin de ce soir. Un mariage se doit d'être célébré convenablement.

Malgré ses ordres, elle resta le centre d'attention de tous. Tout en vaquant à ses occupations de l'autre côté de la pièce, Louise lui sourit. Gil lui fit un signe de la main, tandis que Ralph et William la regardaient par en dessous. Quant à Olivier, elle n'osait pas le regarder.

Elle se sentait si coupable, vis-à-vis de lui… Bien sûr, à Jumièges, elle lui avait dit clairement qu'elle n'avait aucune intention de l'épouser, mais il était le plus attirant de tous ses chevaliers et, jusqu'à ce matin, elle avait pensé qu'elle pourrait finir par changer d'avis. Il n'avait cessé de lui dire qu'il ne perdrait jamais espoir ; elle lui devait une explication.

Mais plus tard. Elle ne pouvait se permettre de lui parler en tête à tête pour le moment. Avant tout, il fallait qu'elle s'habille, et vite ! Hugh et Edouard discutaient toujours à voix basse. Ils allaient certainement sortir. Où iraient-ils ? Subitement saisie d'un doute, elle les observa un instant. Depuis qu'Edouard les avait vus émerger du lit, quelque chose la troublait sans qu'elle sache exactement quoi. Il les avait regardés d'un air soupçonneux, comme si… Evidemment, il avait paru choqué de les voir ensemble, comme tout le monde, mais il n'avait pas semblé surpris par la présence de Hugh à Alfold, et cela était étrange. Il lui avait alors dit quelque chose mais, dans sa panique, elle n'y avait pas prêté attention. De quoi parlaient-ils à voix basse, à présent ? De la déclaration de mariage qu'elle avait faite publiquement ou d'un autre sujet ?

Avant de sortir, Hugh prit une miche de pain, sur la table.

Il avait raté le repas du soir, la veille, et devait mourir de faim. Finalement, lorsque les deux hommes furent dehors, des murmures s'élevèrent au fond de la salle. Aude perçut quelques phrases.

— Quel comportement honteux ! Elle, une dame de haute naissance…

— Un mariage annoncé en urgence pour cacher le pire des scandales…

— Depuis combien de temps pensez-vous qu'ils se voient ?

— En tout cas, son frère n'était pas au courant. Est-ce que vous avez vu son visage ?

— Un tel mariage peut-il durer ?

— C'est impensable ! J'ai toujours su que les Normands étaient…

Incapable d'en entendre plus, elle se réfugia dans le sanctuaire illusoire de son lit, tira les rideaux et saisit la première robe suspendue au pied du lit.

Lorsqu'elle eut le courage de ressortir, Gil était assis sur l'un des bancs, en pleine conversation avec Edwige.

— Tu as l'air en pleine forme, Gil, lança Aude d'une voix aussi légère que possible.

Heureusement, elle avait attrapé sa robe la plus simple, verte et fluide. Son voile blanc était solidement fixé sur sa tête pour cacher ses cheveux. La seule chose qu'elle pouvait encore faire était sauver les apparences. Après ce qui venait de se passer, il valait mieux qu'elle se montre simple…

Gil lui répondit par un sourire sincère qui lui fit du bien.

— Oui, je vais beaucoup mieux. Merci.

— Parfait, dit-elle. Mais rappelle-toi : tu ne dois pas encore monter à cheval.

— Je m'en souviendrai.

Un peu inquiète, elle fit un bref signe de tête en direction de la porte ouverte.

— Ils ne sont pas encore revenus ?

— Non, ma dame.

Le cœur battant, elle sortit. Edouard était venu avec une suite réduite : Raoul et deux écuyers qui étaient en train de conduire les chevaux à l'écurie. Devant la maison, on avait aligné ses anciennes malles, celles qu'elle avait abandonnées, à moitié vides, à Jumièges. La honte la submergea. Elle avait menti à Edouard à Jumièges, et voilà qu'elle venait de lui mentir de nouveau. Quelle mauvaise sœur elle faisait !

— Bonjour, Raoul ! lança-t-elle.

— Bonjour, ma dame.

Sans s'arrêter pour discuter, elle suivit Hugh et Edouard qu'elle avait vus entrer dans l'église. Ils étaient debout près de l'autel, en compagnie du père Ambroise et d'un moine en robe noire qu'elle ne connaissait pas. Edouard paraissait en colère mais, dès qu'il aperçut la silhouette d'Aude qui se découpait dans l'encadrement de la porte, il se figea. De toute évidence, elle venait d'interrompre une violente querelle.

Les quatre hommes se tournèrent vers elle et Edouard la dévisagea d'un regard glacial. Les deux prêtres paraissaient soucieux, mais elle les ignora. Celui qui lui importait le plus, c'était Hugh. Les dents serrées, les sourcils froncés, il ne la quittait pas des yeux. Plus nerveuse que jamais, elle s'approcha dans le froissement de ses jupes. Finalement, Hugh lui tendit la main et l'attira auprès de lui.

— Aude, permets-moi de te présenter le frère Reinfrid.

Il la tenait par la taille, fermement et gentiment à la fois. Peut-être se trompait-elle, mais il paraissait moins tendu que lorsqu'il était sorti du lit sous les regards de tous.

A cette idée, un peu de sa nervosité s'envola.

— Bonjour, mon frère, dit-elle courtoisement.

Le moine s'inclina.

— Dame Aude.

— Etes-vous venu de Normandie en compagnie du seigneur Edouard, frère Reinfrid ?

— En effet, répliqua Edouard, l'air agacé, à la place du moine. Cependant, je ne pense pas que cela te concerne, Aude.

Heureusement, Hugh vint à son secours.

— Edouard, si Aude doit devenir mon épouse, la discussion que nous allons avoir la concerne aussi.

— Tu connais mon opinion là-dessus, grommela Edouard. Je n'ai jamais voulu qu'Aude soit impliquée dans tes problèmes. Je pense à sa sécurité, moi.

— A partir de maintenant, sa sécurité me concerne tout autant.

— Si tu te soucies tant de sa sécurité, pourquoi être venu à Alfold ?

— Tu sais très bien pourquoi, répliqua Hugh en lançant un rapide coup d'œil à Aude. Gil était blessé et avait besoin de soins que j'étais incapable de lui prodiguer.

Aude sentit de nouveau son sixième sens s'éveiller. Que signifiait réellement la réaction d'Edouard ? Quelque chose de sombre se déroulait entre eux. Elle avait l'étrange impression que deux discussions distinctes avaient lieu et qu'elle n'en percevait qu'une.

— Mon Dieu, Hugh ! Si Gil avait besoin de soins, est-ce que cela voulait dire que tu devais passer la nuit avec ma sœur ? s'exclama soudain Edouard, hors de lui.

Hugh soupira.

— Ce n'était pas prévu. Je peux te jurer que je n'avais aucune intention de rester jusqu'au matin.

— Alors pourquoi n'es-tu pas parti ?

— Nous étions en train de parler, et je me suis endormi.

Le frère Reinfrid les observait avec attention.

— Dois-je comprendre, dit-il, que non seulement vous

avez fait une annonce publique de votre union, mais qu'en plus vous avez passé la nuit ensemble ?

Hugh acquiesça.

— Oui, mon frère.

— Dans ce cas, et toute autre considération mise à part, je me dois de vous prévenir du péril dans lequel se trouvent vos âmes tant que cette union ne sera pas bénie.

— Mon frère, ce n'est pas vrai ! protesta Aude. Un mariage est officiel, même s'il n'est pas béni. Tout le monde le sait.

Intriguée, elle se demanda une nouvelle fois ce qu'on lui cachait. Le moine avait étrangement insisté sur les mots « toute autre considération mise à part »... Elle devait à tout prix découvrir le secret qui liait Hugh et son frère. En attendant, elle ne pouvait se contenter de rester à l'écart pendant que les deux hommes discutaient de son avenir sans la consulter ! Après tout, elle n'était plus une enfant.

En face d'elle, le frère Reinfrid croisa les bras, l'air sévère.

— Dame Aude, dit-il, vous avez raison. La bénédiction n'est pas obligatoire pour qu'un mariage soit reconnu. Mais c'est un état de choses contre lequel l'Eglise lutte par tous les moyens. Le mariage n'est pas à prendre à la légère. Pourquoi ne voulez-vous pas que l'Eglise vous apporte son aide dans la construction de votre vie future ?

Derrière elle, Hugh grommela à voix basse :

— L'Eglise est toujours aussi pressée d'étendre son influence...

Elle se retourna, surprise par tant d'amertume, mais il affichait une expression impassible.

— Qu'essayez-vous de me dire, mon frère ? demanda-t-il sèchement. Que si j'annonce officiellement mon mariage avec Aude, elle se trouvera en danger en raison de ses liens avec moi, mais que si je ne fais rien, son âme sera perdue ?

Edouard éclata de rire.

— Quoi que tu fasses, Hugh, tu es damné !

— Oui, il semblerait que nous ayons un terrible choix à faire… D'un côté, la vertu d'Aude pourra être sauvée par notre mariage ; de l'autre, ce mariage pourrait la mettre en danger. Un jour, quelqu'un pourrait très bien venir l'accuser d'aider un traître.

Un terrible choix, en effet, songea Aude. Lui pardonnerait-il un jour ce qu'elle venait de faire ?

Edouard soupira et les regarda un instant en silence avant de demander :

— Que désirez-vous réellement faire, tous les deux ? Je n'aime pas vous voir en position si délicate, et j'aurais préféré que vous fassiez les choses correctement. Mais je comprends bien que, vu les circonstances, c'était impossible. Alors, répondez-moi sincèrement, et sachez que, quoi que vous décidiez, je vous soutiendrai.

Aude le dévisagea avec stupéfaction. Croyait-il vraiment que Hugh était amoureux d'elle ? Non. Il devait bien se rendre compte qu'il ne faisait cela que pour la tirer de la situation délicate dans laquelle elle s'était mise. Il ne l'aimait pas ; il agissait noblement, c'était tout.

— Merci, Edouard, répondit Hugh avec l'un de ses petits sourires froids. Pour ma part, je tiens à ce mariage. Bien sûr, je ne suis pas vraiment en position de me marier, mais puisque nous nous trouvons à présent dans une situation impossible, je ferai avec.

« Une situation impossible » ? « Je ferai avec » ? Aude sentit son cœur se briser. Disait-il la vérité ? Si seulement elle pouvait déchiffrer ses émotions ! Mais ses grands yeux, gris en cet instant, ne trahissaient aucune de ses pensées. Il se contentait de la regarder, attendant sa réponse. Ce n'était pas bon signe.

Ravalant ses doutes, elle murmura :

— Moi aussi, je désire voir ce mariage rendu officiel.

Le père Ambroise se frotta les mains d'un air satisfait.

— Très bien, célébrons donc cette union.

Le cœur d'Aude fit un bond.

— Ici ? Maintenant ?

— Pourquoi pas ? intervint Edouard impatiemment. Ce n'est pas parce que vous avez mis la charrue avant les bœufs que vous devez vous soustraire à la bénédiction de l'Eglise. Allons, mon père, finissons-en !

Aude ferma les yeux et pria de toute son âme pour que Hugh ait dit la vérité ; qu'il souhaitait vraiment voir leur « mariage » rendu officiel.

— Si tu es heureuse comme cela, Gamine, alors moi aussi, dit-il avant de passer la main sur sa joue barbue. Mais j'aurais tout de même aimé avoir le temps de me laver, de me raser et de changer de vêtements avant de me présenter devant l'autel...

Aude détourna les yeux, embarrassée. Elle épouserait Hugh même s'il était en haillons. Si seulement il savait... Si seulement il l'aimait comme elle l'aimait, et pouvait enfin retrouver son rang !

— Tu pourras te laver et te changer dès que possible, répondit-elle. Et nous aurons un véritable festin, je te le promets.

La cérémonie s'acheva avant même qu'Aude ait eu réellement le temps de se rendre compte de ce qui se passait.

La matinée se déroula aussi comme dans un tourbillon. Tout le village semblait pris de frénésie pour préparer la fête du soir.

Sa fête de noces...

Elle voulut aider, mais personne ne la laissa faire.

— Asseyez-vous là, ma dame, lui dit fermement Edwige en lui indiquant un banc, en plein soleil. Ne faites rien.

— Mais je *veux* participer ! protesta-t-elle.

Comprenant finalement qu'elle n'avait aucune chance de faire changer d'avis sa suivante ou Louise, qui les avait accompagnées dehors, elle s'assit sur le banc.

— Nous avons besoin de place pour travailler, reprit Edwige. Restez là et profitez de la chaleur.

Aude acquiesça.

Au moins, seule ici, elle allait pouvoir réfléchir aux conséquences de ce mariage… Plus le temps passait, plus ce qu'elle avait si audacieusement fait, quelques heures plus tôt, lui paraissait impulsif et imprudent.

Avait-elle pris la bonne décision ? Hugh lui en voudrait-il de l'avoir entraîné dans un mariage qu'il n'avait pas désiré ? Lui en voulait-il déjà ? Bien sûr, quand toute l'effervescence se serait apaisée, elle lui proposerait une annulation… Elle n'avait évidemment aucune envie d'annuler, mais si cela pouvait empêcher Hugh de la haïr, elle le ferait sans hésiter.

Non ! A quoi pensait-elle ? Une annulation ? Elle aimait Hugh plus que tout, et jamais elle ne supporterait de le perdre. Mais si c'était lui qui demandait l'annulation…

En attendant, ce ne serait peut-être pas une mauvaise chose, pour Hugh, d'être connu comme son époux — même si ce ne devait être que temporaire. Cela lui donnerait une raison légitime de rester dans le Wessex et un nouveau nom : Hugh d'Alfold. Seigneur ! Que cela sonnait anglais ! Personne n'irait penser que Hugh d'Alfold et Hugh Duclair, comte de Freyncourt, étaient une seule et même personne…

Oui, finalement, elle avait peut-être pris la bonne décision, après tout. Cependant, elle ne parvenait pas à oublier le regard glacial qu'il lui avait lancé lorsqu'elle avait annoncé leur union.

Une petite voix un peu timide la tira de ses pensées.

— Ma dame ?

Une fillette blonde aux cheveux tressés se tenait devant elle et lui tendait un petit bouquet de soucis et de brins de lavande, sans doute cueillis dans le jardin familial et maladroitement liés par quelques brins de paille.

— C'est pour moi ? demanda Aude, émue, en prenant précautionneusement le bouquet qui menaçait de se défaire entre ses doigts. Merci beaucoup. Quel est ton nom ?

— Fritha, ma dame.

La fillette sourit et retourna en courant auprès de la femme qui la surveillait depuis le seuil d'un cottage, de l'autre côté de la place. Elle avait les cheveux aussi clairs que ceux de sa fille, et était terriblement maigre. Lorsque Aude croisa son regard, elle se souvint qu'on lui avait raconté que cette femme était veuve ; elle avait perdu son époux durant ce que les villageois appelaient la Grande Bataille, la bataille de Hastings. La femme lui fit un bref sourire et un petit signe de tête, plus timide que brusque, avant de disparaître dans le cottage.

Il y avait du progrès, songea Aude, le cœur plus léger. Deux jours plus tôt, cette femme avait ignoré son salut lorsqu'elles s'étaient croisées dans le village.

Elle laissa son regard errer sur son domaine. Des gardes se tenaient dans le poste de guet, et une partie des villageois travaillaient dans les champs alentour. D'autres, à en croire le battement rythmique des fléaux qui résonnait entre les maisons et les nuages de poussière qui sortaient par les portes ouvertes, devaient se trouver dans les granges.

Edouard et Hugh sortirent de la grande maison.

Hugh croisa son regard et lui fit un grand signe de la main.

— Nous allons à la rivière pour nager un peu et nous laver, lança-t-il.

Elle remarqua alors qu'il portait, plié sur son bras, ce qui ressemblait à la tunique rouge de son frère — sa plus précieuse tunique. Elle répondit d'un signe de tête et les deux hommes disparurent derrière la demeure. Au même instant,

Oswy, son bras enfin libéré de ses bandages, approcha. Il tenait une ceinture de lacets tressés.

— Ma mère m'a demandé de vous donner ceci, ma dame, dit-il avant de baisser la voix. Elle avait peur que vous ne la trouviez pas digne de vous, mais c'est la plus belle qu'elle ait…

La ceinture était rose et bleu, ornée de fils clairs.

— Dis à ta mère qu'elle est magnifique, répondit-elle. Je l'aime beaucoup…

Oswy sourit et fit volte-face, mais Aude l'arrêta.

— Oswy, attends… Comment va ton épaule ?

— Beaucoup mieux, ma dame ! dit-il en faisant un grand geste du bras.

— J'en suis heureuse. Oswy ?

— Oui, ma dame ?

Aude fit un petit signe en direction de sa maison qui bourdonnait d'activité, d'une charrette qui livrait les marchandises de dernière minute depuis Winchester, et de la fumée qui s'échappait de la cheminée des cuisines.

— Il va y avoir un festin, ce soir, dit-elle.

— Oui, ma dame.

— S'il te plaît, peux-tu t'assurer que ta mère soit prévenue ? J'aimerais beaucoup qu'elle vienne. Et invite les autres villageois de ma part.

— Tous les autres ? demanda le garçon, visiblement surpris.

— Oui, j'espère bien qu'ils accepteront de venir.

A ces mots, une étincelle traversa le regard d'Oswy.

— Je leur dirai, ma dame !

Au fil de la matinée, de plus en plus de personnes vinrent la voir sur son banc. Certaines apportaient des cadeaux, d'autres lui offrirent leurs hommages et, dès midi, elle se sentait comme une reine. Elle parvint presque à chasser ses soucis. Quelque chose, dans son mariage avec Hugh, semblait lui attirer la sympathie des villageois. Même ceux qui s'étaient jusque-là montrés les plus distants vinrent se présenter à elle.

Soudain, elle entendit quelqu'un se racler timidement la gorge à son côté. Le meunier se tenait près d'elle, l'air un peu embarrassé.

— Bonjour, dit-elle.

Depuis son arrivée, il avait toujours été réservé et froid en sa présence.

— Bonjour, ma dame. J'ai appris que vous avez épousé ce Hugh, qui a soigné Oswy et organisé les tours de garde…

— En effet, répondit-elle. Puis-je vous demander de parler un peu moins vite ? Je comprends mieux l'anglais, quand on me parle doucement.

— Bien, ma dame. Je suis venu vous féliciter. Je voulais aussi vous parler : les meules ont besoin d'être polies. Quand vous aurez un moment, dans les prochains jours, pourriez-vous demander à votre époux de faire venir le tailleur de pierre ?

— Bien entendu. J'espère vous voir à la fête, ce soir.

— Merci, ma dame.

Tandis que le meunier s'éloignait, l'aubergiste s'approcha avec un pichet rempli qu'elle tendit à Aude.

— Tenez, ma dame.

Aude but une gorgée. Elle avait déjà goûté à la bière anglaise et ne la trouvait généralement pas trop à son goût. Mais celle-ci était vraiment bonne.

Elle sourit.

— Vous faites une très bonne bière. Elle a beaucoup de parfum et est très rafraîchissante. Merci beaucoup…

— De rien, ma dame. Ce ne doit pas être amusant d'être bannie comme cela.

— B… Bannie ? s'étrangla Aude.

L'aubergiste la dévisagea d'un air surpris.

— Bannie de votre demeure, ma dame, reprit-elle. Seigneur ! A quoi pensiez-vous donc ?

Heureusement pour Aude, elle n'eut pas à répondre car Hugh et Edouard apparurent au bout du chemin conduisant à la rivière. Ils avaient les cheveux humides et riaient comme s'ils étaient encore deux jeunes garçons qui s'amusent ensemble.

En voyant Edouard et Hugh approcher, elle s'aperçut qu'ils semblaient étrangement à l'aise ensemble. Son frère ne lui avait-il pas dit, lorsqu'ils étaient à Jumièges, qu'ils ne devaient plus parler à Hugh ? Intriguée, elle but une nouvelle gorgée de bière. Edouard avait-il réellement tourné le dos à son vieil ami à un moment ou à un autre ? Cela paraissait peu probable, vu leur ancienne relation. La distance qu'ils avaient prétendu maintenir entre eux n'avait dû être qu'un leurre…

Tandis qu'elle les regardait, Edouard donna une claque dans le dos de Hugh : ils ressemblaient vraiment à deux hommes qui s'entendent parfaitement.

Pourtant, elle les avait bien trouvés en pleine dispute, dans l'église. Sur quoi portait leur querelle ? Et quels étaient les non-dits qu'elle percevait en permanence entre eux ? Soudain, un voile se leva : Hugh n'était pas venu à Alfold parce qu'il se souciait d'elle, mais pour y retrouver son frère !

Troublée, elle eut du mal à répondre à leur signe de tête mais elle fut incapable de les quitter des yeux tandis qu'ils poursuivaient leur chemin en direction de la cabane qui flanquait la cuisine, le lavoir. Hugh avait émis le souhait de prendre un bain après s'être détendu à la rivière, et de l'eau chaude avait été préparée pour eux. Elle aurait payé cher pour les suivre là-bas et découvrir ce qu'ils lui cachaient encore, mais évidemment, c'était impossible.

Elle ne pouvait s'empêcher de se demander ce qu'ils lui cachaient encore.

Son frère était-il réellement venu à Alfold pour la voir, elle ? Etait-ce la vraie raison de son voyage ? Elle l'avait supposé à son arrivée ; maintenant, elle commençait à en douter…

Au moins, le fait de devoir rester assise sur son banc lui donnait-il du temps pour réfléchir.

L'amour de son frère pour elle pouvait être la raison qui l'avait poussé à venir à Alfold. Mais n'était-il pas plutôt là pour une autre raison ? Savait-il que Hugh se cacherait à proximité ?

Oui, elle en aurait mis sa main au feu. Il était venu pour rencontrer son ami. Sans doute même avaient-ils décidé de ce rendez-vous à Jumièges. Et si Edouard était là pour voir Hugh, il était logique de penser que Hugh était venu pour voir Edouard, et non elle.

Dans ce cas, que devait-elle penser des événements de ces derniers jours ? Que devait-elle penser des baisers enflammés de Hugh, des moments qu'ils avaient passés ensemble ? Elle avait espéré que Hugh en viendrait à partager ses sentiments et, une fois encore, elle s'était trompée.

Hugh ne ressentait rien pour elle, il l'avait utilisée ! Obnubilée par son charme, elle avait oublié à quel point il pouvait se montrer brusque. Pourtant, à Jumièges, il n'avait pas hésité à lui voler sa place sur son bateau, deux fois de suite, lorsqu'il en avait eu besoin. Quelle idiote ! Quand donc retiendrait-elle la leçon ?

Les hommes ne faisaient que cela : utiliser les femmes !

Edouard l'avait utilisée pour essayer de nouer de bonnes alliances par le mariage ; tout d'abord avec Martin qui, malgré sa gentillesse, l'avait aussi utilisée pour dissimuler sa relation avec le seigneur Jean. Ensuite, Richard l'avait repoussée sans scrupule lorsqu'il avait voulu épouser Emma de Fulford. Puis, le seigneur Olivier était apparu, sans doute choisi par Edouard parce qu'il était un chevalier sans terres et que cela aurait pu éveiller la sensibilité d'Aude après la vie qu'elle avait vécue avec son père.

Enfin, il y avait Hugh... Hugh était venu à Alfold pour y retrouver Edouard, c'était certain, mais il n'avait pas hésité un instant à lui demander de veiller sur Louise. Lorsque Gil avait été blessé, il était revenu lui demander son aide au pas de course. Bien sûr, elle avait été ravie de l'aider, mais il y avait une différence entre aider un ami et découvrir qu'on avait été utilisée par un homme autoritaire ayant pour seule ambition de retrouver son rang...

La voix de l'aubergiste la tira de ses pensées.

— Ma dame ? Est-ce que tout va bien ?

— Oui, ne vous en faites pas, répondit Aude en s'efforçant de paraître heureuse.

De quoi parlaient Hugh et Edouard, en ce moment, dans le lavoir ? Dire qu'elle s'était inquiétée de la réaction de son frère lorsqu'il découvrirait qu'elle était restée amie avec Hugh en dépit de son interdiction ! Elle avait été bien naïve. L'arrivée d'Edouard à Alfold ne pouvait signifier qu'une chose...

Avant que Hugh ne quitte Jumièges, il avait dû prévoir ce rendez-vous avec Edouard. Et bien qu'il lui ait interdit de parler à Hugh, ils étaient restés amis pendant tout ce temps. A présent, elle revoyait le passé d'un œil neuf : il y avait eu des signes de leur entente. Elle se rappelait vaguement avoir surpris un échange de regards entre eux, sur la jetée, mais elle l'avait ignoré.

— Ils se sont moqués de moi, marmonna-t-elle.

— Qu'y a-t-il, ma dame ? demanda l'aubergiste.

Surprise de la trouver encore là, Aude s'excusa :

— Je vous demande pardon ; je réfléchissais à voix haute.

Hugh et Edouard avaient travaillé ensemble dès le début !

Elle s'était enfermée dans un rêve, en croyant que Hugh était vraiment venu pour la voir et qu'il lui faisait confiance.

Aucun homme ne faisait jamais confiance à une femme. Même le meunier d'Alfold exigeait de parler avec un homme quand il s'agissait de s'occuper de ses meules !

— Votre nouvel époux est un bel homme, ma dame, remarqua l'aubergiste.

Aude lui jeta un coup d'œil soupçonneux, mais la femme avait une expression bienveillante qui l'apaisa.

— Oui, il est beau, admit-elle avec une soudaine tristesse. Je l'ai toujours trouvé séduisant…

— Vous le connaissez depuis longtemps ?

Aude faillit répondre, mais elle se retint. Si elle en disait trop, elle risquait de le mettre en danger. Finalement, elle ramassa les fleurs de Fritha qu'elle avait posées sur le banc et invita l'aubergiste à s'asseoir.

Immédiatement, le visage de la femme s'illumina et elle prit place avec un tel enthousiasme qu'Aude s'en voulut de sa maladresse ; elle aurait dû faire cela plus tôt.

— Vous êtes très gentille, dit l'aubergiste en souriant.

— Tout le monde semble heureux de mon mariage…

Au moins, son anglais était à présent assez bon pour tenir une conversation simple.

— Oh oui, ma dame. Ce Hugh de Jumièges semble être un homme bien. Il a si bien soigné Oswy ! Ce sera agréable de voir Alfold entre les mains d'un homme pratique, sensé… Et son savoir militaire nous sera utile aussi. Pour être honnête, tous les villages ont besoin de bonnes défenses, en ce moment.

Bien sûr, pour les Saxons vivant à Alfold, Hugh n'était qu'un homme ordinaire — Hugh de Jumièges. Ils ne se doutaient pas qu'il s'agissait en fait d'un puissant comte normand. Tant qu'il se ferait passer pour un homme ordinaire, il n'aurait aucune difficulté à se couler dans la vie quotidienne du village. Depuis la mort de leur seigneur, les villageois avaient dû vivre dans la peur de voir quelque seigneur normand réclamer le domaine.

Si tout le monde se montrait aimable envers Hugh, ce n'était que parce qu'ils ignoraient que Hugh en était un. Aude n'avait aucune certitude quant au caractère de Frideric, l'ancien seigneur, mais d'après le comportement des villageois, il devait avoir été proche de ses gens. Il ne s'était sans doute pas tenu à l'écart comme un seigneur hautain décidé à exploiter la richesse de ses terres à des fins personnelles.

La prétendue simplicité de Hugh jouait donc en sa faveur ; cela et sa gentillesse, son efficacité pour soigner de jeunes garçons tombés des toits.

Sa gentillesse et son efficacité… Elle soupira. Hugh n'était pas qu'un homme brusque.

L'estomac soudain barbouillé — mais son malaise n'avait rien à voir avec la boisson — elle rendit le pichet de bière à l'aubergiste avec un sourire poli.

Ce soir, Hugh et elle partageraient le même lit en tant qu'époux pour la première fois.

Avait-elle pris la bonne décision ?

Ce soir, elle lui demanderait sans détour pour quelle raison il était venu. Pour la voir ou pour voir son frère ? Elle devait lui faire admettre la vérité !

Ce soir, quand ils se retireraient pour la nuit…

Chapitre 13

La soirée battait son plein quand, assourdie par le brouhaha des conversations et des rires, Aude effleura la main de Hugh.

— Je vais me retirer…

— Je t'accompagne, dit-il.

Après avoir souhaité une bonne nuit à tout le monde, elle se glissa entre les rideaux de son lit et s'assit sur le matelas, suivie par Hugh qui referma derrière lui.

Le petit espace clos était éclairé par deux lanternes accrochées à des clous sur les montants, et le halo cuivré qu'elles jetaient sur les couvertures donnait au lit une atmosphère d'intimité qui fit prendre conscience à Aude de la réalité de la situation : elle était mariée à Hugh. Tous deux étaient vêtus avec soin. Elle portait une robe de soie bleue et un voile clair ; lui, la tunique rouge d'Edouard. Malgré cela, elle se sentait aussi intimidée que s'ils étaient nus comme des vers…

— Souhaites-tu du vin, mon épouse ? demanda-t-il d'un ton si froid qu'elle frémit.

Quelqu'un, Louise ou Edwige sans doute, avait déposé un flacon de vin et deux coupes sur l'étagère de la cloison. Les draps avaient été changés et parfumés à la lavande. On avait même déposé le petit bouquet de Fritha au milieu du lit. Hugh s'assit dans un coin.

— Non, merci, répondit-elle.

Comme elle ne pouvait faire la paix avec Hugh en public, sa nervosité durant le festin avait été telle qu'elle n'avait presque rien pu manger. En revanche, elle avait peut-être déjà bu trop de vin. Elle n'avait pas non plus pu questionner son frère, mais elle était certaine que lui et Hugh avaient passé un accord depuis très longtemps. Elle était pour ainsi dire sûre qu'ils étaient déjà alliés lorsque Edouard et elle avaient rencontré Hugh à Jumièges et qu'elle avait reçu l'ordre de ne pas lui parler. Leur manque de confiance en elle était inacceptable, et elle devait à tout prix arracher la vérité à Hugh dès à présent.

Tandis qu'elle réfléchissait, il prit l'une des lanternes et souffla la flamme. Dans son mouvement, sa tunique souligna de plus près les courbes de ses muscles. Mais il n'avait pas fait cela pour lui montrer ses larges épaules ; il était simplement plus musclé qu'Edouard, et la plupart de ses vêtements avaient dû rester à Freyncourt quand il était parti.

Aude baissa les yeux, mais fut incapable de se détourner entièrement de lui ; elle se rappela son torse nu tandis qu'il débarquait ses bagages de la barge, sur la jetée de Jumièges… Elle avait épousé le plus bel homme qui soit et, ce soir, il était plus séduisant que jamais. Elle avait toujours ressenti une vague impression de danger en sa présence, un danger étonnamment attirant. Curieusement, le fait qu'il puisse lui en vouloir pour ce mariage ne l'effrayait pas. Au contraire, elle sentait monter en elle une sorte d'excitation nerveuse…

Elle ne parvenait toujours pas à réaliser que, ce soir, il était à elle. Hélas ! il était sans doute toujours en colère et elle avait toujours maintes questions à lui poser.

La bonne humeur qui régnait dans la grande salle durerait sans doute encore un long moment. Les tables n'avaient pas été débarrassées, et seul Gil était déjà allé se coucher. La porte d'entrée claqua tout à coup et les rideaux du lit voletèrent dans un courant d'air frais tandis qu'un tonnerre d'applaudissements s'élevait dans la salle.

— Ils ont dû apporter plus de nourriture, murmura Aude.

— Ou mis un nouveau tonneau de bière en perce.

Hugh s'étira et elle dut se faire violence pour ne pas laisser son regard s'attarder sur la forme ferme de ses cuisses. Il n'avait pas retiré ses bottes, mais elle était trop intimidée pour le lui faire remarquer. Une nouvelle angoisse la gagna soudain.

— Hugh, souffla-t-elle, tu ne crois pas qu'ils vont… s'amuser à nous déranger, cette nuit ?

— Je ne pense pas, répondit-il d'une voix rassurante. Tes gens ne nous connaissent pas assez pour cela, et j'ai touché un mot à ton frère. Personne ne nous dérangera.

Le feu aux joues, elle détourna les yeux et se mit à entortiller machinalement les rubans de sa robe autour de ses doigts. Le moment était peut-être venu de découvrir ce dont il avait parlé avec Edouard.

— Hugh ? fit-elle.

— Oui ? dit-il en posant sa main sur la sienne.

Elle sursauta, surprise. Pourtant, il lui avait souvent pris la main auparavant, mais ce soir, après la bénédiction du prêtre et la joie du festin, ce simple geste prenait un tout nouveau sens… Ils étaient mariés, à présent, et même si Hugh portait encore ses bottes, son regard en disait long sur ses intentions. Qu'il lui en veuille ou non, elle était au moins certaine d'une chose : à l'aube, elle ne serait plus vierge.

Le pouce de Hugh caressa doucement le bout de ses doigts, éveillant sur sa peau de petits picotements. Toutes les questions qu'elle aurait voulu lui poser s'effacèrent instantanément de son esprit, tout comme la colère de Hugh semblait avoir disparu. Son regard sévère et distant brillait d'une flamme sombre dont elle ne pouvait se détacher. Leurs silhouettes, soulignées par la flamme de la lanterne, se projetaient en ombres tremblantes sur les rideaux du pied du lit, si proches l'une de l'autre… Hugh, si grand, et elle, toute petite à côté de lui.

Allaient-ils bientôt s'unir plus intimement, par le corps comme par l'esprit ? Comment le savoir ? Au moins, en voyant le regard brûlant de Hugh posé sur elle, elle pouvait se permettre d'espérer un heureux dénouement à tout cela. Elle avait déjà vécu de nombreux rejets, dans sa vie — Martin avait aimé le seigneur Jean, Richard avait choisi d'épouser Emma de Fulford — mais Hugh, lui…

Le cœur battant, elle leva les yeux vers lui, sans vraiment savoir que dire.

— Aude, qu'y a-t-il ? demanda-t-il soudain.

Il n'était peut-être pas enchanté de leur mariage, mais au moins, il ne l'avait pas rejetée. Avait-elle réellement le droit d'espérer ?

— Hugh, commença-t-elle, intimidée. Edouard et toi, vous…

— Oublie Edouard, la coupa Hugh en lui lâchant la main.

Il observa sa ceinture, et le cercle qui retenait son voile.

— Tu portes beaucoup trop de vêtements, reprit-il.

Elle sentit un fourmillement s'éveiller au creux de ses reins. Lentement, comme s'il avait compris sa nervosité et était déterminé à ne pas la brusquer, Hugh souleva son cercle de son front, le déposa à côté d'elle, effleurant sa poitrine en se penchant vers l'étagère. Passant sous son voile, il lui embrassa doucement la joue.

Avec un sourire, il lui ôta son voile et le fit disparaître dans les plis de la couverture, puis ses longs doigts s'attardèrent sur sa ceinture.

— C'est très joli, murmura-t-il avec un petit sourire.

— Je… Oui. C'est un cadeau de l'une de mes… de l'une des villageoises.

— Je te félicite, Aude. Tu as réussi à gagner leur confiance. Ils t'aiment bien.

— Ils t'aiment aussi. Je pense qu'en général, ils en veulent encore aux Normands, mais…

Elle se tut brusquement, gênée ; elle bavardait comme une idiote ! Heureusement, cela ne semblait pas déranger Hugh.

Il se pencha sur elle, embrassant plusieurs fois ses joues, tout en défaisant ses tresses dont il disposa les mèches libérées sur ses épaules.

— J'aime voir tes cheveux refléter la lumière, dit-il à mi-voix avec un léger sourire.

Sa concentration sur elle chassa les dernières angoisses qu'elle avait. Quelle importance si Edouard et Hugh avaient conspiré ? Quelle importance s'ils lui cachaient des choses ? La colère de Hugh était inquiétante, bien sûr, mais il l'avait soutenue quand elle avait prétendu qu'ils s'étaient mariés ; il ne l'avait pas rejetée. Ce soir, tout ce qui comptait, c'était son regard sensuel qui la faisait fondre de bonheur… Le corps enflammé d'une chaleur enivrante, elle sourit à son tour. Ce soir était sa nuit de noces, et elle savait qu'elle allait y prendre plaisir.

Quant aux questions, elles pourraient attendre le matin.

— Aude…, souffla-t-il à son oreille.

Consciente de la présence de dizaines de personnes de l'autre côté du rideau, elle réprima un gémissement. Elle n'avait pas peur, pas de Hugh, en tout cas. Elle lisait du désir dans ses yeux assombris, mais aussi une certaine douceur et la chaleur qu'elle leur connaissait depuis son enfance.

Et de l'amour ? Le regard de Hugh exprimait-il de l'amour ? Son cœur se serra. Comment répondre à une telle question ? Quoi qu'il ressente, il se pencha sur elle et une mèche de cheveux tomba devant son visage. Du bout des doigts, elle la remit en place sans un mot.

Après leur nuit de noces, elle aurait sans doute le temps de lui parler.

Sa main chaude se glissa sous sa jupe de soie et se posa sur sa cuisse qu'il caressa avec tendresse, provoquant de délicieux petits frissons. Se laissant emporter par ses émotions, elle passa les doigts dans les cheveux de Hugh, l'attira contre elle, et l'embrassa.

Il lui mordilla la lèvre et, en quelques instants, dénoua les liens qui fermaient sa robe de son autre main et enveloppa son sein de sa paume.

Avec un soupir, cambrée vers lui, elle attrapa la ceinture de Hugh.

— Toi aussi, dit-elle, tu es trop habillé… Je veux te toucher. Je veux t'admirer.

— M'admirer ? répéta-t-il en rougissant légèrement.

Elle n'en crut pas ses yeux. Avec toute l'expérience qu'il avait, elle parvenait tout de même à l'embarrasser !

Il se racla la gorge et l'aida à dénouer sa ceinture puis tira sa tunique et sa chemise de ses chausses.

— Je ne pense pas que qui que ce soit ait jamais voulu m'admirer avant toi, dit-il.

Aude lui effleura le torse, ce torse si beau, chaque muscle sculpté par des années d'entraînement militaire et d'exercices. Fascinée, elle explora lentement ce mélange de douceur et de fermeté.

Hugh se mordilla la lèvre, les yeux plus sombres que jamais. Il la regardait comme s'il était prêt à la dévorer. Seigneur, qu'elle aimait ce regard ! Comme elle l'aimait, lui…

Elle faillit lui avouer ses sentiments mais se retint, le cœur serré. Hugh la regardait, les cheveux un peu décoiffés, les joues rougies, presque vulnérable. Et elle en était la cause… Elle, Aude de Crèvecœur, rendait Hugh vulnérable ! Ne pas lui dire qu'elle l'aimait, en cet instant, fut l'une des épreuves les plus difficiles qu'elle ait jamais eu à surmonter.

Un bruyant éclat de rire retentit dans la salle. Aude sursauta et jeta un coup d'œil vers le rideau du lit.

— Ne t'inquiète pas, Gamine, murmura Hugh d'une voix rauque. Personne ne nous dérangera.

— J'espère que tu as raison…

Hugh était sous le choc de tout ce qui s'était déroulé durant la journée mais, heureusement, Aude semblait ne pas s'en apercevoir. Et il n'allait certainement pas le lui avouer ! En douceur, il souleva sa robe pour la lui ôter, puis lui retira sa longue chemise. Elle ne résista pas. En fait, elle l'aida même. Une fois nue, elle se redressa comme si elle ne se rendait pas compte de l'effet qu'elle lui faisait et indiqua ses bottes d'un signe de tête.

Tandis qu'il observait ce corps si parfait, un feu brûlant s'alluma en lui et ils se mirent tous deux à batailler pour lui retirer ses bottes et dénouer les lacets de ses chausses. En vérité, Aude fit le plus gros du travail car il ne pouvait détacher ses yeux de cette peau claire, si laiteuse…

Il n'avait pas encore réussi à surmonter le choc qu'il avait éprouvé quand Aude avait — dans un moment de folie, au vu des dangers qui pesaient sur lui — annoncé leur mariage à la cantonade. Elle prenait déjà suffisamment de risques en côtoyant Hugh de Freyncourt et en l'accueillant chez elle. De là à déclarer qu'il était son époux… Seigneur ! Qu'allaient-ils faire ?

Ce mariage était peut-être une énorme erreur, mais il avait été incapable de protester face à Aude. Il avait toujours été fou d'elle. Comment aurait-il pu la repousser ? Elle n'avait pas eu une vie facile, mais maintenant elle avait au moins Alfold. Comment avait-il pu l'obliger à mentir devant ses propres gens ? A présent, il n'y avait plus aucune échappatoire. Dès l'instant où ils avaient été découverts ensemble dans ce lit, leur destin avait été scellé. Tout ce qu'il leur restait à faire était d'en tirer le meilleur parti possible.

Ce soir, tout cela lui paraissait soudain facile… Les cheveux d'Aude formaient un nuage flamboyant autour de son visage et son corps était allongé, abandonné sur le drap. Nue, elle paraissait encore plus fine et délicate, et il n'avait qu'à la regarder pour avoir envie d'explorer chaque parcelle de sa peau. Il la prit par la taille et l'attira contre lui. Elle semblait bien plus fragile qu'elle n'admettrait jamais de l'être.

Sans un mot, elle passa les bras autour de ses hanches, les mains glissées dans les plis de ses chausses jusqu'à effleurer ses fesses pour le rapprocher d'elle.

— Non, tu n'es pas fragile, murmura-t-il avant de pouvoir se retenir.

Les cheveux d'Aude coulaient le long de son dos et lui chatouillaient les mains ; chaque parcelle de son corps qui la touchait brûlait d'un feu incontrôlable.

— Tu as dit quelque chose ? demanda-t-elle.

Il ne répondit pas et se hâta de se débarrasser de ses chausses avant de s'étendre sur le matelas avec elle pour l'admirer en silence. Une nuée de taches de rousseur constellait sa poitrine, et il les embrassa en douceur.

— J'aime bien tes taches de rousseur…

Elle sourit et se pelotonna contre lui. Il commença à se détendre, à oublier le choc qui l'avait ébranlé toute la journée. Il était avec Aude, et elle était sa femme. Qu'importait le fait que ce mariage n'était pas prudent, pas raisonnable ; ils étaient là, ensemble.

— Qui aurait pensé que cela arriverait un jour, Gamine… songea-t-il à voix haute.

— Mmm ?

— Irrésistible, chuchota-t-il en lui caressant la cuisse.

Elle avait fermé les yeux et souriait de bien-être. Le souffle court, il l'admirait, brûlant de désir, presque incapable de réprimer ses pulsions.

— Aude, mon amour...

Il s'interrompit. Que venait-il de dire ? « Mon amour... » ? Bien sûr, il l'aimait beaucoup. Mais était-ce réellement de l'amour ?

Non, il ne ressentait pour elle que du désir, pur et simple. Il avait déjà ressenti cela en sa présence, et cela passerait, comme chaque fois.

Elle bougea doucement sous ses mains et ses cuisses s'entrouvrirent. Dans l'impossibilité de résister, il glissa ses doigts en elle. Au même instant, sa petite main se referma sur son sexe dressé et le pressa doucement, lui arrachant un gémissement. Elle l'attirait contre elle et se plaçait sous son corps.

Au prix d'un effort de volonté, il l'arrêta.

— Attends, mon amour, parvint-il à murmurer. Tu es vierge et tu n'es pas prête... Je... Je ne peux pas...

Mais Aude le pressait contre elle, sans le relâcher, et l'embrassait encore et encore... Finalement, il abandonna la lutte et laissa ses instincts le guider pour entrer en elle.

Elle gémit doucement tandis qu'il sentait la chaleur de son corps sous lui. Il se redressa alors sur les coudes et sonda, inquiet, son regard. Elle soupira et parut se détendre.

— Hugh..., dit-elle.

Son nom, rien que son nom. Puis, après un court silence, elle se remit à bouger, tentatrice, et il perdit tout contrôle de ses mouvements, s'abandonnant à son désir. Subitement, toutes les visions qu'il avait eues en imaginant Aude sur un lit lui parurent insignifiantes. Ces rêves n'avaient rien en commun avec la chaleur du corps qui se pressait contre le sien, ou le parfum musqué de son désir. Ces rêves n'avaient rien à voir avec la véritable Aude. Jamais il n'aurait pu deviner l'effet qu'aurait sur lui un simple reflet sur ses cheveux cuivrés, ou la sensation de sa peau douce contre la sienne.

Aude était bien là, avec lui, dans ce lit. Cette nuit était leur nuit de noces et, pour une fois, le monde se changeait en paradis.

Au bout de quelques instants, il s'écarta, souriant, animé d'une violente envie d'exprimer toute l'étendue de ses sentiments, mais elle s'agrippa à lui. Redressé sur un coude, il la repoussa doucement.

— Ne sois pas impatiente, mon amour, murmura-t-il.

Lentement, il reprit son mouvement de va-et-vient, tout en l'embrassant et en la caressant.

Finalement, elle frémit sous lui et il l'observa quand le plaisir l'emporta. Elle ferma les yeux, le souffle saccadé, traversée par une longue série de spasmes passionnés. Quelques secondes plus tard, une vague de plaisir le submergea lui aussi. Alors, il n'y eut plus de Hugh ni d'Aude, mais un seul être complet et comblé.

Ils avaient fait l'amour, et c'était merveilleux.

Hugh roula sur le dos et Aude se pelotonna contre lui, la tête sur son épaule. Les yeux mi-clos, elle sentait le regard de son époux sur elle, et cela lui faisait du bien. Au bout de quelques minutes, il tendit le bras pour éteindre la lanterne.

La nuit les enveloppa comme une couverture moelleuse, à peine éclairée par le faible halo des bougies de la salle qui perçait à travers l'épais rideau. Dans ce cocon, le brouhaha des invités lui parut lointain, comme s'ils étaient dans un autre monde.

Le sommeil la fuyait, et toutes les questions qui la tourmentaient lui revinrent.

— Hugh ? murmura-t-elle.

— Oui ?

Il rouvrit les yeux, lui caressa la joue, chassant de son visage une mèche de cheveux qu'il entortilla autour de son doigt.

— Quand tu es arrivé à Alfold, demanda-t-elle, tu espérais y trouver Edouard, n'est-ce pas ?

Le visage de Hugh s'assombrit.

— Hugh, insista-t-elle, mon frère est là pour t'aider, j'en suis certaine.

— Nous pourrons en parler demain, répondit-il avec un bâillement exagéré. Nous ferions mieux de dormir.

— Je te le demande parce que…

Elle faillit dire « je t'aime », mais se retint.

— … parce que je veux t'aider, moi aussi.

— Tu m'as déjà aidé plus que tu ne le crois, avec Gil et Louise.

— C'est bien peu, à mes yeux. Je veux t'aider comme mon frère t'a aidé. Je veux t'aider à retrouver la place qui est la tienne.

Comme il ne répondait toujours pas, elle lui donna une petite tape sur le torse.

— Je sais qu'Edouard et toi préparez quelque chose. Qu'est-ce que c'est ? Pourquoi ne me fais-tu pas confiance ?

— Ce n'est pas un problème de confiance, Aude.

— Vraiment ?

Hugh déposa gentiment sa main sur son front et lui sourit un peu tristement.

— Aude, tout ce que tu dois savoir, c'est que je tiens à toi et que je ne veux pas que tu sois impliquée dans…

— Pas impliquée ? murmura-t-elle, incrédule. Nous nous sommes mariés, Hugh !

Aude soupira. Comment se faisait-il que, quelques instants à peine auparavant, ils étaient unis, ne faisant plus qu'un avec délices et que, déjà, ils se disputaient ?

— Je t'en prie, Hugh, je sais qu'Edouard et toi êtes alliés. Pourquoi refuses-tu de me dire ce qui se passe entre vous ?

Les lèvres collées à ses cheveux, il lui caressa la joue.

— Puisque tu insistes, répondit-il, je vais te dire une chose. Ton frère et moi partons pour Winchester, dès demain.

— Tu vas rencontrer l'abbé de New Minster ? demanda-t-elle, angoissée.

Hugh acquiesça.

— Mais… n'est-ce pas dangereux ?

— Nous serons prudents, je te promets. Je n'ai pas l'intention de dévoiler mon identité à qui que ce soit tant que je ne serai pas sûr que c'est sans danger. En attendant, je me contenterai d'être Hugh de Jumièges ou, ajouta-t-il en la serrant contre lui, Hugh d'Alfold…

— Mais, Hugh…

La gorge serrée, elle prit une profonde inspiration.

— La dernière fois que tu es allé à Winchester, reprit-elle plus posément, les hommes de la garnison ont lâché une meute de chiens à tes trousses, et Gil… Seigneur, Hugh ! Comment peux-tu être sûr que cela ne se reproduira pas ?

Il la serra plus fort et lui embrassa le front. Sa main glissa plus bas pour se poser de façon possessive sur sa poitrine.

— Nous allons à Winchester pour apaiser tes angoisses.

Les doigts de Hugh glissèrent sur sa peau et, immédiatement, Aude perdit pied, l'esprit trouble et le corps envahi d'une chaleur soudaine.

Il se tourna et, appuyé sur un coude, étendit l'une de ses jambes en travers des siennes.

— Aude, embrasse-moi, murmura-t-il, les yeux brillants.

— N'as-tu pas dit, il y a quelques minutes, que nous devrions dormir ?

Il sourit.

— Je crois que j'ai une meilleure idée…

Il faisait tout pour la distraire, lui faire oublier ses questions, et il allait y parvenir ; son angoisse disparaissait peu à peu. Aude sentit le feu lui monter aux joues.

— Est-ce que c'est possible de le faire deux fois, comme cela ? demanda-t-elle, un peu surprise.

— Bien sûr, petite innocente. Et ta question prouve que tu as besoin d'une démonstration…

Il lui mordilla l'oreille, doucement, lui embrassa le creux du cou et descendit jusqu'à sa poitrine, inexorablement. Sa main se glissa jusqu'à sa hanche, envoyant dans le corps d'Aude des picotements de plaisir.

— Hugh, protesta-t-elle sans conviction. Oh oui, Hugh…

— Mon amour, souffla-t-il avec un sourire.

Se raccrochant à ses derniers lambeaux de raison, elle enfouit les mains dans les cheveux de Hugh et l'obligea à la regarder dans les yeux.

— Si Edouard et toi allez à Winchester demain matin, je vous accompagne.

Il murmura quelques mots inintelligibles et lui embrassa la gorge. Elle se sentait de nouveau brûlante de désir ; elle avait besoin de lui. La seule chose qu'elle voulait était se laisser emporter par les délices de ses caresses, mais elle parvint tout de même à conserver assez de lucidité pour parler.

— Hugh ?

— Oui ?

— Je vous accompagne, demain matin.

— Bonjour, ma dame !

Aude se réveilla en sursaut et découvrit le visage d'Edwige passé entre les rideaux.

— Je vous apporte de l'eau, ma dame.

Aude bâilla et tâtonna à côté d'elle. La place était vide ; seul un creux dans l'oreiller trahissait la présence de Hugh durant la nuit.

— Merci, Edwige, dit-elle.

Edwige se faufila dans l'étroit espace libre au pied du

lit et déposa une vasque d'eau fumante sur l'étagère. Une lumière pâle filtrait depuis la salle, et le bruit des couverts accompagné par un parfum alléchant de pain frais lui indiquèrent qu'il était l'heure du déjeuner.

Edwige décrocha une robe verte de la cloison et l'étendit sur son bras. Elle ouvrit ensuite un coffre qui grinça un peu.

— Voulez-vous porter votre voile sombre, aujourd'hui, ma dame ?

Hugh s'était levé tôt. Sa tunique — la tunique d'Edouard — n'était plus là. Soudain saisie d'un soupçon, Aude se redressa vivement.

Il n'aurait pas osé !

— Edwige, demanda-t-elle en tentant de paraître aussi calme que possible, où est mon époux ? Est-il en train de déjeuner ?

— Non, ma dame. Le seigneur… Votre époux est parti à l'aube.

— Comment ?

L'air étonné, Edwige la dévisagea, un voile gris à la main.

— Il ne vous en a pas parlé ? Votre époux et le seigneur Edouard sont partis pour Winchester.

— Non !

Aude se leva d'un bond et arracha robe et voile des mains de sa suivante.

— L'écuyer de mon frère les a-t-il accompagnés ?

— Non, ma dame.

— Et son second ?

— Non plus, ma dame, répondit Edwige, l'air de plus en plus éberlué.

Le cœur battant, Aude s'efforça de respirer posément.

— Et mes chevaliers ? J'imagine qu'ils ne sont pas partis avec eux, non plus.

— Non, ma dame, ils sont partis seuls.

— Bon Dieu !

Aude se pencha sur la vasque et se rafraîchit rapidement le visage sous le regard réprobateur de sa suivante. Edwige n'avait jamais approuvé ce genre de langage de la part d'Aude.

— Ne me regarde pas comme cela ! reprit Aude. Ils n'auraient jamais dû partir seuls !

— Je le sais, madame.

— Lace mon corsage, vite ! ordonna Aude après avoir enfilé sa robe en toute hâte.

Lorsque Edwige prit le voile pour le lui placer sur les cheveux, elle le lui retira des mains d'un geste sec.

— Je peux finir de me préparer. Trouve Raoul et le seigneur Olivier. Raconte-leur tout !

Elle lissa sa robe d'une main tremblante.

— Ou plutôt non. Demande-leur de seller deux chevaux immédiatement !

— Vous avez l'intention de suivre votre frère et votre époux ? demanda Edwige.

— Oui. Oui. Dépêche-toi, je t'en supplie !

Avec un bref salut, Edwige disparut entre les rideaux.

Quand Aude vit apparaître les remparts de Winchester, elle se tourna vers son compagnon. Depuis leur départ d'Alfold, ils avaient chevauché en silence.

— Seigneur Olivier, dit-elle, je suis heureuse que vous nous m'accompagniez. J'aurais été très fâchée si mon mariage m'avait fait perdre un bon chevalier.

Olivier lui lança un regard grave.

— A vrai dire, je n'en ai pas été ravi, ma dame. Mais vous avez toujours été honnête avec moi en me disant dès le début que vous n'aviez aucune intention de m'épouser. A présent, je sais pourquoi. J'imagine que vous connaissez votre époux depuis de nombreuses années, n'est-ce pas ?

Ils approchèrent de la rivière qui les séparait de l'une des portes de la ville et traversèrent le pont.

Le feu aux joues, elle jeta un coup d'œil gêné à Olivier. Quoi qu'elle prétende, ses sentiments pour Hugh semblaient évidents aux yeux de tous…

Embarrassée, elle se racla la gorge.

— Quoi qu'il arrive, j'apprécierais que vous restiez à Alfold, reprit-elle. J'ignore encore ce que mon époux décidera à l'avenir, mais j'aurai de toute manière besoin d'un homme de confiance pour agir en tant qu'intendant, à Alfold.

Olivier se tourna vers elle, un grand sourire aux lèvres.

— Merci, ma dame, j'en suis honoré. Sachez que je ferai de mon mieux pour ne pas vous décevoir, ni vous ni votre époux.

Aude acquiesça, le regard perdu en direction de la grande porte. Olivier n'avait pas souffert de son mariage et cela la soulageait plus qu'elle n'aurait pu le dire. Elle avait besoin d'un homme tel que lui pour l'aider à gérer son domaine. De plus, elle était heureuse d'avoir pu lui laisser croire que Hugh et elle avaient un futur à construire ensemble, malgré ses propres doutes.

Oh ! Seigneur ! Pourvu qu'elle ait eu raison…

Chapitre 14

Hugh et Edouard avaient atteint le cœur de Winchester sans problème et étaient arrivés à New Minster. A la porte de l'abbaye, on leur avait demandé de laisser leurs armes à l'entrée. Comme un refus aurait éveillé les soupçons, ils avaient abandonné leurs épées à la garde du portier avant de prendre la direction du scriptorium. Hugh espérait qu'ils n'auraient pas besoin de se défendre ; les moines qui vivaient là étaient sans aucun doute des hommes de paix.

Enfin, ils parvinrent au scriptorium, dont les portes grandes ouvertes laissaient voir des bureaux installés en demi-cercle pour profiter de la lumière du jour le plus longtemps possible. De nombreuses têtes tonsurées se levèrent à leur entrée.

Hugh balaya du regard les rangées de robes noires, de bureaux et de parchemins. Les cloches de la cathédrale se mirent à sonner, puis leur chant s'apaisa pour laisser place au grattement des plumes sur le vélin et au bourdonnement d'une grosse mouche sous le plafond.

La langue pointant entre ses lèvres, le moine le plus proche d'eux était occupé à souligner d'or la robe bleue d'un ange en haut d'une page. Hugh savait qu'un tel bleu était constitué de lapis-lazuli concassé, un matériau presque aussi précieux que l'or. Les manuscrits réalisés dans cette abbaye valaient plus que tous ceux de la chrétienté et cet ange, dans sa robe scintillante, finirait sans doute entre les mains de la reine Mathilde ou de l'un des évêques les plus puissants du monde connu.

Concentré sur son ouvrage, le moine n'avait pas levé les yeux.

— Excusez-moi, mon frère, dit Hugh à voix basse.

Le pinceau s'immobilisa et le moine leva vers lui des yeux plissés, trahissant des années de travail à ce bureau. Peut-être y voyait-il encore bien de près, lorsqu'il s'appliquait à ses enluminures, mais sa vision de loin semblait altérée.

— Où est l'abbé Wulfric ? demanda Hugh.

Pourvu que l'abbé puisse lui dire où se trouvait le frère Baldwin !

— L'abbé Wulfric ? Il n'est pas ici, répondit le moine.

Bon sang ! Hugh lança un regard à Edouard.

— On nous a pourtant dit que l'abbé était là, insista-t-il.

— Dans ce cas, on vous a mal informé, mon seigneur.

Un autre moine se leva de son siège et s'approcha en boitant légèrement, l'ourlet mité de sa robe traînant sur le sol poussiéreux. Ses joues rouges étaient ridées et son dos s'était voûté au fil des ans.

— Je m'occupe de cela, frère, dit-il à son compagnon qui se pencha de nouveau sur son ouvrage. L'abbé est au couvent de Sainte-Marie, ce matin, expliqua le vieux moine. Des novices s'apprêtent à prononcer leurs vœux, et l'abbé Wulfric officie.

Dans la cour, un chien aboya tout à coup et, sans aucune raison, Hugh sentit ses cheveux se dresser sur sa nuque.

Tout parut devenir plus net devant ses yeux. Le temps sembla s'étirer. Des flots de lumière continuaient à se déverser par la porte, lui chauffant le dos ; malgré cela, un froid glacial s'insinua en lui.

L'atmosphère du scriptorium paraissait toujours aussi paisible, mais il eut soudain l'impression que le moine assis près d'eux serrait son pinceau entre ses doigts avec trop de nervosité. Le calme de la salle était-il uniquement dû à la concentration ou bien à l'attente d'un orage en approche ? A moins que ce ne soit à la peur ?

Qu'est-ce que ces moines pouvaient bien craindre ?

A son côté, Edouard étouffa un juron. De toute évidence, il venait d'arriver à la même conclusion que lui.

— Un cul-de-sac, murmura-t-il. Nous sommes dans un cul-de-sac.

Simultanément, Edouard et lui cherchèrent leur épée à leur ceinture, en vain.

Le chien aboya de nouveau et Hugh entendit le claquement de bottes sur le dallage du couloir, accompagné par une série de cliquetis qu'il connaissait trop bien.

— Des soldats armés, souffla-t-il en se tournant vers la porte.

Dans le flot de soleil, une douzaine de soldats leur faisaient face, la lumière se reflétant sur leurs casques brillants. Ces hommes-là n'auraient aucun scrupule à tirer l'épée dans l'enceinte d'un monastère, songea Hugh.

S'efforçant de ne pas céder à la panique, il réfléchit. S'ils avaient été dans la cour, Edouard et lui auraient peut-être eu une chance de s'en sortir. Mais comment deux hommes désarmés pourraient-ils bien se défendre au sein d'un scriptorium plein de moines ? La moindre résistance de leur part risquerait de causer la mort d'innocents, d'hommes de Dieu.

Dans son dos, un moine réprima un cri. Des grincements de tabourets raclant sol retentirent tandis que les soldats les encerclaient.

Leur chef s'adressa directement à Hugh.

— Vous ! lança-t-il. Quel est votre nom ?

Hugh eut un instant d'hésitation. Il était hors de question qu'il donne son vrai nom, mais il détestait les faux-semblants et son instinct lui soufflait que l'homme connaissait déjà son identité.

Avant qu'il n'ait pu répondre, Edouard s'avança, un sourire aux lèvres.

— Il se nomme Hugh d'Alfold. Et si vous vous posez la question, je suis Edouard, comte de Corbeil, seigneur de Crèvecœur. Hugh est l'époux de ma sœur.

Après une courte pause, il poursuivit :

— Et vous, qui êtes-vous ?

— Capitaine Godfrey de Caen, répondit l'homme en les détaillant d'un regard perçant.

— Vous et vos hommes êtes des mercenaires ? demanda Hugh.

Si, comme il le pressentait, ces hommes connaissaient son vrai nom, il était possible qu'ils soient au service de l'évêque de Saint-Aubin. En tout cas, qui que soit celui qui les payait, c'était sans doute eux qui l'avaient pourchassé lors de sa précédente visite à Winchester — eux qui avaient blessé Gil…

— Qui vous paie ? demanda-t-il encore.

Le capitaine ignora ses questions avec un sourire cynique.

— Hugh d'Alfold ? lança-t-il. Je ne crois pas. Je pense plutôt m'adresser à Hugh Duclair, ancien comte de Freyncourt. Ce que je ne comprends pas, cependant, c'est ce que vous faites dans le Wessex.

Comment cet homme avait-il pu le reconnaître ? Quelqu'un d'Alfold l'avait-il trahi ? Qui aurait pu faire cela ? Le seigneur Ralph ? Le seigneur William ? Cela importait peu…

Hugh jeta un coup d'œil à la cour, derrière les soldats : même si Edouard et lui arrivaient jusque-là, les murs étaient trop hauts pour qu'ils puissent les franchir. De toute manière, au moindre mouvement, les mercenaires les attaqueraient. Il regarda un freux, noir et sinistre, traverser la cour.

La voix d'Edouard ramena son attention sur le groupe de soldats.

— Capitaine, vous vous trompez. Cet homme est bien Hugh d'Alfold.

Hugh réprima un juron. La loyauté d'Edouard à son égard le paralysait. Quoi qu'il fasse, il ne devait pas entraîner son ami dans sa chute et, ainsi encerclés par des mercenaires, la situation devenait délicate. S'il voulait protéger Edouard, il ne pouvait prendre le risque de tenter de fuir. Avec un dernier regard en direction des hommes du capitaine qui s'approchaient et du haut mur au-delà, il posa la main sur le bras d'Edouard pour le retenir.

— Cela suffit, dit-il posément. Il est temps de cesser de nier.

— Hugh, bon sang…

— Silence ! Edouard, ton amitié m'est précieuse, mais ceci est *mon* combat.

Il baissa la voix et reprit, dans l'espoir de le convaincre :

— Pense à toi, pense à Aude…

Le capitaine sourit d'un air triomphant et leva la pointe de son épée pour la lui appuyer sur la gorge.

— Dès que le roi apprendra que vous avez brisé les termes de votre bannissement, votre vie ne vaudra plus grand-chose. Vous ne devriez pas être ici.

Le vieux moine intervint, les mains levées en supplique.

— Je vous en prie, mes seigneurs, ne versez pas le sang dans la maison de Dieu !

Le capitaine répondit avec un petit rire mauvais.

— Ne craignez rien, mon frère, ce n'est pas à moi de faire couler le sang de cet homme. Nous allons le conduire au roi pour qu'il explique sa conduite ; le roi seul pourra décider de son sort.

Au même instant, un brouhaha s'éleva à la porte ; quelqu'un se frayait de force un passage entre les soldats.

— Ecartez-vous ! Ecartez-vous, s'il vous plaît !

Hugh reconnut immédiatement la voix d'Aude. Seigneur ! Que faisait-elle là ? Elle était censée être à Alfold, en sécurité !

Malgré le tumulte, la pointe de l'épée du capitaine resta pointée, glacée, contre sa gorge. A la porte, les soldats s'écartèrent dans un bruit de bottes et d'armures pour laisser passer Aude.

Hugh ne put réprimer un léger soupir. Quelle inconsciente ! Elle était déjà bien trop impliquée dans cette affaire.

Sans hésiter, comme à son habitude, elle s'avança vers le capitaine, la tête haute, suivie par le seigneur Olivier. Heureusement, elle avait eu le bon sens de se faire escorter.

Elle darda sur le capitaine un regard glacial que Hugh connaissait bien. Il l'avait vu pour la première fois lorsqu'elle n'était qu'une petite fille, en pleine dispute avec son frère.

— Monsieur, lança-t-elle d'une voix assurée, j'aimerais que vous m'expliquiez pourquoi vous tenez mon époux à la pointe de votre épée.

A sa grande surprise, Hugh la vit faire un geste impérieux en direction du capitaine. Sans un mot, celui-ci abaissa légèrement sa lame.

— Et vous êtes…

— Dame Aude d'Alfold. Et vous, qui êtes-vous ?

— Capitaine Godfrey de Caen.

Elle jeta un rapide regard alentour, en direction des moines tassés contre un mur et de ceux encore assis, leur plume suspendue au-dessus de leur parchemin. Finalement, elle fit un rapide signe de tête à Edouard puis à Hugh lui-même.

— Que se passe-t-il, capitaine ? reprit-elle.

— Votre époux est en état d'arrestation, répondit l'homme.

Elle pâlit sous son voile gris. Hugh aurait voulu la rejoindre, la prendre dans ses bras, mais l'épée du capitaine luisait toujours devant lui. En un instant, elle serait de nouveau sur sa gorge.

— Pourquoi ? demanda-t-elle d'une voix beaucoup plus faible, cette fois.

— L'ancien comte de Freyncourt a été banni des terres du roi. J'ai reçu l'ordre de m'assurer qu'il a bien pris conscience de l'illégalité de sa présence en Angleterre.

— Edouard, balbutia-t-elle en agrippant la manche de son frère. Est-ce qu'il n'y a rien que nous puissions faire ?

Edouard fit non de la tête.

— Nous n'avons aucun moyen d'aller contre des ordres du roi, Aude, répondit Hugh les poings serrés. Tu n'aurais pas dû venir. N'as-tu donc pas compris que je ne voulais pas de toi ici ?

Redressant la tête, elle posa sur lui un regard douloureux.

— Où serait ma place, si ce n'est à tes côtés ?

— Je ne voulais pas que tu viennes avec moi, c'est pour cela que je suis parti si tôt.

Pourvu qu'elle garde son calme ! Lui-même avait du mal à demeurer serein face à sa beauté. Si elle devait être blessée, il ne se le pardonnerait jamais.

— Capitaine, dit-il, vous pouvez baisser votre arme. Je vous suivrai sans difficultés ; je ne veux pas mettre ma femme et mes amis en danger.

L'homme écarta un peu sa lame.

— Le jurez-vous ?

— Oui. Sur la mémoire de mon père.

Lentement, l'épée s'abaissa.

— Si le roi apprend que vos amis sont venus vous soutenir, ils risquent d'être jugés en même temps que vous.

Saisi d'une soudaine angoisse, Hugh répliqua :

— Si je vous suis sans résister, je ne vois pas pourquoi les noms de mes amis devraient remonter jusqu'au roi.

Du coin de l'œil, il vit Aude ouvrir la bouche pour répliquer, mais Edouard la fit taire en lui saisissant le bras.

— Viens Aude, dit-il en faisant volte-face. Nous n'avons plus rien à faire ici.

Comme elle ne bougeait pas d'un pouce, Hugh réprima un juron.

— Non ! s'écria-t-elle. Edouard, nous ne pouvons pas accepter cela ! C'est hors de question !

Elle se libéra de la poigne de son frère et se planta devant le capitaine, son voile flottant autour de son visage.

— Etes-vous un homme du roi, capitaine ?

— Oui.

— Dans ce cas, j'imagine qu'il vous écoute.

— Il écoute mon commandant, répondit Godfrey.

— Si le roi connaissait réellement Hugh Duclair aussi bien que moi, reprit-elle, il ne pourrait croire en sa trahison.

Le soleil se refléta sur le casque du capitaine tandis qu'il secouait la tête.

— Ma dame, dit-il gravement, l'évêque de Saint-Aubin a entendu votre époux préparer un complot avec l'un des seigneurs flamands…

— L'évêque Osmund est un menteur, intervint Hugh le plus calmement qu'il put.

Le capitaine eut un hoquet de mépris et ses articulations blanchirent sur la poignée de son épée ; il ne garderait pas son calme très longtemps… Devant tant de témoins, des hommes de Dieu, il ne frapperait sans doute pas Aude, mais il valait mieux pour elle qu'elle s'éloigne de cet homme le plus vite possible.

Inquiet, Hugh sentit un filet de sueur glacée perler sur son front.

Décidé à plaider son innocence, il reprit d'une voix forte, pour que tous les moines l'entendent bien :

— L'évêque de Saint-Aubin m'a accusé pour s'assurer de conserver l'argent de mon père. Il n'était pas prêt à renoncer à la fortune de Freyncourt.

— La fortune ? dit le capitaine d'un air surpris. Je n'ai jamais entendu parler de fortune.

— Capitaine, vous savez sans doute qu'il est habituel de confier des objets de valeur à l'Eglise. Avant sa mort, mon père a remis des coffres d'argent aux bons soins de l'évêque Osmund, pensant qu'ils seraient en sécurité. Hélas ! il a eu foi en la mauvaise personne. Je ne suis pas en Angleterre pour causer du tort au roi, mais pour prouver mon innocence. Comment suis-je supposé le faire, si je demeure isolé au fin fond d'un pays inconnu ? J'avais besoin de venir ici en personne.

Le capitaine le dévisageait d'un œil noir.

— Vous mentez ! rétorqua-t-il. Votre histoire au sujet de l'or de Freyncourt n'est qu'un mensonge destiné à justifier votre présence ici tandis que vous œuvrez contre le roi.

Il se tourna vers l'un de ses hommes.

— Sergent ?

— Capitaine ?

— Emmenez cet homme. Nous devons lui arracher la vérité avant qu'il ne se présente à la cour. Le roi est absent pour le moment, mais à son retour…

— Non ! coupa Aude en agrippant la ceinture de Hugh. Vous ne pouvez pas l'emmener !

— Ecartez-vous, ma dame, ordonna le capitaine.

Le cœur serré, Hugh dut lui faire lâcher prise lui-même. Il la poussa en direction d'Edouard, puis laissa les soldats lui attacher les mains dans le dos.

— Capitaine, reprit-il aussi patiemment que possible, j'ai des preuves : un document signé et scellé. J'avais prévu de rassembler des témoins de la signature pour étayer ma défense mais, vu les circonstances, j'aimerais être conduit devant le roi. Je pourrai peut-être ainsi lui présenter cette preuve en personne.

Le capitaine ne voulut rien entendre. Il rengaina son arme d'un geste brusque.

— Vous êtes un menteur, répliqua-t-il. Le document dont vous parlez ne peut être qu'un faux.

— Bon sang, écoutez donc ! s'exclama Aude. Hugh n'est pas un menteur. S'il dit qu'il possède ce document, alors c'est la vérité !

Elle le croyait, songea Hugh, soulagé. Sa voix tremblait un peu, mais elle paraissait profondément convaincue de ce qu'elle disait.

Son cœur s'emballa : elle le croyait ! Une bonne chose avait finalement émergé de ce chaos de mensonges et de tromperies. Et cette chose, la confiance, scintillait à présent dans les yeux ambrés d'Aude fixés sur lui. Des yeux qui le hanteraient jusqu'à la fin de ses jours. Mais, au même instant, il surprit un regard mesquin de la part du capitaine — son dernier jour risquait d'arriver plus vite qu'il ne le croyait…

— Ce document, Hugh, le pressa soudain Aude, où est-il ?

— Il est…

Le poing du capitaine fusa soudain et Hugh eut à peine le temps de sentir une douleur cuisante traverser sa mâchoire avant de sombrer dans l'obscurité.

Aude s'élança pour amortir la chute de Hugh, mais son frère la devança. Hors d'elle, elle se tourna alors vers le capitaine.

— Espèce de brute ! Vous n'aviez pas besoin de faire cela !

— Au contraire, ma dame, dit-il sans sourciller. Cet homme a été banni, et tout ce qu'il dit est suspect. Emmenez-le ! ordonna-t-il à deux de ses hommes.

Les deux soldats le saisirent par les pieds et les épaules.

— Arrêtez ! protesta encore Aude.

Hélas ! elle savait très bien qu'elle gaspillait son énergie ; le capitaine semblait aussi inébranlable qu'un roc. Finalement, Edouard lui prit doucement le bras.

— Où l'emmenez-vous ? demanda encore Aude.

Un frisson glacé la secoua. Hugh avait été furieux en la voyant. Il n'avait pas voulu qu'elle l'accompagne ; même après leur mariage, leur nuit de noces, il ne lui faisait toujours pas confiance…

— A la prison de la garnison, répondit l'homme. Et si vous voulez un conseil, ma dame, demandez l'annulation de votre mariage dès que possible. Ceux qui sont accusés d'aider ou d'héberger des fugitifs sont sévèrement punis.

Il la dévisagea avec un sourire glacial et poursuivit :

— Rentrez chez vous, ma dame. Retournez à vos travaux d'aiguille. Si vous vous comportez bien dans les jours à venir, je suis certain que votre demande d'annulation sera favorablement reçue : personne ne peut vous tenir pour responsable d'avoir épousé un traître sous la contrainte.

Consciente de la pression de la main d'Edouard sur son bras qui la retenait autant qu'elle la soutenait, Aude se dirigea sans un mot vers le seuil et regarda les soldats emporter Hugh inanimé. Le capitaine les salua d'un air cynique et s'éloigna à son tour.

Tétanisée sur les marches, Aude les suivit du regard, entourée par son frère et Olivier. Au bout de quelques minutes, le bruit des pas des soldats disparut et elle n'entendit plus que le roucoulement de tourterelles sous le toit du scriptorium. L'espace d'un instant, elle eut l'impression de se retrouver à Beaumont, alors que Hugh était venu lui rendre visite, et les larmes lui montèrent aux yeux.

— Edouard, dit-elle, la gorge serrée, je n'aime pas ce capitaine. J'ai peur qu'il se serve de méthodes… peu scrupuleuses, pour interroger Hugh.

Edouard hésita un instant. Trop longtemps. Son silence fut la plus terrible des réponses.

— Tu penses à la même chose que moi, reprit-elle. Cet homme risque de torturer Hugh !

— Pas nécessairement, répondit son frère d'un air songeur. S'il faisait cela, il devrait en répondre à son commandant.

Une idée frappa soudain Aude. Pourquoi n'y avait-elle pas pensé plus tôt ?

— Le commandant de la garnison, bien sûr ! C'est cela que nous devons faire !

— Que veux-tu dire ? demanda Edouard, surpris.

— Nous devons nous rendre chez le seigneur Guy !

— Le seigneur Guy ?

— Oui. Guy de Mortain. Il commande la garnison de Winchester. L'as-tu déjà rencontré, Edouard ?

— Non, mais…

— Dans ce cas, nous devons aller au château et tu dois absolument lui rendre visite.

Le visage d'Edouard s'illumina d'un sourire.

— Très bonne idée, Aude, dit-il en lui prenant le bras. Viens avec moi.

En sortant de la cour, suivie par Olivier, elle jeta un coup d'œil à la croix gravée sous la voûte de pierre et pria pour que le seigneur Guy prenne leur parti. S'il refusait de les entendre, Hugh aurait très peu de chances de survivre à son entrevue avec le roi — et encore moins de faire la paix avec lui…

Durant le trajet entre l'abbaye et le château de Winchester l'esprit d'Aude flotta entre angoisse et confusion. Heureusement, Edouard et le seigneur Olivier étaient avec elle.

Dès que son frère avait pu récupérer son arme et celle de Hugh auprès du portier, ils avaient quitté les terres de l'abbaye. Aude était si pressée de voir le seigneur Guy qu'elle avait même failli renverser un pèlerin tandis qu'elle lançait son cheval au galop sur la route.

— Regardez où vous allez ! s'était écrié l'homme.

Elle avait vivement retenu sa monture.

— Je suis navrée, monsieur.

Le pèlerin lui avait adressé un sec signe de tête avant de rejoindre la longue file qui se pressait sous la porte du bâtiment principal pour aller se recueillir à l'autel de Saint-Swithun. Lorsque Aude était arrivée à Alfold, on lui avait dit que cet autel accordait des miracles.

— Nous devrions peut-être prier à l'autel, dit-elle presque pour elle-même.

Sa rencontre avec le pèlerin lui avait temporairement fait oublier son angoisse, mais Edouard lui jeta un regard sévère qui la ramena au présent.

— De quoi parles-tu ?

— On dit que cet autel réalise des miracles et nous en aurions bien besoin, en ce moment…

— Je préférerais garder foi en ce commandant, répondit-il.

— Et en la preuve de Hugh, ajouta-t-elle.

— Oui, bien sûr.

Ils avaient rapidement quitté l'enceinte de l'abbaye et rejoint Winchester. Le seigneur Guy avait ses quartiers dans les bâtiments de la garnison, mais sa résidence principale se trouvait dans le château, au sommet de la colline.

La rue du marché, grouillant de monde, grimpait le long de la butte. De toute évidence, Alfold n'était pas le seul village à avoir fait une bonne récolte, cette année. Lors des moissons, Winchester paraissait plus animé que Rouen. Partout, des charrettes transportaient du grain, et la rue étroite était encombrée d'étals tandis que les halles, proches, étaient envahies de chars et d'ânes peinant sous le poids des marchandises.

Aude et ses compagnons durent ralentir plusieurs fois pour

laisser passer des garçons chargés de sacs deux fois plus gros qu'eux, et des voitures à bras débordantes de pains et de tourtes à la viande fraîchement cuites. Plus loin, une fillette leur coupa la route, une grande cage à poules dans les bras.

A chaque retard, Aude sentait croître son impatience. Bien sûr, après la famine de l'année précédente, elle était heureuse de voir que la région ne manquerait pas de provisions cet hiver. Mais l'image de Hugh, traîné hors du scriptorium comme un paquet, ne la quittait pas. Qu'allait-il lui arriver ? Où se trouvait la prison de la garnison ? Est-ce que quelqu'un lui faisait du mal, en ce moment même ?

Puis d'autres questions, plus insidieuses, la troublèrent. S'il retrouvait son rang, Hugh pourrait-il en venir à l'aimer ? Non, c'était stupide. L'amour naissait avec la confiance et, manifestement, Hugh ne se fiait pas à elle !

Heureusement, en arrivant au château, leur chance commença à tourner : les gardes les laissèrent facilement passer. Ils traversèrent le pont-levis et entrèrent dans la basse cour. Aude avait à peine mis pied à terre qu'une troupe de soldats montés arriva derrière eux.

Le seigneur Guy !

Avec un profond soupir de soulagement, elle tendit ses rênes au seigneur Olivier.

— Voulez-vous bien vous en occuper ?

— Avec plaisir.

— Olivier, occupez-vous aussi de mon cheval, je vous prie, lança Edouard.

Si tout se déroulait comme elle l'espérait, elle devrait réussir à obtenir une entrevue avec le seigneur Guy sans trop de difficultés.

Le commandant mit pied à terre et laissa quelques écuyers se charger de sa monture et de celles de ses hommes, tandis qu'un autre vint récupérer son casque. Il fit alors courtoisement un baisemain à Aude.

— Veuillez excuser mon apparence, ma dame, dit-il. Je ne m'attendais pas à votre arrivée, mais c'est un plaisir. Je ne pensais pas que vous viendriez de nouveau me voir si rapidement…

— Je vous remercie de votre accueil, seigneur Guy, répondit-elle en s'efforçant de sourire. Je souhaitais vous présenter mon frère, Edouard, comte de Corbeil. Edouard, voici le seigneur Guy de Mortain.

Guy salua Edouard avant de leur faire signe de le suivre hors de la cour.

— Mon seigneur, c'est un honneur de vous rencontrer. Je n'ai pas beaucoup de temps, aujourd'hui, mais j'ai bien l'intention de prendre un moment pour me désaltérer. Est-ce que vous voudriez vous joindre à moi ?

— Volontiers, répondit Aude. Mais je dois vous prévenir : nous avons besoin de nous entretenir avec vous d'un problème urgent.

— Dans ce cas, suivez-moi, ma dame.

Edouard et elle le suivirent dans un grand hall. Les murs de pierre blanche étaient tendus de tapisseries richement ornées, et le sol recouvert de joncs fraîchement coupés. Une épaisse fumée s'élevait de l'âtre, au centre de la pièce, et, derrière le feu, de longues tables étaient dressées, leur surface polie reflétant la lumière tombant des étroites fenêtres.

Dès qu'ils furent installés, une servante leur apporta du vin à la cannelle, des tourtes aux mûres et aux pommes qui paraissaient recouvertes d'une fine couche de miel.

Trop anxieuse pour manger, Aude ne prit rien. Elle mangerait lorsque Hugh serait sain et sauf.

Quand la servante se fut éloignée, Guy s'accouda à la table, reposa sa coupe et sourit chaleureusement.

— Bien, ma dame. En quoi puis-je vous aider ?

Aude expliqua rapidement la situation d'une voix tremblante. Tandis qu'elle parlait, le sourire du seigneur Guy s'effaça.

— Je dois vous prévenir, dit-il. L'évêque de Saint-Aubin m'a déjà envoyé un message au sujet de votre ami, et il est de mon devoir de vous dire que vos versions ne concordent pas. Voyons si j'ai bien compris ce que vous m'avez expliqué... Le comte de Freyncourt a été dépouillé de ses terres et banni sur le témoignage de cet évêque ?

— Oui, mais les accusations portées sur Hugh sont fausses. Il est innocent, répondit Aude.

Le seigneur Guy la fit taire d'un signe de la main.

— Un point de vos témoignages coïncide cependant. Vous avez admis que Hugh Duclair n'a pas respecté son bannissement.

— Oui, dut-elle admettre.

— Dame Aude, est-il venu avec vous en Angleterre ?

— Non. Je n'ai appris sa présence que lorsqu'il est venu à Alfold.

— Et vous l'avez épousé ? demanda Guy d'un air sceptique.

— Oui.

Il secoua la tête avec un soupir.

— Croyez-vous vraiment que cela ait été... sage, ma dame ?

— Seigneur Guy, protesta-t-elle, Hugh est innocent ! Sa loyauté envers le roi ne peut être remise en question, et jamais il ne s'impliquerait dans un quelconque complot. Hugh et mon frère ont même accompagné le roi ici, pendant la Grande Guerre, alors que celui-ci n'était encore que duc de Normandie.

— Vraiment ?

— Oui, et...

Le commandant eut un nouveau signe d'impatience et Aude s'interrompit.

— Et maintenant, vous me dites que le seigneur Godfrey l'a arrêté ?

— Oui, répondit Edouard. Mon seigneur, nous sommes inquiets pour la vie de Hugh. Comme ma sœur vous l'a dit, Hugh Duclair est loyal envers le roi. Avant son arrestation, il a mentionné un document qu'il a découvert et qui prouve que l'évêque avait un intérêt à le faire accuser.

— Avez-vous vu ce document de vos propres yeux, seigneur Edouard ?

— Non, concéda Edouard. Mais si Hugh l'a en effet trouvé — et je le connais assez pour ne pas douter de sa parole — la vie de Hugh ne sera pas la seule chose à peser dans la balance. L'honneur de l'évêque Osmund sera également remis en question.

— Et que croyez-vous qu'espère l'évêque en mentant ainsi ?

— Il espère conserver des coffres contenant l'or de Freyncourt qui, si je l'ai bien compris, lui ont été confiés par le père de Hugh. Un moine a été témoin de la signature du fameux document par l'évêque et l'ancien comte de Freyncourt.

A ces mots, le seigneur Guy dévisagea ses hôtes d'un air à la fois surpris et méfiant.

— Seulement, dit-il, maintenant que Hugh Duclair est en disgrâce et que ce document a disparu, il n'y a plus aucune preuve que ces coffres d'or aient jamais existé.

— Parfaitement ! s'exclama Aude en joignant les mains. Seigneur Guy, je vous en supplie, aidez-nous ! Je ne pense pas que le roi puisse se fier uniquement au témoignage de l'évêque, qui n'hésitera pas à mentir dès qu'il en aura besoin.

— Non, en effet, dit doucement Guy en buvant une gorgée de vin. Nous devons chercher cette preuve.

— Si seulement Hugh avait pu nous dire où il l'a cachée…

Elle faillit demander au commandant le privilège de s'entretenir avec Hugh, lorsqu'une idée la traversa.

— Je crois savoir où elle est !

Saisie d'un nouvel espoir, elle agrippa le bras du seigneur Guy : c'était sa seule chance de prouver sa valeur à Hugh. Si elle trouvait ce document et l'apportait au commandant, Hugh finirait peut-être par lui faire confiance. Il *devrait* lui faire confiance !

— Seigneur Guy, reprit-elle aussi calmement qu'elle le put. Si nous vous apportons la preuve qui pourra innocenter Hugh, me promettez-vous que rien ne lui arrivera pendant qu'il restera sous la garde du capitaine Godfrey ?

— Je peux vous l'assurer.

Aude le dévisagea un instant. Il paraissait être un homme d'honneur, et s'il promettait que rien n'arriverait à Hugh, il tiendrait parole.

— Je vous remercie, dit-elle.

— Ma dame, avant que vous ne partiez, je dois vous dire quelque chose. Mais écoutez-moi bien, ajouta-t-il gravement. Ce que je m'apprête à vous confier est un secret, et je compte sur votre discrétion.

— Nous saurons garder le secret, assura Edouard.

Aude sentit son cœur s'emballer. Quelque chose, dans le regard du seigneur Guy, lui disait que ce qu'il s'apprêtait à leur confier n'était pas bon pour Hugh.

— Que se passe-t-il, mon seigneur ? demanda-t-elle.

— Lorsque vous êtes arrivés au château, je revenais de patrouille. J'étais allé inspecter les alentours de la ville. D'habitude, je ne m'occupe pas de ce genre de choses, mais j'avais une bonne raison de me charger de cette tâche, ce matin. Un message est arrivé annonçant le retour du roi pour ce soir.

L'espace d'un instant, elle sentit le sol se dérober sous ses pieds.

— Le roi rentre à Winchester ce soir ?

Edouard paraissait inquiet.

— Je croyais qu'il était en campagne…

— C'est le cas. Mais il a des problèmes à régler ici, des problèmes urgents… Bref, cela ne vous concerne pas. Seulement, le roi sera de retour, et je n'aurai d'autre choix que de lui annoncer que nous avons capturé Hugh Duclair sur ses terres.

— Dès ce soir ? murmura Edouard. Seigneur ! Cela ne nous laisse pas beaucoup de temps…

— Non, pas beaucoup. Je devrai l'amener devant le roi. Lui seul a le pouvoir de prononcer un jugement.

Le cœur battant, Aude répondit :

— Je suis sûre que le roi l'innocentera lorsqu'il apprendra la vérité.

— C'est possible, ma dame. Mais, dans un cas comme dans l'autre, ce problème sera résolu ce soir, conclut le commandant avec un soupir. Avec l'arrivée imminente du roi, vous comprendrez que j'ai de nombreux soucis pressants à régler, mais je pense aussi que la meilleure chose que j'aie à faire pour le moment est d'envoyer un homme à la prison pour superviser l'interrogatoire de Hugh Duclair par le capitaine Godfrey.

L'angoisse nouait l'estomac d'Aude. Sa tête menaçait d'éclater…

Ce soir ! Le roi rentrerait ce soir !

Elle se massa nerveusement le front.

— Hélas ! le capitaine a assommé Hugh, murmura-t-elle.

— Il est inconscient ?

— Oui.

— Il va finir par reprendre conscience.

A ces mots, sa panique s'amplifia.

— Oui, mais quand ? Nous n'avons pas le temps ! De plus, Hugh soupçonnait le capitaine Godfrey d'être payé par l'évêque. Il ne lui dira rien.

— Dans ce cas, ma dame, je vous conseille de trouver ce document le plus rapidement possible.

— Je vous remercie, seigneur Guy, nous le trouverons, dit-elle avec une révérence si rapide qu'elle frisait l'impolitesse.

Mais elle n'avait pas le temps de respecter l'étiquette. Edouard lui prit alors le bras et la conduisit à la porte.

Au moment où ils allaient sortir, la voix du seigneur Guy les arrêta.

— Dame Aude…

— Oui, mon seigneur ?

— J'espère que vous trouverez votre preuve.

Avec un bref signe de tête, elle sortit de la salle et rejoignit la cour.

Chapitre 15

Hugh ouvrit les yeux et scruta la pénombre autour de lui.

Une cellule de prison.

Ses sensations lui revinrent brusquement, comme un violent raz-de-marée. Sa mâchoire lui faisait terriblement mal. On l'avait jeté sur une paillasse moisie mais, heureusement, ses mains n'étaient pas attachées.

La puanteur émanant de la paillasse lui indiqua qu'elle était sans doute plus ancienne et humide encore qu'il ne l'aurait cru. Avec un frisson, il se mit péniblement debout et se massa la joue. Dieu merci, aucune de ses dents n'était cassée, mais la douleur ne s'apaisa pas et il avait toujours l'esprit embrumé.

Sa cellule était à peine plus large qu'un cercueil. Les murs luisaient d'humidité et l'air était saturé d'une odeur âcre de moisissure et de peur. Des poignées de paille grise jonchaient le sol et, sous ses yeux, l'un des petits tas remua. Quelque chose de sombre, un rat sans doute, en sortit pour aller se cacher derrière un pot.

Un banc était installé le long de l'un des murs, mais des planches de l'assise manquaient. A l'une des extrémités se trouvait une pile de chiffons qui, longtemps auparavant, avait dû être une couverture.

Sous le plafond, une étroite fenêtre à moitié bouchée par de la mousse laissait passer un mince filet de lumière.

Hugh se tourna vers la porte, un lourd panneau de chêne bardé de fer, sans doute verrouillé. Une petite ouverture comportant une grille y était ménagée, et il s'en approcha pour jeter un coup d'œil à travers.

De l'autre côté d'un étroit couloir, il vit la porte de la cellule d'en face, fermée par de gros verrous de fer et des gonds rouillés. Une silhouette passa brièvement devant l'ouverture, et il aperçut une tonsure sur le crâne de l'inconnu. Un moine était emprisonné ici ? Seigneur ! Se pouvait-il que ce soit l'archevêque Stigand ? Cet homme avait été relevé de ses fonctions, accusé de pluralisme et s'était disputé avec le roi. La dernière fois que Hugh avait entendu parler de lui, il avait appris qu'il était incarcéré à Winchester. Il était tout à fait possible que l'inconnu de la cellule d'en face soit l'archevêque.

Le couloir était sombre, et les murs de pierre aussi humides que ceux qui l'entouraient. Sans doute y avait-il une rivière à proximité. L'Itchen, vraisemblablement… Le lit de l'Itchen s'étendait à l'extérieur des murs de la ville, il l'avait vu lors de sa précédente visite à Winchester. La prison se trouvait-elle hors des remparts ?

Il ne se rappelait pas voir vu de bâtiments près de la rivière, et sa mémoire était excellente. Tout ce qu'il avait aperçu était un moulin de bois près d'un pont, un lavoir, et un alignement de cottages de paysans. Mais certainement rien qui ressemblait à une prison…

A côté de la cellule de l'homme à la tonsure, il y en avait une autre et, un peu plus loin, une troisième porte par l'ouverture de laquelle passait une faible lumière. Une volée de marches y menait. A mi-chemin entre ces marches et sa cellule, un lourd anneau de métal était scellé dans le sol.

Intéressant…

L'occupant de la cellule d'en face, que ce soit Stigand ou un autre, avait disparu dans la pénombre. Un profond silence régnait et, pendant un moment, il eut l'impression d'entendre le clapotis de la rivière au loin. Le froid le saisissait peu à peu. L'odeur nauséabonde qui flottait dans l'air l'écœurait, et l'humidité rendait ses vêtements poisseux. Il n'y avait là rien de surprenant : l'eau ruisselait pratiquement le long des murs. Soudain, il entendit un bruit, comme si l'on fermait une porte, et s'écarta de la grille.

Il fallait à tout prix qu'il quitte cette prison, et qu'il récupère le document. Il se massa nerveusement la mâchoire ; la douleur était toujours là. Les gardes venaient sans doute lui apporter de quoi manger. Avec un peu de chance, il n'aurait pas longtemps à attendre avant d'avoir une possibilité de sortir… Il poussa la couverture moisie par terre et s'assit sur le banc.

Heureusement, Gil et Louise étaient en sécurité à Alfold. Si les choses tournaient mal pour lui, Aude et Edouard s'occuperaient d'eux. Un souvenir lui revint tout à coup. Juste après avoir été frappé par le capitaine Godfrey, il avait cru entendre sa voix moqueuse conseiller à Aude de demander l'annulation de leur mariage.

L'avait-il vraiment entendu ou n'avait-il fait qu'imaginer cette voix en perdant connaissance ?

Adossé au mur, il ferma les yeux et soupira. Il n'avait pas entendu la réponse d'Aude, mais peut-être allait-elle suivre cet avis. Il n'avait regretté que peu de choses, dans sa vie, mais l'une d'entre elles demeurerait sans doute ce moment de faiblesse, à Alfold, où il avait accepté d'épouser Aude… Il avait été incapable de lui résister. En se réveillant dans ses bras, enveloppé par ce parfum de femme envoûtant, il s'était laissé aller à souhaiter que chaque jour puisse commencer ainsi. L'espace d'un instant, il avait cru que si l'on désirait quelque chose suffisamment fort, on finissait par l'obtenir. Quelle idiotie !

Après tout, ils ne s'aimaient pas, tous les deux. Lorsqu'ils avaient été surpris ensemble, Aude l'avait elle-même admis… Edouard avait suggéré qu'elle nourrissait certains sentiments à son égard, et elle l'avait assuré du contraire sans la moindre hésitation. Elle s'était montrée si directe, si autoritaire, que sa sincérité ne faisait aucun doute.

De toute façon, cela n'avait aucune importance, songea-t-il avec amertume. Après tout, il ne l'aimait pas non plus !

Que ressentait-il pour elle au juste ? De l'affection, c'était certain ; de la chaleur et un violent désir… mais de l'amour ?

Seigneur ! Non, tout cela n'avait aucune importance. Il devait récupérer la seule preuve de son innocence et la présenter au roi. S'il ne le faisait pas, son moment de faiblesse à Alfold risquait de condamner Aude à une vie de déshonneur à ses côtés. Le roi avait été trahi tant de fois qu'il était devenu soupçonneux, et parfois capricieux. Sans témoin pour l'épauler, il ne pouvait pas être certain que William accepterait de le croire. Pauvre Aude ! Elle avait déjà dû grandir avec le poids de la honte de son grand-père ; elle n'avait pas à endurer cette épreuve une seconde fois.

Bon sang ! Le capitaine Godfrey avait eu raison : Aude irait sans doute mieux sans lui. Elle devait à tout prix demander l'annulation.

Un nouveau son résonna dans le couloir, suivi par des bruits de pas. Quelqu'un approchait…

Il attendit, nerveux.

Peu après, le verrou de sa porte fut tiré. Le battant s'ouvrit en grinçant, et un garde apparut, portant une cruche et un morceau de pain. C'était l'un des hommes qui l'avaient arrêté au monastère.

— Voici vos rations, dit-il en lui lançant le pain. Le capitaine Godfrey m'a chargé de vous dire qu'il viendra vous voir plus tard.

Hugh se leva pour prendre la cruche.

— J'ai hâte de le voir, répondit-il en réprimant un haut-le-cœur quand une odeur âcre de bière éventée lui monta au nez.

Le garde fit volte-face, mais il le rappela. Le regard insolent se posa de nouveau sur lui, accompagné d'un sourire satisfait.

— J'aimerais envoyer un message à dame Aude, à Alfold. Accepteriez-vous de le lui transmettre ?

L'homme jeta un rapide coup d'œil à la bourse suspendue à la ceinture de Hugh.

— Peut-être…

Hugh ouvrit sa bourse et soupira. Evidemment, on l'avait déjà vidée, à l'exception d'une pièce d'argent. Il la tendit au garde.

— C'est tout ce que je peux vous donner, mais je sais que dame Aude saura récompenser tout messager.

L'homme examina la pièce d'un air dubitatif.

— Et quel est le message ?

— Dites à dame Aude que son époux lui ordonne de suivre le conseil que le capitaine Godfrey lui a donné au monastère.

— Comment ?

La gorge serrée, Hugh prit une profonde inspiration. Que c'était difficile !

— Je désire que notre mariage soit annulé. Si je m'en souviens bien, votre capitaine le lui a suggéré…

Le garde grommela quelque chose d'inintelligible.

La dernière chose que Hugh voulait était se séparer d'Aude. Cependant, au vu de la situation actuelle, il n'avait plus aucun avenir à lui offrir. Elle méritait mieux. Le cœur lourd, il poursuivit :

— Dites à Aude qu'elle doit demander l'annulation au plus vite. Son frère l'y aidera.

— Oui, mon seigneur, fit le garde avec un sourire mielleux et une parodie de révérence avant de sortir de la cellule.

La porte grinça en se refermant, et Hugh retourna s'asseoir

sur le banc. Maintenant qu'il s'était assuré qu'Aude resterait hors de danger, il avait besoin de réfléchir à la suite des événements. Et vite.

Lorsque Aude et son escorte atteignirent Alfold, le soleil avait largement passé son zénith. Les champs qui s'étendaient entre le village et les bois de Crabbe étaient baignés d'une lumière dorée et, en temps normal, elle aurait été apaisée par cette tranquillité. Mais pas aujourd'hui.

Vite… Plus vite !

Les paysans avaient fini de faucher le maïs durant la matinée, et les épis étaient étalés sur le sol pour sécher. Un enfant les gardait et secouait de temps à autre un linge au-dessus pour faire fuir les oiseaux. Mais ils ne s'en allaient jamais bien loin, picorant les quelques grains qui traînaient par terre. Quelques villageois, leur travail accompli, se reposaient sous un pommier, et des hirondelles traversaient le ciel.

Vite…

Une échelle était dressée contre le mur de sa maison et un homme était installé à cheval sur le faîte du toit, occupé à réparer le chaume. Son couteau luisait dans la lumière et son front était emperlé de sueur. Oswy se tenait au sommet de l'échelle et observait le couvreur d'un regard envieux. Quelqu'un avait dû le faire venir d'un village voisin pour réparer le toit.

Plus vite…

Des charpentiers étaient occupés à remettre en place la porte d'entrée. Quelques planches plus claires avaient remplacé celles qui étaient pourries. Plus loin, au sommet de la colline, le casque d'un garde scintilla au soleil.

Oswy dut entendre les chevaux ; il se retourna et leur fit signe avec un grand sourire. Puis il grimpa sur le toit et s'écria :

— Dame Aude ! Dame Aude !

— Fais attention, Oswy ! lança-t-elle.

En dépit de ses soucis, elle fut heureuse de voir la mère du garçon en train de coudre, paisiblement installée sur le banc devant la maison.

— Je suis prudent, assura Oswy.

Eadgytha se leva et s'avança, souriante.

— Je le surveille bien, ma dame !

Elle fit un geste en direction du travailleur perché sur le toit.

— Ma dame, voici Chad, mon mari. Il est de retour !

— De retour ? répéta Aude, stupéfaite.

Elle avait cru comprendre que Chad avait été tué à la bataille de Hastings, lorsque le roi avait défait les Saxons.

Chad s'essuya le front du dos de la main.

— Ma dame, salua-t-il.

Aude aurait eu de nombreuses questions à lui poser. Où avait-il été ? Pourquoi avait-il choisi ce moment précis pour revenir ? Hélas ! elle n'avait pas le temps de lui demander tout cela. Pas aujourd'hui.

Elle devait s'occuper de Hugh ! Tant qu'elle n'aurait pas trouvé la preuve de son innocence et qu'il ne serait pas mis hors de cause, elle ne pourrait pas se permettre de s'occuper d'autre chose. Elle aurait tout le temps d'en apprendre plus sur Chad plus tard.

L'esprit troublé, elle rendit distraitement son sourire au couvreur.

— Bienvenue parmi nous, Chad. Vous avez manqué à tout le monde, ici.

— Ma dame, répondit l'homme, je suis revenu dès que je l'ai pu. C'est un plaisir de voir Alfold en de si bonnes mains. Je tiens à vous assurer que ma loyauté…

Cédric apparut alors dans l'encadrement de la porte, rayonnant, suivi par une fillette qu'il entraîna vers Aude.

— Ma dame ! Voici ma cousine, Goda.

Goda ? N'était-ce pas le nom de la fille qui avait disparu avec les voleurs ? Enlevée, d'après ce que l'on avait raconté à Aude lors de son arrivée. De nouvelles questions lui brûlèrent les lèvres mais, encore une fois, elle n'avait pas le temps de s'y arrêter. Elle répondit à la révérence de Goda par un sourire un peu forcé, en priant pour que personne ne s'aperçoive de sa nervosité.

Après un rapide échange de regards avec son frère, elle tourna son cheval en direction des bois de Crabbe. Bien sûr, elle partageait la joie d'Eadgytha et de Cédric, mais elle ne connaîtrait pas la paix tant qu'elle n'aurait pas retrouvé ce document et ne l'aurait pas donné au roi.

— Aude, attends-moi ! lança Edouard dans son dos.

Il attrapa les rênes de son cheval et l'obligea à s'arrêter.

Durant leur trajet depuis Winchester, elle lui avait raconté la découverte de la villa romaine dans laquelle Hugh s'était caché, lui avait décrit le sol en mosaïque qui sonnait creux et leur hypothèse quant à l'existence d'un système de chauffage au sol. Il avait paru d'accord avec elle lorsqu'elle lui avait fait part de ses espoirs. Si Hugh avait caché la preuve, c'était sans doute dans les vieux tuyaux.

— Aude, dit-il d'un air soucieux, nous ne sommes pas certains que Hugh ait caché le document sous la mosaïque...

— Si, j'en suis sûre. Il est passé par la villa avant de venir à Alfold la nuit où... où j'ai...

— La nuit de votre mariage.

— Oui, admit Aude, un peu gênée. Il y a des tuyaux sous le sol, et c'est là qu'il doit avoir caché le document.

— Je ne peux pas te permettre d'y aller seule. Nous devons réfléchir...

— Edouard, tu as entendu le seigneur Guy ! Nous n'avons pas de temps pour cela !

Elle baissa la voix pour que personne d'autre que son frère ne l'entende :

— Le roi rentre à Winchester aujourd'hui, et nous devons trouver ce document au plus vite !

— Et nous le ferons, reprit Edouard. Mais, dis-moi, quand as-tu mangé pour la dernière fois ?

— Mangé ? *Mangé ?*

— Oui. Tu n'aideras personne si tu perds conscience parce que tu as faim, dit-il en la guidant sans ménagement vers Raoul, qui attendait devant la demeure. De plus, tu ne peux pas aller dans cette forêt toute seule.

Elle tenta de résister, mais il lui sourit sans lâcher les rênes.

— Ne penses-tu pas qu'il serait bon que nous parlions à Gil avant de partir pour cette villa ?

Aude eut l'impression de s'être éternisée chez elle avant de remonter à cheval et de partir pour la forêt, mais le soleil était à peine descendu sur la cime des arbres. Finalement, ils ne s'étaient arrêtés que le temps pour Edouard de manger et d'obliger Aude à avaler un morceau de pain et de jambon fumé.

— Gil, es-tu assez remis pour nous accompagner ? demanda-t-il en buvant une gorgée de bière.

— Personne ne m'arrêtera, répondit l'écuyer, ignorant les murmures de protestation de Louise et d'Edwige.

Moins d'une demi-heure plus tard, Aude, Edouard et Gil atteignirent le croisement des deux routes, à l'orée du bois. Aude prit la tête et s'engagea sous les arbres jusqu'aux ruines recouvertes de végétation. Ils mirent pied à terre et repoussèrent le rideau de lierre qui dissimulait la porte de la salle à la mosaïque.

A peine entré, Gil s'immobilisa.

— Quelqu'un est venu ici, murmura-t-il, et ce n'était pas Hugh. Les couvertures ont disparu, un second feu a été allumé. Et cette odeur… Quelqu'un s'est servi de cet endroit comme de latrines.

Il avait raison. Une odeur âcre assaillit Aude, une odeur qu'il n'y avait pas là auparavant. Elle aperçut un petit tas d'os dans un coin.

— On a fait cuire et mangé de nombreux pigeons, ici, murmura-t-elle. Ces os… Gil, penses-tu que Hugh…

L'écuyer fit non de la tête et Aude sentit un frisson glacé la parcourir. Quand il était revenu à Alfold, Hugh lui avait dit qu'il avait acheté de la nourriture à un fermier dans la journée, mais il n'avait pas parlé de pigeons.

— Le système de chauffage, Gil, sais-tu comment l'atteindre ? demanda-t-elle, inquiète. Sans cela, nous allons devoir fouiller tous les abords de la maison.

— Je ne suis pas sûr de trouver l'entrée, mais je pense que c'est par là, ma dame, répondit-il en ressortant.

Il ramassa un bâton et commença à écarter les orties qui recouvraient le sol sur le côté du bâtiment.

— Seigneur, non ! s'écria-t-il soudain.

— Qu'y a-t-il ?

— C'est bien ici, mais ces herbes ont été piétinées.

En effet, Aude vit que le sol avait été piétiné. Le découragement s'abattit sur elle.

— Quelqu'un a été plus rapide que nous, reprit Gil.

— Plusieurs personnes sont venues, si l'on en croit ces traces, remarqua Aude.

— Oui, je le pense aussi, ma dame.

La terre avait aussi été remuée sous les orties. Gil s'agenouilla et commença à déplacer de lourdes pierres. Le cœur battant la chamade, Aude l'imita, consciente du regard attentif d'Edouard dans son dos et du vent qui murmurait dans les feuilles.

Quelqu'un était venu ici avant eux…

Avec une grimace sans doute due à sa blessure qui le

faisait toujours souffrir, Gil parvint finalement à dégager un trou dans le sol, à peine plus grand que l'ouverture d'un terrier. La terre crayeuse était sillonnée de racines tortueuses qui dépassaient du trou, chargées de morceaux d'argile et de pierre brisée.

Comme Gil se penchait pour fouiller le trou, Aude l'écarta gentiment pour prendre sa place. Sa main tremblait.

— Sois prudent, Gil, tu ne dois pas trop te fatiguer. Je vais le faire.

Gil obtempéra et Aude s'allongea sur le sol et passa son bras dans le trou.

— Il n'y a rien. Je sens la terre, des cailloux et… Attendez !

Elle venait de toucher quelque chose de lisse et souple, comme du cuir. Elle le saisit et le sortit du trou. C'était une sacoche de selle.

— Elle appartenait à Hugh ? demanda-t-elle.

— Oui, répondit Gil. C'est à lui.

Aude s'assit, déboucla la sacoche et l'ouvrit. Rien !

— Elle est vide ? fit Edouard d'un air incrédule.

— Oui. Vide. Attends, je vais vérifier s'il n'y a rien d'autre là-dessous.

Elle fouilla de nouveau le trou, y enfonçant son bras jusqu'à l'épaule, mais ne sentit sous ses doigts que de la terre, quelques pierres supplémentaires et une épaisse racine.

— Tu trouves quelque chose ?

— Non. Seigneur ! Edouard, essaie à ton tour. Ton bras est plus long que le mien.

Sans un mot, il la remplaça et fouilla activement le tunnel. Le cœur battant, Aude l'observa impatiemment. Finalement, il se redressa, l'air désemparé.

— Non, il n'y a rien, dit-il en soupirant. Si Hugh a caché quelque chose ici, cette chose n'y est plus…

— Quelqu'un l'a volé.

Edouard se leva souplement, épousseta la terre de ses chausses et soupira de nouveau.

— Peut-être. Mais nous ne sommes pas sûrs qu'il ait caché quoi que ce soit ici.

— Si, il l'a fait ! J'en suis certaine ! s'exclama Aude. Où donc pourrait-il avoir caché la preuve, si ce n'est ici ?

Gil s'était appuyé au mur pour soulager la douleur de sa jambe.

— Je pense que dame Aude a raison, dit-il. Hugh m'a dit ce qu'il comptait faire s'il trouvait ce document : il l'aurait caché ici.

Tétanisée, Aude le dévisagea un instant avant de parvenir à articuler le moindre mot.

— Hugh m'a assuré qu'il avait trouvé un document qui prouverait le mensonge de l'évêque de Saint-Aubin. Si cette preuve n'est pas là, alors où est-elle ?

Hugh avait du mal à voir le temps passer ; à travers la fenêtre, la lumière était faible et constante. Sa cellule devait être orientée au nord. Il était toujours assis sur le banc, occupé à échafauder des plans d'évasion, quand son estomac se mit à gargouiller. Lui apporterait-on de nouveau à manger ? Il avait tellement faim que même une autre miche de pain rassis serait pour lui un festin de roi.

La prison était particulièrement silencieuse. Après ce que le garde lui avait dit, Hugh s'était préparé à une rencontre désagréable avec le capitaine Godfrey. Or, depuis le départ du soldat, il n'avait entendu aucun bruit dans les couloirs, à part quelques gémissements venant des autres prisonniers et les prières à voix basse de l'homme de la cellule d'en face. Archevêque démis de ses fonctions ou non, cet homme était sans aucun doute un homme de Dieu. Cependant, Hugh aurait juré entendre au loin le clapotis d'une eau courante ;

ce bâtiment devait bel et bien se trouver près de la rivière ou de l'un de ses affluents.

Soudain, il perçut des voix, puis le bruit métallique d'une clé qui tournait dans une serrure. Les gardes revenaient. Enfin !

Le cœur battant, il se leva et s'étira. S'il voulait s'échapper, ce serait maintenant ou jamais.

Il s'approcha de la porte pour jeter un coup d'œil au couloir. Il y avait davantage de lumière ; la troisième porte était ouverte. Comme on l'avait amené évanoui dans cette cellule, il n'avait pu voir par où il était passé. D'après les voix qui résonnaient dans le couloir, il pouvait néanmoins supposer que cette porte donnait sur une sorte de poste de garde. Après tout, il était logique d'enfermer les prisonniers non loin des soldats. Si c'était le cas, il n'avait aucune chance de pouvoir s'enfuir par là.

Finalement un garde tenant un plateau de bois apparut dans le couloir. Il portait une courte cotte de mailles qui descendait jusqu'à ses genoux mais pas de casque. Sans doute comptait-il sur ses compagnons pour le soutenir en cas de besoin. Hugh sentit son cœur se mettre à battre plus vite.

Tous ses muscles tendus, il s'efforça de calmer sa respiration et attendit de voir où allait le garde.

L'homme s'arrêta devant la cellule du moine. Il posa son plateau par terre et déverrouilla la porte. Puis il l'ouvrit, prit sur le plateau une miche de pain et un pichet qu'il tendit au prisonnier que Hugh ne vit pas avant de refermer la porte.

Le tout n'avait duré que quelques secondes.

Un garde, un seul.

Il avait beau être prudent, il ne l'était pas assez, et Hugh devait en profiter. Il recula légèrement.

Un instant plus tard, la clé tourna dans la serrure de sa cellule, et la porte s'ouvrit. Hugh plongea en avant.

Ses doigts se refermèrent sur la jambe du soldat et agrippèrent les lacets de ses chausses.

Un souvenir le traversa : celui des mains d'Aude accrochées à sa jambe tandis qu'il la tirait de la Seine durant le mascaret. Avait-elle reçu son message, à l'heure qu'il était ? Comment allait-elle réagir ?

Concentre-toi, Hugh !

D'un geste ferme, il tira et, lorsque le garde s'effondra, il le plaqua par terre de tout son poids. Son coude heurta violemment le sol dallé, mais il l'ignora et bâillonna le garde d'une main.

L'homme se débattit comme un beau diable, mais Hugh tint bon et l'assomma d'un coup précis. Le souffle court, il déboucla ensuite la ceinture du garde inconscient et récupéra son trousseau de clés. Il n'avait pas beaucoup de temps devant lui ; il lui fallait un bâillon ! Il déchira un morceau de couverture, le fourra dans la bouche du garde et le maintint en place grâce à la ceinture.

Une minute plus tard, la cotte de mailles pesant lourd sur ses épaules, il avait pris la place du garde dans le couloir et refermait la porte à clé. Quel dommage que l'homme n'ait pas porté de casque ! Il jeta un coup d'œil en direction de la salle de garde. Avec un peu de chance, il pourrait fermer et verrouiller la porte du couloir avant qu'on le reconnaisse — mais rien n'était moins sûr.

A l'autre extrémité du couloir, il n'y avait qu'un mur ; aucune échappatoire possible par là.

Bon sang ! Il n'avait pas le choix. C'était la salle de garde ou rien…

A moins que… Hugh jeta un coup d'œil à l'anneau de fer scellé dans le sol avant le petit escalier. Sur la pointe des pieds, il s'approcha, le saisit et tira d'un coup sec.

La dalle bougea et le bruit d'eau qui coulait se fit entendre plus distinctement. Un second effort lui permit de dévoiler une ouverture.

En dessous, tout était noir. Essuyant la rouille de ses mains, il déposa la dalle à côté de la trappe. Une forte odeur de terre humide monta dans le couloir : de l'eau ! De brillants reflets scintillaient en contrebas, emportés par le courant.

Un cours d'eau souterrain passait sous la prison. Les gardes s'en servaient sans doute pour nettoyer les cellules. Inquiet, Hugh se pencha sur le trou. Ce cours d'eau était-il profond ? Et, plus important, où débouchait-il ? S'il débouchait quelque part…

Un gros éclat de rire retentit tout à coup dans la salle de garde. Hugh jeta un coup d'œil à la porte close de sa cellule. Il ne faudrait pas bien longtemps aux soldats pour s'inquiéter de leur compagnon et venir voir ce qui le retardait.

Ces eaux étaient-elles profondes ? De là où il était, il n'avait aucun moyen de le savoir.

Que ferait-il, s'il ne trouvait pas d'issue ? L'été avait été sec, mais il se souvenait de l'orage qui s'était abattu sur Alfold quelques jours plus tôt et qui avait pu suffire à faire monter le niveau des cours d'eau de la région.

Il s'agenouilla au bord de la trappe et se pencha autant qu'il le put sans perdre l'équilibre. En aval, un éclat furtif de lumière scintilla. S'il n'avait pas été aussi attentif, il l'aurait sans doute raté, mais il en avait vu assez. S'il y avait de la lumière, cela ne pouvait indiquer qu'une chose : une issue ! Et elle n'était pas loin, en plus. Vraiment pas loin.

Malheureusement, il ne pourrait pas garder la cotte de mailles. Avec un grommellement impatient, il la retira, déverrouilla de nouveau la porte de sa cellule et y jeta la cotte avant de refermer sur le garde encore inconscient.

Puis, sans hésiter, il se glissa dans la trappe. Il resta un instant suspendu dans le vide avant de se laisser tomber dans le courant. C'était glacé ! Le choc de température lui coupa le souffle.

Bon sang !

Il s'enfonça comme une pierre dans l'eau ; ses pieds touchèrent rapidement le fond et il donna une impulsion pour remonter.

Il refit surface et reprit sa respiration, luttant contre le courant. Son épaule et sa tête cognèrent contre quelque chose de dur. Qu'est-ce que c'était ? Un mur ? Un tunnel souterrain naturel ? Il n'y voyait rien. Le courant était plus violent qu'il ne l'avait cru, et il devait se débattre pour garder la tête hors de l'eau. L'espace d'un instant, il aperçut le carré lumineux de la trappe de la prison derrière lui, puis elle disparut.

La rivière l'emportait. Avec un violent effort, il parvint à faire face à l'aval, essayant désespérément de ne pas se laisser submerger de nouveau.

Soudain, un éclat de lumière ! Faible, furtif, mais bien réel. Son cœur battait la chamade, ses oreilles étaient gelées, et il sentait ses membres s'engourdir. Tourbillonnant dans le courant, il se cogna une nouvelle fois mais ne perçut presque pas le choc. Une vague l'entraîna au fond pendant quelques secondes, puis il refit surface et reprit sa respiration, les poumons douloureux.

L'obscurité se fit moins épaisse et il put apercevoir un large éclat lumineux strié d'ombre.

Strié ?

Dans un effort pour ralentir, il tenta de reprendre pied, mais son genou se tordit sous la puissance du courant. Tout à coup, un animal le dépassa ; une loutre. Il vit sa tête noire le devancer un instant avant de disparaître sous la surface.

Il leva les yeux vers la lumière une nouvelle fois, et crut que son cœur allait s'arrêter.

— Seigneur, non ! marmonna-t-il.

Quelques secondes plus tard, il se retrouva plaqué contre une grille métallique. La rivière le bloquait contre les barreaux.

— Bon Dieu !

Immobilisé par le puissant courant, il ne put que regarder le chemin sinueux qu'empruntait la rivière dans l'herbe, à l'extérieur des remparts. La grille avait sans doute été installée là pour empêcher qui que ce soit d'accéder à la prison *via* ce cours d'eau. Désespéré, il donna un violent coup à l'un des barreaux et eut la surprise de le sentir bouger !

Devant lui, les berges étaient longées de buissons épais. De petits oiseaux passaient de l'un à l'autre, gazouillant doucement dans l'air frais. Des touffes de cresson ondulaient, survolées par des nuages de papillons jaunes. Un cygne et une famille de canards descendaient le courant. Non loin d'eux, la tête de la loutre refit surface.

Le temps de reprendre sa respiration, Hugh pressa son front contre les barreaux. Une bûche était aussi plaquée contre la grille à côté de lui, trop épaisse pour passer au travers. A en juger par son état de moisissure, elle devait être là depuis longtemps.

Prenant une profonde inspiration, Hugh affermit sa prise sur les barreaux et pria silencieusement pour que le niveau de l'eau ne monte pas avant qu'il ait réussi à se libérer. Dans le cas contraire, au moins, Aude n'aurait plus à s'inquiéter de demander l'annulation de leur mariage…

Chapitre 16

Lorsque Aude et Edouard passèrent de nouveau les portes du château de Winchester, le soleil déclinant dessinait de longues bannières dorées dans le ciel.

Tandis qu'ils se frayaient un chemin dans la grande salle à travers la foule, Edouard murmura :

— Notre stratégie est risquée…

La grande salle était remplie de monde. Malgré les efforts du seigneur Guy pour se montrer aussi discret que possible, la rumeur s'était répandue comme une traînée de poudre. Tout le monde savait que le roi était revenu. Sans doute avait-on vu son escorte entrer en ville.

— C'est peut-être risqué, répondit Aude après une courte hésitation, mais nous n'avons pas le choix. La preuve de Hugh a disparu, et si nous ne plaidons pas en sa faveur, qui le fera ?

Elle pesta lorsqu'un soldat la bouscula en la dépassant. L'instant d'après, le coude d'un autre lui cogna les côtes.

— Seigneur ! s'exclama-t-elle, agacée. Toute la ville s'est donc donné rendez-vous ici ? Je n'ai jamais vu autant de soldats rassemblés au même endroit !

Edouard grommela quelque chose qu'elle ne comprit pas et lui prit la main pour la guider en direction de l'âtre central, dépassant de nombreux lieutenants, deux archers, et même un évêque en robe de soie. Aude jetait des regards à droite et à gauche, mais elle ne voyait personne qui puisse être le roi. Bien sûr, elle ne l'avait jamais rencontré et ne savait pas à quoi il ressemblait, mais quelque chose devait bien le distinguer des autres…

— Est-ce que tu es certain que le roi est ici ? demanda-t-elle.

Soudain, elle trébucha sur quelque chose et un chien se leva d'un bond en lui montrant les dents. Elle venait de lui marcher sur la queue !

— Le roi est là, répondit Edouard, ignorant le chien et poursuivant sa route.

Dans la bousculade ambiante, elle reçut dans l'estomac un coup de coude qui la fit grimacer.

— Aïe ! s'écria-t-elle. Est-ce que c'est toujours pareil, lorsqu'on va voir le roi ?

Elle se haussa sur la pointe des pieds pour essayer de voir par-dessus la foule. Au fond de la salle, un dais était dressé le long du mur et, sous une longue bannière, une rangée de soldats en armure brillante leur coupait la route. Sans doute s'agissait-il de la garde personnelle du roi.

— Edouard ? Je crois que le roi est derrière ces hommes, et…

— Dame Aude ! Comte Edouard ! s'exclama tout à coup une voix familière.

Le seigneur Guy sortit de la foule devant eux, l'air anxieux.

— Est-ce que vous avez apporté le document de Hugh Duclair ? demanda-t-il vivement.

— Je… eh bien, non, avoua-t-elle. Nous ne l'avons pas trouvé.

A ces mots, le commandant lâcha un grommellement exaspéré. Il fit volte-face.

— Excusez-moi, mes seigneurs, faites place ! ordonna-t-il d'une voix forte.

Il n'eut qu'un geste à faire et, comme par magie, un

chemin s'ouvrit devant eux. Rapidement, ils se retrouvèrent du côté de la grande salle où il y avait le moins de monde.

— Ma dame, Duclair a désespérément besoin de cette preuve, reprit le seigneur Guy. Les choses ont empiré depuis notre rencontre de ce matin.

Aude sentit son cœur s'emballer.

— Empiré ?

— Oui, j'ai envoyé un message à la prison, comme je l'avais promis, mais entre-temps, Duclair s'était enfui. Nous avons tout d'abord cru qu'il s'était noyé…

Un frisson glacé secoua Aude. Noyé ? Non, pas Hugh !

— Vous avez cru qu'il s'était *noyé* ? demanda-t-elle.

L'expression du commandant s'adoucit.

— Ne craignez rien, ma dame, il a survécu. Il s'est enfui par la rivière souterraine qui passe sous la prison ; elle refait surface à Otterburn. La sortie est barrée d'une grille, mais il a réussi à se glisser au travers. D'après ce que j'ai compris, il est directement venu au château, ajouta-t-il en faisant un petit signe en direction du dais. Il discute avec le roi, en ce moment même.

A ces mots, Aude se précipita en avant.

— Il faut que je le voie tout de suite !

La main du commandant se referma sur son bras.

— Cela aurait été mieux si vous aviez trouvé cette preuve.

— Quelqu'un est passé à la cachette avant nous, répliqua-t-elle. Nous avons laissé l'écuyer de Hugh à Alfold pour enquêter parmi les villageois, mais…

La gorge serrée, elle s'efforça de soutenir le regard froid du commandant.

— Seigneur Guy, reprit-elle aussi autoritairement que possible, je dois parler au roi. *Je n'ai pas le choix !*

Il acquiesça gravement et lui lâcha le bras.

— Hugh Duclair a de la chance d'avoir de tels amis, dit-il. Mais je vous préviens, soyez brève. Le roi est revenu pour résoudre un problème avec l'Eglise et il n'aime pas être retardé. Il a l'intention de repartir demain dès le lever du jour...

Ils se remirent en marche au milieu de la foule. Grâce au commandant, ils atteignirent le dais en quelques instants. Ils dépassèrent un autre évêque et quelques moines ainsi qu'un groupe de chevaliers en pleine discussion, puis s'immobilisèrent devant les soldats en armure qui protégeaient le roi.

— Laissez-les passer, Gérard, ordonna le seigneur Guy.

Le capitaine de la garde répondit par un bref salut et ils purent s'approcher du dais.

Le sang d'Aude battait à ses tempes. Ses mains se mirent à trembler et elle crut que ses jambes allaient se dérober sous elle. Une haute silhouette était assise devant elle sur un trône peint. Le roi !

Elle fut frappée par l'énergie qui se dégageait de lui et l'éclat profond de ses yeux perçants. Il avait un menton fier, et portait une couronne d'or, fine et simple, ainsi que des vêtements confortables et neutres. Sans sa couronne, il n'aurait pas paru différent de n'importe quel autre homme...

Et, devant lui, se trouvait Hugh !

Il était agenouillé à quelques pas du souverain. Sa tunique rouge était déchirée et sale ; ses cheveux, emmêlés comme s'ils n'avaient pas été coiffés depuis des semaines. Lorsqu'elle s'avança, il se retourna et ses yeux s'écarquillèrent de surprise.

Détournant le regard, elle se laissa tomber à genoux à son côté et se concentra sur le bout des bottes du roi. Cet homme était William, souverain d'Angleterre et duc de Normandie ! Elle ne pouvait pas se laisser distraire par Hugh...

— Sire..., balbutia-t-elle.

Trop nerveuse pour prononcer un mot de plus, elle se tut.

La tête baissée, elle entendit les doigts du roi tambouriner sur les bras sculptés de son trône.

— Qui êtes-vous ? demanda-t-il.

— Aude d'Alfold, sirc.

Elle sentit une légère tension entre le roi et le seigneur Guy tandis qu'ils échangèrent un rapide regard.

— J'ai cru comprendre que vous aviez une doléance à me transmettre, reprit William.

— Oui, sire, répondit-elle.

— Dans ce cas, dites-moi tout.

Elle fit un effort pour se calmer, et leva les yeux sur le roi. Il n'était pas connu pour sa douceur, et traitait tout le monde de la même manière, hommes et femmes… On racontait qu'il avait un jour perdu patience tandis qu'il faisait sa cour à la reine Mathilde. Il l'aurait alors attrapée par les cheveux et traînée ainsi pour la battre. Mais était-ce la vérité, ou pure invention de la part des courtisans ? Aude aurait été incapable de le dire.

Elle s'éclaircit la voix et s'efforça de paraître forte et déterminée :

— Sire, commença-t-elle, je suis venue témoigner auprès de vous en faveur de Hugh Duclair. Je souhaite vous dire que l'évêque de Saint-Aubin a menti en portant ses accusations ; en particulier lorsqu'il a accusé Hugh de comploter contre vous avec les rebelles flamands. Je suis là pour…

Hugh lui saisit la main et l'interrompit.

— Aude, je t'en prie, tais-toi !

Il sentait les algues et la vase. Intimidée, elle lui jeta un rapide coup d'œil. Son visage et ses cheveux étaient couverts de boue. Malgré tout, il restait le plus bel homme qu'elle ait jamais vu.

Derrière eux, un mouvement furtif attira l'attention du roi, qui poussa un soupir impatient.

— Comte Edouard, lança-t-il d'une voix sévère. Avez-vous quelque chose à ajouter ?

— Sire, je souhaite soutenir ce que vient de dire ma sœur. Hugh Duclair est l'homme le plus loyal que j'aie rencontré.

Le roi leva la main pour le faire taire.

— Je me souviens bien de votre aide, en 1066. Et je me souviens aussi que Hugh Duclair s'est battu à vos côtés...

— Oui, sire.

Le roi poussa un nouveau soupir et se remit à tapoter sur son accoudoir du bout des doigts.

— Duclair m'a parlé d'une certaine somme d'argent que son père aurait confiée à l'Eglise, dit-il. Il m'a aussi parlé d'un homme de foi un peu trop ambitieux, et j'ai...

Il lança un regard en biais à l'évêque qui se tenait silencieusement à son côté avant de poursuivre :

— J'ai moi aussi quelques difficultés dans ce domaine, malgré les efforts que j'ai faits pour faire entendre mon opinion. A mes yeux, un roi est pourtant le mieux placé pour superviser l'organisation de l'Eglise au sein de ses propres terres.

— Oui, sire.

— Certains d'entre nous feraient sans doute mieux de se souvenir que l'archevêque Stigand a perdu sa liberté pour avoir voulu plus que ce qui lui revenait, reprit froidement le roi avec un bref regard en direction de l'évêque.

Celui-ci frémit et baissa les yeux. Avec un petit sourire, William se tourna de nouveau vers Hugh.

— Mais ne parlons plus de cela. J'aimerais voir ce document, à présent.

— Sire, répondit courtoisement Aude, les villageois d'Alfold le recherchent actuellement.

La main de Hugh se crispa sur la sienne.

— Aude, murmura-t-il, j'ai laissé le document dans...

— Le chauffage au sol des ruines, oui. Nous l'avions deviné, mais il n'y était plus.

De nouveau, elle rassembla le courage de lever les yeux vers le roi.

— Sire...

Soudain, une voix l'interrompit :

— Hugh ! Dame Aude !

Devant le dais, Gil leur faisait signe.

— Gil !

Le roi soupira une fois de plus et dévisagea Aude d'un air las.

— Duclair, j'imagine que quelqu'un d'autre a des arguments à me présenter pour vous défendre…

L'esprit traversé par une dizaine de questions, Aude vit, abasourdie, le roi faire signe à ses gardes de laisser passer Gil. Il portait un parchemin et le frère Reinfrid, le moine qui avait accompagné Edouard depuis la Normandie, le suivait.

Ce parchemin était-il le document de Hugh ?

Oh ! Mon Dieu, faites que ce soit le document de Hugh !

— Dieu merci, murmura Hugh à côté d'elle tandis que Gil tombait à genoux et tendait le parchemin au roi.

William le déroula lentement et le parcourut en silence. Aude retint son souffle en serrant fiévreusement la main de Hugh.

— Que s'est-il passé ? murmura Hugh.

— C'était les villageois, souffla Gil, profitant de la concentration du roi sur sa lecture. Certains d'entre eux avaient rejoint un groupe de voleurs…

— C'est bien ce que je pensais.

— Ils ont trouvé notre camp et votre document. Ils l'ont conservé parce qu'ils ont pensé qu'il pouvait être important.

Il s'interrompit le temps de rassurer Aude par un sourire.

— Après que le seigneur Edouard et vous avez quitté Alfold pour venir ici, j'ai… J'espère que vous ne m'en voudrez pas, Hugh, mais j'ai tout expliqué aux villageois et quand ils ont compris à quel point cela pourrait vous aider, ils se sont réunis et ont décidé de me confier le parchemin pour que je l'apporte.

— Tu as bien fait, Gil, répondit Aude en souriant.

Gil acquiesça, mais son regard demeurait inquiet.

— Hugh, reprit-il, je suis vraiment navré d'avoir dû trahir votre confiance…

Le roi roula le parchemin et leva les yeux.

— Oui, vous avez bien fait, mon garçon, conclut-il. En ce qui concerne ces voleurs, avez-vous leurs noms ? On ne devrait pas hésiter à punir de tels criminels… quel que soit leur rang, ajouta-t-il avec un nouveau regard aigri à l'évêque.

Aude comprit enfin. Bien sûr ! Le couvreur, Chad, avait dû rejoindre les voleurs ! Et Goda, la cousine de Cédric ? Peut-être avait-elle disparu pour la même raison… Sans doute d'autres villageois avaient-ils fait la même chose à la mort du seigneur Frideric. Peut-être n'avaient-ils pas toujours été des voleurs ; peut-être ne s'étaient-ils rebellés qu'en réaction à l'arrivée des Normands. Ces hommes et ces femmes n'avaient fait que combattre pour retrouver leur ancienne vie.

Décidée à ne pas les trahir, elle ne répondit pas au roi. Ces villageois étaient revenus chez eux et, en aidant Hugh, ils avaient mérité qu'elle les protège.

— Je suis navré, sire, dit Hugh. Je n'ai pas vu ces voleurs.

— Quel dommage ! murmura le roi.

A cet instant, le frère Reinfrid s'avança.

— Sire…

William le dévisagea un instant.

— Qui êtes-vous ? demanda-t-il.

— Je suis le frère Reinfrid, anciennement attaché à Saint-Aubin.

— Anciennement ? répéta le roi d'un air sceptique.

— Oui, sire.

— Avez-vous été témoin de la signature de ce document ?

— Pas personnellement, sire. Mais l'un des autres moines, oui… Et je l'ai retrouvé.

Le cœur d'Aude fit un bond dans sa poitrine et, à côté d'elle, Hugh étouffa une exclamation de surprise.

Le roi jeta un coup d'œil interrogateur derrière le moine.

— Où est-il ? Pourquoi n'est-il pas venu avec vous ?

— Sire, le frère Baldwin n'a... Il n'a pas voulu m'accompagner.

— Il a refusé de venir ? demanda le roi, incrédule. Lui avez-vous fait comprendre à quel point son témoignage est important ?

Le frère Reinfrid s'inclina modestement.

— Je l'ai fait, sire. Mais le frère Baldwin a choisi de vivre en solitaire. Il s'est retiré du monde.

— Retiré du monde ? Dans ce cas, où est-il ?

— Il s'est installé en ermite près de Saint-Stephen. Il ne refuse pas d'attester de la vérité — il l'a déjà fait auprès de moi. Mais je crains, sire, que vous ne deviez envoyer quelqu'un lui parler si vous voulez son témoignage. A moins que ma parole ne vous suffise.

Aude retint son souffle ; la vie de Hugh ne tenait qu'à un fil. Si le refus du frère Baldwin de venir mettait le roi en colère, aucun témoignage indirect ne suffirait à le faire changer d'avis au sujet de Hugh.

William les examina longuement, l'un après l'autre — le frère Reinfrid, Hugh, Edouard, Gil, et elle.

Finalement, il se leva et leur fit signe de l'imiter.

— J'ai décidé de vous croire, mon frère, dit-il à voix basse. Si seulement tous les hommes de Dieu se consacraient autant à leur foi que ce frère Baldwin... Comme je l'ai déjà dit, je me suis moi-même rendu compte que nombre de nos serviteurs du culte sont bien trop intéressés par les biens matériels. Seigneur Guy ?

— Sire ?

— Pour la forme, vous irez demain à Saint-Stephen et recueillerez le témoignage du frère Baldwin.

Il soupira profondément, et reprit :

— Après cela, j'imagine que je vais devoir ajouter le nom de l'évêque de Saint-Aubin à la liste des évêques qui ont besoin d'être… remis dans le droit chemin. Nous ne pouvons pas nous permettre de laisser des hommes de Dieu envier les biens de nos vassaux. On ne peut pas se permettre de les laisser noircir le nom d'hommes d'honneur.

Le commandant acquiesça et salua.

— Bien, sire.

— En attendant, venez, comte Hugh. Faisons les choses dans les règles.

Aude crut défaillir. Comte Hugh ! Le roi avait dit : « comte Hugh » ! Il n'aurait sans doute pas fait cela s'il n'avait pas été convaincu par le document et la loyauté de Hugh !

Le roi ouvrit les bras et elle s'écarta pour laisser Hugh lui donner une accolade de réconciliation.

Dieu merci, songea Hugh. *Dieu merci…*

Le roi s'écarta de lui avec une grimace.

— Je pense que vous feriez mieux de changer de vêtements, comte, dit-il.

— Oui, sire, répondit Hugh, incapable de s'empêcher de sourire comme un idiot.

Son bannissement avait pesé tant et si longtemps sur ses épaules qu'il n'aurait jamais cru que ce problème pourrait se résoudre aussi facilement. Et voilà qu'il avait retrouvé son rang ! Plus important encore, il avait recouvré la confiance de son roi ! Il finit par saluer très bas et reculer d'un pas. Freyncourt était de nouveau à lui ! Le cœur léger, il regarda Aude et lui sourit. Elle lui rendit son sourire.

La voix du roi l'arracha à sa contemplation.

— Encore une chose, seigneur Hugh…

— Oui, sire ?

— Parlons de votre mariage. J'aimerais sceller notre nouvel accord en vous offrant la main d'une héritière.

Hugh se figea. Jamais il n'aurait cru qu'un sort pire que le bannissement puisse l'attendre, et pourtant…

— Une héritière ? Non !

En un instant, il imagina avec horreur une soyeuse mèche rousse s'échapper d'entre ses doigts.

— Si je me rappelle bien, reprit le roi, nous avions parlé de la possibilité de vous unir à l'une de mes cousines il y a quelques années…

— Non !

C'était plus fort que lui : il n'avait pas pu se retenir. Le roi le dévisagea d'un air surpris.

— Je vous demande pardon, seigneur Hugh ?

— Sire, je me dois de vous informer que je suis déjà marié.

— Vraiment ? Le mariage de l'un de mes comtes est un sujet politique d'importance, et je ne me souviens pas que vous m'ayez demandé la permission.

— Non, sire, et j'en suis navré. Mais à l'époque, je n'étais plus l'un de vos comtes.

Une lueur d'agacement passa dans le regard du roi.

— Je vous trouve bien insouciant, seigneur Hugh !

— Certainement pas, répondit Hugh respectueusement.

Il se tourna vers Aude, le cœur serré. La simple idée de la perdre était une vraie torture…

Tout à coup, il comprit l'horreur de la situation.

Pendant des mois, il avait lutté pour retrouver la confiance du roi ; il avait pensé que cela comblerait tous ses souhaits et n'était venu en Angleterre qu'avec ce but en tête.

Mais Aude… Il ne pouvait pas perdre Aude ! Face à ce risque, la confiance du roi n'avait aucune importance. Perdre Aude, ce serait comme perdre une partie de lui-même : elle était devenue ce qu'il y avait de plus important dans sa vie.

Depuis quand était-elle à ce point essentielle à son bonheur ?

Depuis leur nuit de noces ? Non, cela avait commencé bien avant… Depuis leur mariage ? Non plus. Il l'aimait, il avait besoin d'elle.

Seigneur, oui, il l'aimait !

Peut-être depuis leur rencontre à Jumièges… Il ne savait pas quand ses sentiments pour elle avaient changé, mais ils avaient bel et bien changé.

Le roi prit une profonde inspiration.

— Et peut-on savoir qui vous avez épousée ? demanda-t-il.

Il avait l'air d'attendre une réponse avec impatience.

— Dame Aude, dit Hugh en prenant la main de son épouse.

Le roi les dévisagea un instant, l'air songeur.

— Et vous, ma dame, êtes-vous satisfaite ?

— Oui, sire, répondit Aude avec une révérence. Mais si… Si notre mariage ne vous convient pas, nous pouvons toujours demander une annulation.

Hugh sentit un courant glacé le parcourir.

— Aude ?

Seigneur ! C'était à cause du message qu'il avait envoyé de la prison ! Elle devait forcément penser à ce message…

— Je ne souhaite aucune annulation, répliqua-t-il en tentant de refréner ses émotions.

Le roi sourit légèrement.

Au moins, songea Hugh, *quelqu'un ici trouve tout cela amusant.*

Au bout d'un instant, les grands yeux ambrés d'Aude se levèrent, inquiets, vers lui.

— Hugh… Je ne veux pas que notre mariage…

Sa voix se brisa ; elle reprit sa respiration, et poursuivit :

— Je ne veux pas que notre mariage te retienne. Je ne veux pas que tu en viennes à le regretter.

Le cœur battant, Hugh lui prit les mains pour la faire taire. Il ne pouvait pas la perdre !

— Aude, je ne regretterai jamais notre mariage, murmura-t-il.

— Bon, très bien, soupira le roi en se rasseyant. Dans ce cas, je vous accorde ma bénédiction. Seigneur Hugh, si vous trouvez auprès de votre femme la moitié du bonheur que je trouve auprès de la mienne, vous serez un homme heureux…

Soulagé, Hugh sentit son cœur s'envoler.

— Je vous remercie, sire.

— A présent, partez. J'ai d'autres problèmes à régler.

— Bien, sire.

— Et, par pitié, comte Hugh, prenez un bain ! Vous puez le marais !

De retour à Alfold, Aude observait la haute silhouette de son époux. Ils étaient tous deux assis en tête de table et Hugh levait sa coupe à la santé d'Edouard, tandis que les restes du festin jonchaient la table.

Avant de quitter Winchester, il avait pris un bain, comme le roi le lui avait suggéré, et Aude avait trouvé une couturière qui avait pu lui fournir des vêtements à sa taille. Ainsi, il portait une tunique de soie verte ornée de motifs subtils mêlés au tissage. La couturière avait assuré à Aude que l'étoffe provenait de Constantinople et, même si elle n'avait aucun moyen de savoir si c'était la vérité, Hugh était très beau dans ces nouveaux vêtements.

Ce soir, il avait retrouvé toute sa grandeur d'autrefois, celle de Hugh Duclair, comte de Freyncourt et seigneur d'Alfold. L'homme qui se tenait à son côté était redevenu l'ancien Hugh, celui qu'elle avait idolâtré avant ses fiançailles avec Martin.

La lumière des torches se reflétait dans le bronze des bols

accrochés aux poutres, sur le pommeau de la dague que Hugh portait à la ceinture, et enfin sur sa bague.

— Merci, Edouard, pour ton soutien à Winchester, dit-il.

Edouard leva sa coupe à son tour.

— Ce n'est rien, Hugh.

Aude but sa coupe et sourit tandis que tout le monde se faisait resservir. Depuis le début de la soirée, on avait déjà porté de nombreux toasts. Après tout, Hugh avait retrouvé son rang et tous ses soucis s'étaient effacés. Ce soir, il était le comte de Freyncourt, son époux. Une inquiétude lui vint subitement.

Devant le roi, il avait dit ne pas vouloir faire annuler leur mariage, mais elle devait se rendre à l'évidence : elle n'était pas digne de lui, surtout maintenant qu'il avait retrouvé son ancien statut.

Elle n'était pas son égale. Comment pourrait-elle jamais l'être ? Bien sûr, son frère était comte aussi, mais Corbeil et Crèvecœur n'étaient rien, comparés au domaine de Hugh. Quant à Aude elle-même, tout ce qu'elle pouvait apporter en dot était son petit domaine en Normandie, et Alfold… Hugh méritait mieux.

Soudain, Chad, installé à l'autre bout de la table, leva sa coupe à son tour :

— Au seigneur Hugh ! A l'homme qui sait protéger les siens ! *Waes hael !* Bonne santé !

S'efforçant de sourire, Aude but une gorgée.

— Au seigneur Hugh, dit-elle.

Il n'avait peut-être pas vécu au village longtemps, mais les villageois l'avaient admis comme l'un des leurs. Ils le respectaient pour le travail qu'il avait fait en installant des postes de garde et en leur apprenant à veiller les uns sur les autres. Ils admiraient ses connaissances militaires et sa compassion pour les garçons blessés.

— Et à dame Aude ! reprit l'un des convives.

— A dame Aude ! *Waes hael !*

Aude sourit tandis que tous levaient leur coupe à sa santé. Eadgytha se pencha vers elle.

— Ma dame, nous sommes tous si heureux que vous soyez venus à Alfold ! Le seigneur Hugh et vous saurez redonner à ce domaine son ancienne gloire.

— C'est mon souhait le plus cher, répondit Aude.

— Et à Gil ! s'écria Dynne. A sa guérison !

De nouveau, les coupes se levèrent dans un joyeux brouhaha.

— A Chad, *waes hael* !

— A Dynne !

— Au frère Reinfrid !

Finalement, Aude se leva. De toute évidence, cela risquait de durer encore un moment…

— Hugh ?

Ses yeux bleu-gris se levèrent sur elle, animés d'une étincelle de bonheur.

— Je vais me coucher, dit-elle.

— Et je viens avec toi.

Il lui prit la main et la conduisit jusqu'à leur lit dont il referma les rideaux sur eux.

— Je pensais que tu voudrais rester avec les autres, pour boire à leur santé, reprit-elle tandis que de nouvelles exclamations retentissaient dans la salle.

Sans répondre, il lui ôta son voile, lui caressa la joue et déposa un léger baiser sur sa tempe.

— Comment pourrais-je rester là-bas quand une très belle femme m'attend ici ? murmura-t-il. Si je me laissais emporter par la boisson, elle pourrait finir par s'en plaindre…

Il l'embrassa dans le cou et, avant qu'elle ne comprenne ce qui se passait, elle se retrouva allongée sur les couvertures, Hugh au-dessus d'elle. Elle le prit dans ses bras et se perdit dans son sourire. Tout à coup, il s'écarta.

— Aude, tu as été très silencieuse, ce soir. Quelque chose ne va pas ?

La gorge nouée, elle glissa ses doigts dans les cheveux de Hugh, comme il aimait tant.

— Hugh, je suis une bien mauvaise épouse. Je ne suis pas digne de me tenir à tes côtés, à Freyncourt.

Le regard de Hugh se durcit.

— Cela n'a aucun sens !

— Non, Hugh, écoute-moi, je t'en prie. Il y a des années, quand nous nous sommes retrouvés à Dives, tu as pensé que je n'étais pas digne de...

— Jamais de la vie ! protesta-t-il. Mon père a pu le penser, mais pas moi.

— Et ton père avait raison.

Les larmes aux yeux, elle se mit à jouer avec ses cheveux dans la faible lumière de la lanterne.

— Nous n'aurions pas dû nous marier, Hugh. Je pense sincèrement que tu devrais demander l'annulation.

Il s'appuya sur un coude et la dévisagea d'un air grave.

— C'est à cause de mon message ? Celui que je t'ai envoyé depuis la prison ?

— Quel message ?

Il l'examina un instant, puis sourit.

— Tu ne l'as pas reçu ? murmura-t-il d'un air soulagé. Dieu merci ! Je ne l'ai jamais pensé, je ne te l'ai envoyé que dans un moment de découragement.

— Quel était ce message, Hugh ?

Hugh soupira et se pencha de nouveau vers elle, le bout de son doigt glissant le long de sa joue.

— C'était au sujet d'une annulation, avoua-t-il. Mais je ne l'ai jamais pensé. J'avais seulement peur de t'entraîner avec moi dans ma chute.

Une lueur d'incertitude passa dans son regard.

— Tu veux de moi, n'est-ce pas ? J'espère... J'espère

que tu pensais vraiment ce que tu as dit au roi, que tu étais heureuse avec moi. Est-ce que tu m'aimes, Aude ?

Le regard trouble à cause des larmes, elle l'observa, le cœur battant.

— Si je t'aime ?

Un soudain bonheur l'envahit. S'il voulait son amour, c'est qu'il devait bel et bien lui faire confiance !

— Bien sûr que je t'aime ! Je t'ai aimé depuis… depuis… depuis toujours.

A ces mots, le visage de Hugh s'illumina.

— Toujours ?

— Je t'ai aimé bien avant de partir sur les routes avec mon père. Je t'ai aimé toute ma vie.

— Tu ne m'as pas connu toute ta vie.

Elle lui donna un coup sur le torse en s'efforçant d'avoir l'air sévère.

— Tu sais très bien ce que je veux dire, Hugh ! Donc… nous ne parlerons plus d'annulation, n'est-ce pas ?

— Bien sûr que non ! répondit-il avec un sourire.

Il lui caressa la poitrine, mais elle repoussa doucement sa main. Hugh la regarda d'un air surpris. A la vue de ses yeux bleus si lumineux, elle sentit son cœur fondre. Quoi qu'il en soit elle devait connaître la vérité. Maintenant.

Il tenta une nouvelle fois de lui caresser la poitrine à travers l'étoffe de sa robe, éveillant sous ses doigts une sensation de chaleur.

Elle lui prit le poignet et écarta sa main une seconde fois en la plaçant fermement sur sa taille.

— Nous ne parlerons plus d'annulation ? demanda-t-elle de nouveau.

— Non, je te le promets, dit-il en lui prenant la main. Tu es mon épouse, j'ai besoin de toi…

— Et…

Le regard plus sérieux que jamais, il prit une profonde inspiration.

— Et je ne souhaite vivre avec personne d'autre que toi. Je t'aime, Aude. Ma belle dame, ma chérie. Ma lumière dans l'obscurité.

Il lui prit le menton avec tendresse.

— Je t'aime, toi, et personne d'autre, Gamine… Est-ce cela que tu voulais entendre ?

Elle acquiesça.

— Bien. Parce que c'est la vérité. Je t'aime.

Il soupira et poursuivit :

— Et j'imagine que, maintenant que tu m'as arraché cet aveu, tu vas me demander d'arrêter de t'appeler « Gamine »…

Emportée par une vague de bonheur, elle sourit — un sourire si large que ses joues en devinrent douloureuses —, et fit non de la tête.

— Non. Je sais que c'est un surnom étrange, mais j'ai fini par m'y habituer. J'étais soucieuse au sujet d'autre chose.

— De quoi donc ?

— Je croyais que tu ne me faisais pas confiance, mais…

— Que je ne te faisais pas confiance ? répéta-t-il, stupéfait. Mais je te confierais ma vie, si je le devais !

Soulagée, elle lui caressa la joue. Il s'était rasé et sa peau était redevenue douce.

— Je le sais, puisque tu m'as dit que tu m'aimais. On n'aime pas quelqu'un en qui on n'a pas confiance.

Hugh sourit et lui embrassa le cou.

— Ma Gamine…

De nouveau, leurs regards se croisèrent et Aude fit alors une découverte surprenante : les caresses de Hugh n'étaient pas les seules choses capables d'éveiller la flamme de son désir. Son regard avait aussi ce pouvoir…

Plongeant de nouveau les doigts dans les cheveux de son époux, elle l'embrassa.

— Je me demande..., commença-t-elle contre ses lèvres.

— Mmm ?

Elle n'acheva pas sa phrase. Elle était trop occupée à goûter la saveur de la bouche de Hugh pour se demander quelles autres merveilles cette nuit — et leur vie ensemble — leur réservait encore.

Si vous avez aimé ce roman
découvrez sans attendre les précédents titres de la série
« Conquêtes saxonnes » de Carol Townend :

1/ *L'alliance saxonne*
2/ *Promise au chevalier*
3 / *Sous la protection de l'ennemi*

Disponibles dès à présent sur www.harlequin.fr

OFFRE DÉCOUVERTE !

Vous souhaitez découvrir nos collections ? Recevez **2 romans gratuits* et 2 cadeaux surprise !** Une fois votre colis de bienvenue reçu, si vous souhaitez continuer à recevoir nos romans, cela se fera automatiquement. Vous recevrez alors chaque mois vos romans inédits en avant première.

Vous n'avez aucune obligation d'achat et cette offre est sans engagement de durée !

*1 roman gratuit pour les collections Nocturne et Best-sellers suspense. Pour les collections Sagas et Sexy, le 1er envoi est payant avec un cadeau offert

☛ COCHEZ la collection choisie et renvoyez cette page au
Service Lectrices Harlequin – BP 20008 – 59718 Lille Cedex 9 – France

Collections	Références	Prix colis France* / Belgique*
❑ **AZUR**	ZZ5F56/ZZ5FB2	6 romans par mois 27,25€ / 29,25€
❑ **BLANCHE**	BZ5F53/BZ5FB2	3 volumes doubles par mois 22,84€ / 24,84€
❑ **LES HISTORIQUES**	HZ5F52/HZ5FB2	2 romans par mois 16,25€ / 18,25€
❑ **BEST SELLERS**	EZ5F54/EZ5FB2	4 romans tous les deux mois 31,59€ / 33,59€
❑ **BEST SUSPENSE**	XZ5F53/XZ5FB2	3 romans tous les deux mois 24,45€ / 26,45€
❑ **MAXI****	CZ5F54/CZ5FB2	4 volumes triples tous les deux mois 30,49€ / 32,49€
❑ **PASSIONS**	RZ5F53/RZ5FB2	3 volumes doubles par mois 24,04€ / 26,04€
❑ **NOCTURNE**	TZ5F52/TZ5FB2	2 romans tous les deux mois 16,25€ / 18,25€
❑ **BLACK ROSE**	IZ5F53/IZ5FB2	3 volumes doubles par mois 24,15€ / 26,15€
❑ **SEXY**	KZ5F52/KZ5FB2	2 romans tous les deux mois 16,19€ / 18,19€
❑ **SAGAS**	NZ5F54/NZ5FB2	4 romans tous les deux mois 29,29€ / 31,29€

*Frais d'envoi inclus

**L'abonnement Maxi est composé de 2 volumes Edition spéciale et de 2 volumes thématiques

N° d'abonnée Harlequin (si vous en avez un) ____________

Mme ❑ Mlle ❑ Nom : ____________

Prénom : ____________ Adresse : ____________

____

Code Postal : ______ Ville : ____________

Pays : ____________ Tél. : ____________

E-mail : ____________

Date de naissance : ____________

❑ Oui, je souhaite recevoir par e-mail les offres promotionnelles des éditions Harlequin.

❑ Oui, je souhaite recevoir par e-mail les offres promotionnelles des partenaires des éditions Harlequin.

Date limite : 31 décembre 2015. Vous recevrez votre colis environ 20 jours après réception de ce bon. Offre soumise à acceptation et réservée aux personnes majeures, résidant en France métropolitaine et Belgique, dans la limite des stocks disponibles. Prix susceptibles de modification en cours d'année.Conformément à la loi Informatique et libertés du 6 janvier 1978, vous disposez d'un droit d'accès et de rectification aux données personnelles vous concernant. Par notre intermédiaire, vous pouvez être amenée à recevoir des propositions d'autres entreprises. Si vous ne le souhaitez pas, il vous suffit de nous écrire en nous indiquant vos nom, prénom et adresse à : Service Lectrices Harlequin BP 20008 59718 LILLE Cedex 9. Service Lectrices disponible du lundi au vendredi de 8h à 17h : 01 45 82 47 47 ou 33 1 45 82 47 47 pour la Belgique.

Composé et édité par HARLEQUIN

Achevé d'imprimer en mai 2015

CPi
BLACK PRINT

Barcelone

Dépôt légal : juin 2015

Pour l'éditeur, le principe est d'utiliser des papiers composés de fibres naturelles, renouvelables, recyclables, et fabriquées à partir de bois issus de forêts qui adoptent un système d'aménagement durable. En outre, l'éditeur attend de ses fournisseurs de papier qu'ils s'inscrivent dans une démarche de certification environnementale reconnue.

Imprimé en Espagne